느리게 살면

느리게 살면

발행일	2023년 10월 18일

지은이	이효원		
펴낸이	손형국		
펴낸곳	(주)북랩		
편집인	선일영	편집	윤용민, 배진용, 김부경, 김다빈
디자인	이현수, 김민하, 임진형, 안유경, 한수희	제작	박기성, 구성우, 이창영, 배상진
마케팅	김회란, 박진관		
출판등록	2004. 12. 1(제2012-000051호)		
주소	서울특별시 금천구 가산디지털 1로 168, 우림라이온스밸리 B동 B113~114호, C동 B101호		
홈페이지	www.book.co.kr		
전화번호	(02)2026-5777	팩스	(02)3159-9637

ISBN	979-11-93304-95-2 03810 (종이책)	979-11-93304-96-9 05810 (전자책)

(주)북랩 성공출판의 파트너

북랩 홈페이지와 패밀리 사이트에서 다양한 출판 솔루션을 만나 보세요!

홈페이지 book.co.kr • **블로그** blog.naver.com/essaybook • **출판문의** book@book.co.kr

작가 연락처 문의 ▶ ask.book.co.kr

작가 연락처는 개인정보이므로 북랩에서 알려드릴 수 없습니다.

느리게 사는 행복을 예찬하는 이효원 산촌 수필

느리게 살면

번잡한 도시를 떠나
산촌에서 자연과 대화하며 누리는 느린 삶은
헨리 데이비드 소로의 '월든'을 연상시킨다!

 북랩

1부 일상 관찰

2부 산촌만필

3부 이달의 생각

4부 찰칵 생각

1부

일상 관찰

정든 감기

언제부턴가 감기는 내게 친구가 되었다.

여태껏 그가 나를 완전히 KO 시킨 일은 없었다. 며칠 동안이나 완전히 일어나지 못하게 해놓으면 밥줄이라도 놓아버릴까 봐 그런지, 그냥저 냥 결근하지 않고 직장에 다닐 만큼만 괴롭힌다. 어떨 때는 한 이틀이나 사흘쯤 머물다 훌쩍 떠나버릴 때도 있고, 또 어떨 때는 갈 것 같은 눈치를 보이다가도 다시 눌러앉기를 거듭하여 지긋지긋하게 서너 달까지 머문 적도 있다. 그런가 하면 거의 잊어버릴 만큼 오랫동안 소식을 끊고 있다가 어느 날 문득 "그동안 별일 없었냐?" 하면서 냉큼 다가오는 수도 있다. 그래서 녀석이 발길을 완전히 끊어 인연이 다할 만큼 소원해지는 일 또한 여태껏 없었다.

그런데 희한하게도 나는 녀석이 찾아오면 밥을 평소보다 더 많이 먹게 된다. 배가 더 빨리 고프고 소화도 항진되어 밥을 더 많이 먹지 않으면 허기가 지기 때문이다. 곰곰 생각해보면 감기를 이기려고 내 몸이 만든 습관인지 아니면 감기가 자기 혼자서 이기기만 하는 것이 재미가 없으니까 만들어낸 꾀인지, 영 헷갈린다. 아무래도 감기의 농간인 듯하다. 그러고 보면 아무래도 감기란 놈이 나보다 한 수 위인 건 확실한 듯하다. 그러지 않고서야 어찌 매번 이런저런 사정까지 감안하고서 내게 장난질을 칠 수가 있으랴.

언제부터인가 일상에서 문득문득 감기 없이 온전하게 지나온 것이 대여섯 달쯤 됐다 싶을 때면 그 녀석이 은근히 그리울 때가 있다. 기다려지기까지 하는 것이다. 그러다 문득 녀석이 찾아와 뒤통수를 치면 '아하, 이 자식 왔구나. 한번 해보자는 거냐?' 싶다. 반가운 나머지 내가 녀석에게 거는 장난은 바쁜 탓으로 멀어졌던 술을 통음하는 것. 내가 술을 먹고 몸이 흐느적대는 걸 보며 녀석은 손뼉을 치며 좋아한다. 그러나 내가 더욱 은근하게 술을 퍼 넣고 있으면 부지불식간에 녀석도 취해서 비틀대기 마련. 그런 심리전 끝에 녀석을 물리친 일도 몇 번 있긴 있다. 물론 요행인지, 감기 녀석의 봐주기인지 아리송하지만 말이다.

가만 생각해보니 녀석도 나를 둘도 없는 친구로 여기고 있음이 확실하다. 언젠가는 '내가 없으면 네가 어쩔 거냐?' 하고 협박을 해서 녀석의 기를 한번 꺾어볼 작정이다. 그놈이 건드리는 대로, 괴롭히는 대로 약도 안 먹고 고스란히 다 당하고만 있어 볼 심산이다. 쉿! 녀석이 눈치채면 작전이 실패할 텐데….

미운 정이 들었다고나 할까? 마냥 미워만 하기도, 그렇다고 반가워할 수만도 없는 이 녀석을, 이 녀석의 정체를 제대로 모르고서야 친구라고 할 수가 없지 않겠나. 이쯤 되면, 내가 녀석의 족보를 뒤지지 않을 수 없다.

감기의 의학적 명칭은 급성 바이러스 형 비인두염, 또는 급성비염 등으로 불린다. 그런데 이것은 증세, 즉 겉모양만 묘사한 이름으로 녀석의 본질이나 변화무쌍한 모습을 대변하지도 못할뿐더러 우리의 일반적 정서와도 동떨어져 있으니 나는 적절한 이름으로 인정하고 싶지 않다. 고유어, 즉 옛 이름은 고뿔이라고 하니, 이것은 아명이나 별명 정도로는 인정할 만하다. 감기는 예부터의 인류 보편적인 질병으로 가볍게 볼 수도 있고, 만병의 근원이라고 중하게 볼 수도 있다. 솔직히 인류는 아직도 감기의 원인을 시원하게 규명하지 못하고, 또 치료법도 발명하지 못한 처지이다. '感氣'라는 한자어의 뜻을 직역하자면 어떤 기운을 느낀다는 것이니, 한마디로 딱 부러지게 정의하기 힘든 녀석의 습성과 정체를 차라리 잘 표현한 이름이란 생각이 든다.

『문화원형 백과사전』이란 데를 보면 '감기 귀신'이 나오는데 그 설화는 이렇다. 감기 귀신의 모습은, 항상 콧물을 흘리고 다니므로 코가 크고 눈은 재채기나 코 풀 때 보듯이 약간 감겨 있다. 귀는 작고 머리숱은 적으며 늘 잘 돌아다닌다. 그런데 가장 큰 특징은 따로 있으니, 바로 남근을 두 개나 달고 다닌다는 것. 옛날 철권정치를 하던 왕이 강한 왕자를 기대하고 기도를 하였다. 신은 남근이 둘이 달린 왕자를 태어나게 했다. 두 남근을 지닌 왕자는 혼기를 맞아도 장가를 들 여근 둘인 여자를 찾지 못하여 죽어 총각 귀신이 되어 저승에 갔는데 저승 문을 지키는 저승 귀신이 얼마 동안 말미를 주면서 반드시 여근이 둘 달린 여자를 찾아 혼인하고 와야 저승에 들어갈 수 있다고 명하였다. 이 왕자 귀신은 그 기한 내에 여근이 둘인 여자를 찾느라고 머리도 아프고 눈도 아프고 귀도 아프고 가슴도 답답하고 목도 쉬고 온몸이 지쳤다. 마지막 날 다행히도 들판에서 잠자는 여근 둘 있는 여자를 만나 급히 잠자리를 하고, 이내 저승 문에 들어가 장가갔다는 표로 두 남근을 보여주고 가까스로 저승에 들어갈 수 있었다. 그런데 그 여근이 둘 있는 여자는 사실은 코가 큰 들창코 여인이었다. 그리하여 그 여인이 감기 귀신의 자손이라고 할 수 있는 '감기'를 세상에 오늘날까지 퍼뜨리게 되어서 감기에 걸리면

머리·눈·귀·코·목·가슴·사지 육신이 다 아프다고 한다.

이 설화에 근거하자면, 내게 찾아오는 그 녀석은 제 조상의 특징적인 유전인자를 다 제대로 물려받지 못한 어설픈 녀석임이 틀림없다. 왜냐하면, 녀석이 내게 올 때마다 나눠주는 것은 머리가 약간 지끈거리고 목덜미를 위시해서 전신이 뻐근하고 으슬으슬 추운 증세 말고는 흔히 남들이 하는 심한 발열, 재채기, 기침, 콧물은 대개의 경우 없기 때문이다. 이 얼치기 같은 녀석이 똑똑하고 독한 감기 귀신의 적자보다 나는 되레 정감이 간다.

어쩌다 한 번씩은 내게서 감기가 옮았다고 아내가 투덜댈 때가 있다. 그러면 나는 이렇게 말한다. "나한테서 옮은 게 확실하다면, 그 녀석은 내가 보증하는데 참 순박한 녀석이니 잘 한번 사귀어 봐요."

세상에는 감기 한 번 하지 않는, 또는 "소화불량이 어떤 거여?" 하는 피둥피둥한 사람도 간혹은 있다. 그러나 나는 이런 사람이 대단하다 싶기는 해도, 정이 가지는 않는다. 심지어 그런 사람들이 되레 어느 날 갑자기 급히 죽을 수도 있다는, 근거가 논리정연하지 않은 심술 맞은 주장에 은근히 동조까지 하고 있다. 또 세상에는 감기를 징그러운 벌레처럼 기피하거나 괴물처럼 무서워하는 사람들도 많다. 그러나 이런 사람들이라고 감기라는 녀석이 삐쳐서 다가가지 않는다는 소리를 나는 들어보지 못했다. 심술보가 남다른 녀석들의 기질로 볼 때, 이런 경우에는 오히려 더 심술 맞게 달려들지 않을까 싶다.

'암 예방을 위해서는 감기에 걸려라.' 2000년쯤이던가. 이런 역설이 한때 회자한 적도 있었다. 그런데 이것은 근거 없는 낭설이나 유언비어가 아니고, 어느 의사가 주장한 논리에서 나온 말이다. 물론 '감기에 걸려라.'가 아니고, '감기에 자주 걸린 사람이 암에 잘 걸리지 않을 수 있다.'는 주장을 세간에서 좀 뒤집어 표현한 것이지만 말이다. 일본의 내과전문의 이시하라 유미 박사의 『역전의학逆轉醫學』이라는 저서에는 이런 부분이 나온다.

"대장암을 수술한 55세의 부인을 진찰하면서 그동안의 과정을 물었더니 '40세가 넘어서부터는 감기에도 걸리지 않고 열도 나지 않았는데 왠지 컨디션이 나빠지더니 결국 54세 때 대장암에 걸렸다.'라는 말을 했다. 열이 난다는 것은 몸의 이상을 알려주는 경고반응인 동시에 치유 반응이기도 하다. 신진대사가 항진해서 발열, 발한 하여 여위게 되는 병인 갑상선 기능 항진증에 걸린 사람에게는 거의 암이 없다는 것, 또 말라리아에 걸렸던 사람들이 암에 걸리지 않았다는 것, 그리고 최근 1백 년 동안 구미의 의학지에 실린 암 자연치유 사례가 거의 모두 단독(상처로 연쇄상구균이 들어가 생기는 병)이나 폐렴에 걸린 환자들이었다는 것 등을 보더라도 발열이 암의 예방과 치료에 얼마나 중요한가를 알 수 있다. 옛날에 결핵을 앓은 사람에게 암이 적고, 그것을 힌트로 백신이 만들어진 것처럼 감기에 걸려서 발열하거나 설사를 하여 노폐물을 내보내는 것이 큰 병을 예방하는 것이다."

이 전문의는 열이나 기침, 설사는 억지로 내리거나 멎게 하지 말라고 주장한다. 발열은 몸에 들어온 병균이나 암세포 등을 잡기 위해서이고, 기침은 담을 나오게 하기 위한, 설사는 장내의 유독물을 내버리기 위한 몸의 자정 작용이라는 것.

그러나 문제는 현대인의 생활이 너무 여유가 없어 발열이나 기침, 설사를 느긋하게 받아들일 수 없다는 데 있다. 일상에 쫓기거나, 대인관계 때문에 몸의 신호가 오자마자 독한 약이나 주사를 퍼부어 증세를 잡아야 먹고살기 때문이다. 하지만 너무 지나친 대응으로 몸은 더욱 골병이 들 때가 많다.

앓고 있을 때 인간은 다소 형이상학적일 수 있다. 또 쓸데없는 삶의 속도를 누그러뜨리게 된다. '그러므로 병은 철학적일 수 있다.'라고 해도 될까? 아주 어렸을 때, 아픈 몸으로 보채다가 어찌어찌 혼곤하게 잠들었는데 그 잠에서 깨어난 봄날 오후 잠시 나 혼자뿐이었을 때, 문득 인생의 서러움과 고독을 체험할 수 있고, 젊은 직장인이 버티다 못해 모처럼의 휴일날 자리에 누워 있을 때 명징한 정신으로 삶을 되돌아볼 수 있는 귀한 시간이 될 수도 있는 것이다.

아무리 친해졌다고는 해도 나도 녀석을 앞뒤도 없이 마구 버릇없이 불러들이는 건 싫다. 그리고 녀석에게 일방적으로 참패하는 건 더더욱 원하는 바가 아니다. 해서 겨울이 되면 아침 이른 출근길이나 퇴근길에 따뜻한 목도리를 챙기고, 녀석이 본격적으로 쳐들어오면 내복과 외투로 무장하는 것도 서슴지 않는다. 그리고 잠자는 시간도 너무 줄어들지 않도록 노력한다.

녀석과 최근 몇 년 저간에는 좀 소원해진 감이 없지 않다. 특히 마늘환을 꾸준히 챙겨 먹은 내게 삐쳤는지 이젠 영 가까이 오지 않는다. 은근히 그립기까지 하다. 그런데 이 글을 괜히 쓰는 건 아닌지 모르겠다. 아주 크게 나쁜 짓 하지 않고 살려고 버둥대는 나를 그래도 봐줄 만하다고 여겨 녀석이 한 수 접어주고 다른 데 느긋하게 휴가라도 갔는데 내가 이렇게 잘난 체 약을 올리면, '어이구 요것 봐.' 하면서 냉큼 달려와서 나를 제대로 덮칠지 알 수 없는 노릇이기 때문이다. 요즘은 세상이 워낙 겁나게 질주하며 막 나가는 터라 이 녀석도 혹시 어디서 무슨 막나가는 바이러스나, 괴물 같은 변종으로 세상을 공포에 떨게 하는 이상하고 더러운 것들과 어울려 손을 잡았는지도 모를 일이니, 은근히 걱정되기도 한다. 그러나 다행인지 불행인지 지금껏 세상이 만들어낸 감기약이라는 것이 거의 두통·콧물·기침·몸살 등의 증세만 다스려왔지 정작 감기에 직접 해코지를 하거나 치명타를 입히거나 박멸하는 약은 없었으니내가 그리워하고 있는 그 감기 녀석도 크게 원한이 맺히거나 뿔이 나 있지는 않을 터, 그러니 내게 올 때는 그렇게 오염된 몸이나 고약한 영혼으로 변신하여 찾아오는 그런 일은 정말로 없기를 믿어 의심치 않는다. 꼭 그 순박한 모습으로만 왔으면 하는 바람이다. 내가 녀석을 심술궂기는 하지만 아주 상종 못할 만큼 야비하거나 망종으로 여기지 않느니만큼, 녀석도 언제나 내게 순수한 모습으로만 찾아왔으면 좋겠다.

덧붙여 호사스런 바람이 있다면,

어느 화창한 봄날, 내게 불쑥 찾아온 녀석에게서 오랜만인 만큼 뒤통수를 세게 한 대 얻어맞고 몸져눕고 싶다. 그리고는 사랑하는 여인의 정갈한 보살핌을 받으며 흙냄새 아련한 뜨뜻한 온돌방에서 혼곤한 낮잠에빠져들고 싶다. 그렇게 네 닷새쯤 놀다가 앓다가 자다가를 반복한 후, 혼곤한 잠에서 깨어 훌훌 털고 일어나 아이처럼 맑은 정신으로 새로운 날을 맞고 싶다. 만약 녀석이 나의 호사에 심술이 나서 훼방을 놓는다면 나의 사랑하는 여인과 그 녀석이 까짓것 한 사나흘쯤 함께 다정하게 지내게 한들 또 어떠리.

비록 미운 정일 망정, 감기 녀석은 내게는 정이 들 대로 들어 이제는 철썩 믿을 수밖에 없는, 그런 사이가 되고 말았다.

어디서 어떻게 멈출 것인가

'생계를 위한 노동에서 한번 해방돼 보는 것'

이 명제는 대다수 보통 서민들의 간절한 염원일 것이다. 이 염원의 조건에는, 사람마다 다를 수 있으나 대체로 기본적인 의식주의 해결이 전제된다. 그런데 그 의식주의 해결이라는 기본적인 전제가 그 정도나 질에 있어서 사람마다 다를 뿐 아니라, 설혹 같은 사람이라 할지라도 시기나 처한 환경에 따라 달라지니, 수학 공식처럼 간단명료하게 정의할 수 없는 것이 인생사인 것만은 확실하다.

먹고 살기 위한 노동에서 해방된, 달리 말하자면 노동이 아닌 자본재에 의한 수익으로 살아갈 수 있는 그런 사람들을 지칭하는 말이 일반화되어 있지는 않은 것 같다. 우선 '은퇴자'라고 하면 생계의 여유가 없는데도, 또 일할 능력이 있는데도 억지로 떠밀려 일자리를 잃은 사람도 포함돼 있기에 적절하지 않다. 그렇다면 '부자'는 어떤가. 이 용어는 생계를 위한 노동에서 해방됐다는 사실보다는 막연하기는 하지만 상대적으로 돈이 많다는데 방점이 찍혀 있어 서민들의 간절한 염원인, 노동에서 한번 해방돼 보는 그 절실함을 표현한 용어는 아니기에 이것 또한 적합한 용어가 아니다. 그다음으로는 '유한계급有閑階級'이란 말이 있다. 글자 그대로 해석하자면 한가로움(=시간적 여유)을 가진 층이라는 말이니, 보통 서민들의 염원을 함축할 수 있는 말에 근접한다 할 만하다. 어쩔 수 없는 노동, 자아가 실종된 노동에서 놓여나, 하고 싶은 대로 할 수 있는 여유 있는 삶, 이것이 보통 서민들의 간절한 염원이라면, 말뜻대로 '유한계급'이야말로 인생의 근사한 목표가 되고도 남지 않을까?

그런데 유한계급이란 용어를 경제학적·사회과학적으로 처음 사용하고, 또 유한계급의 속성을 파헤쳐 힐난한 사람이 있으니 그가 바로 미국인 소스타인 베블런(1857~1929)이고, 그의 저서가 『유한계급론』이다.

그는 우선 유한계급을 '생산적 노동을 면제받은 인간집단'이라고 전제한 후, 유한계급의 속되고 나쁜 습성을 적나라하게 까발렸다. 인간이 돈을 버는 것은 심신의 만족과 행복을 얻는 데 필요한 재화를 얻는 데 있다고 정의하는 주류 경제학자들의 주장을 그는 정면으로 반박한다. 즉, 이 이론은 기본적인 의식주를 해결하지 못하는 하층민들에게나 어울리는 것이라고 치부하고, 사람들이 돈을 벌려고 하는 진짜 이유는 돈으로 다른 사람을 이기려고 하는 경쟁심 때문이라고 정의한다. 그래서 유한계급의 속성은 ① 금전적 경쟁과 ② 과시적 소비, 그리고 ③ 과시적 여가에 있다고 말한다.

첫 번째 속성인 금전적 경쟁은 예를 들면 이렇다.

엄청난 재산을 가지고 엄청난 수익을 내는 재벌총수가 절세와 탈세, 뇌물공여, 담합 등의 갖은 편법·불법을 서슴지 않고 돈 벌기에 전력 질주하는 것은 경쟁자를 이기기 위한 것 외에는 달리 설명할 길이 없다. 보통 서민이라면, 저 정도면 점잖게 놀고먹지 왜 저러느냐고 하겠지만, 그들은 그렇지 않다. 물론 그들은 기업을 확장시켜 서민들의 일자리를 만들고 기술 발전을 통해 인류의 삶의 질을 높이기 위해서라고 항변하겠지만, 그런 숭고한 뜻만 있었다면 군이 불법·탈법까지 저지를 필요가 있을까?

두 번째 과시적 소비.

시장경제에서 가격 결정의 조건은 수요와 공급이다. 수요가 많으면 가격이 상승하고 공급이 많으면 가격이 떨어진다는 것이 시장경제의 기초이다. 그러나 베블런은, 유한계급은 이와 반대되는 소비를 한다고 주장한다. 아무리 좋은 명품 옷이나 가방, 다이아몬드일지라도 가격이 싸면 결코 구매하지 않는다는 것이다. 왜냐하면 가격이 싸면 어중이떠중이도 다 가지므로 자기만의 과시가 충족되지 않기 때문이다. 같은 물건이라도 비싸면 비쌀수록 희소가치 때문에 과시의 목적 달성에는 적합한, 그래서 소비할만한 조건이 되는 것이다. 이런 현상을 명품시장에서는 '베블런 효과'라고 한다. 고가품이 역설적으로 더 잘 팔리는 이유가 여기에 있다. 물론, 형편이 되지 않는데도 빚져 가며 부자 흉내를 내는 바보들이 베블런 효과를 극대화하는 데 일조하기도 한다. 어쨌든 유한계급에는 가치가 가격을 규정하는 게 아니라, 가격이 가치를 결정한다.

세 번째 과시적 여가.

그들이 여가를 즐기는 방법은 역시 누구나 할 수 없는 것이라야 제격이다. 골프, 요트, 승마, 크루즈, 자가용 비행기, 건물이나 섬을 통째로 차지한 행사, 또 아무나 드나들 수 없는 자기들만의 클럽에서의 사교 등이다. 그것도 다수의 시중드는 사람을 거느리고, 또 자신의 과시를 확인해 주고 증명해 줄 수많은 사람을 초대해야 직성이 풀린다. 같은 골프의 경우라도 과시가 아니라 상대의 비위를 맞추기 위한 영업 목적의 골프라면 유한계급의 레저가 아니라 이것은 노동이 될 뿐이다.

베블런이 말하는 유한계급의 이런 속성들을 듣고 보면 무릎을 칠 만큼 정곡을 찌른다 싶으면서도, 반면 보통 서민들이 염원하던 그 유한계급에의 꿈은 이게 아닌데 싶게 된다. 그렇지만 그 속물적 속성이 문제이지 유한계급이란 말 그 자체에 무슨 죄가 있겠는가? 베블런도 정통 경제학자들의 순진하기만 한 이론을 반박한 것이지 세상의 모든 유한계급이 반드시 100% 그 속물적인 속성만 가지고 있다고 믿지는 않았을 것이다. 물론 부자들이 생계를 넘어선 부의 축적에 골몰하는 것이 사회적으로 빈민들의 생계를 위한 일자리를 만들고 나아가 문명발전에 일조하는 면도 없는 것은 아니다. 그러나 또 한편 부의 축적에 골몰하지 않으면서, 따라서 속물적 유한계급의 속성과도 전혀 관계없이 인류의 삶을 아름답게 하고 기술 문명을 발전시키는 데 공헌한 사람들도 얼마든지 많다.

하여, 의식주를 해결하지 못하는 하층민이 우여곡절 끝에 겨우 기본적 의식주 해결에 성공하여 간절히 원하던 노동에서의 해방을 맞는 경우와 베블런이 까발린 그 계층을 구분하여 한번 생각해보면 어떨까. 전자를 '순박한 유한계급', 그리고 후자를 '속물적 유한계급'이라고 일단 구분해 보자.

우리가 음식물을 먹고 포만감을 느끼는 데는 20분 정도가 걸린다고 한다. 인간은 생존과 번식을 위해 자연환경에 적응하도록 수백만 년 동안 진화해 왔다. 그런데 어째서 그까짓 포만감 정도를 느끼는 데 아직도 20분씩이나 걸린단 말인가? 음식물이 식도를 통해 위 안으로 들어갈 때마다 그 즉시 양을 체크해 계속 뇌에 전달한다면 자기 몸이 소화할 능력만큼 됐을 때 즉각 포만감을 느껴 먹는 걸 스톱할 수 있지 않을까? 그런데 그까짓 것 하나 여태껏 진화하지 못해 멍청하게 과식을 하고 소화불량에 걸리거나, 혹은 비만에 허덕인단 말인가?

중세의 유럽 귀족사회에서는 미식美食, 즉 갖은 좋은 음식의 맛을 즐기기 위해 밤늦게까지 먹고 토하고 또 먹고 또 토하고 또 먹는 식습관의 유행도 있었다고 하니, 이런 경지에서 본다면 바로바로 지체 없이 포만감을 느끼게 되면 얼마나 불편했겠는가? 어디 중세뿐인가. 지금도 사람들은 지나치게 좋은 음식 실컷 먹고는 살 빼느라 생고생을 하지 않는가. 그러고 보면 인간은 그 고질적인 탐욕을 버리지 않고서는 포만감을 느끼는 시간을 단축하는 진화는 영원히 이루지 못할지도 모른다.

부자가 돈에 대한 포만감을 제때 못 느끼는 것도 같은 맥락은 아닐까? 오죽하면 부富는 바닷물과 같아서 마시면 마실수록 갈증을 더한다고 했을까.

자, 이제 우리들의 '순박한 유한계급'에 대해 생각해보자.

그러면 도대체 어디까지가 생계를 위한 노동이요, 어디부터가 생계가 해결되는 경계인가에 대해 천착해 보지 않을 수 없다. 왜냐하면, 그 경계를 넘어서는 순간 '속물적 유한계급'으로 자신도 모르게 변해버릴 수도 있고, 또 그 경계를 넘어서는지도 모르고 죽을 때까지 어쩔 수 없는 노동에 시달릴 수도 있기 때문이다.

생계를 위한 비용이라는 것이 한 달에 백만 원일 수도 있고, 삼백만 원, 혹은 오백만 원, 천만 원, 일억 원일 수도 있다. 그러나 그것은 각자 선택의 문제일 뿐이다. 그 생계를 조달하는 방법 또한 연금(국민연금·종신보험연금)이나, 부동산수익, 금융수익, 그것도 여의치 않으면 주택연금(역모기지론)도 있고 또는 끝없는 노동도 있다. 만약 아무 준비 없이 60세에 생계노동을 끝내게 된 경우, 종신연금으로 매달 100만 원씩을 타려면 1억6천만 원가량의 일시납 보험료가 있어야 한다니 만만치 않은 것이 인생이다. 이러한 여러 방법에서의 선택 또한 각자의 몫이다.

순박한 유한계급이 됐다고 해서 아무것도 안 하고 마냥 놀기만 하는 그런 멍청한 사람이 얼마나 되겠는가? '일하지 않고도 먹고 살 수 있다고 하여 일을 하지 않는 것은 죄악이다.'라고까지, 인생을 통달한 듯한 레프 톨스토이는 말했다. 문제는 그 일이, 정녕 하고 싶지 않지만 생계 때문에 어쩔 수 없이 하는 일이냐, 아니면 설사 대가가 따르지 않는다 하더라도 자발적으로 즐겁게 할 수 있는 일이냐 하는 것이다. 자신을 즐겁게 하는 일이라면 죽을 때까지 한들 행복하지 않을 수 있겠는가.

세상에는 취미 자체를 직업으로 발전시켜 생계와 삶의 즐거움을 함께 해결하고 그 일과 평생을 함께하는 최고로 행복한 사람도 간혹 있기는 하다. 그러나 대부분의 보통 사람들은 취미는 간절하되 멀리 있고, 생계를 위한 직업이 일상이 된 삶을 살게 마련이다. 여기에서 유한계급으로 진입하기 위한 열망이 간절해지지 않을 수 없게 된다.

인간이 풍요에 이르는 방법에는 두 가지가 있다고 한다. 증대하는 욕망을 채우기 위해 생산성을 계속 유지 또는 향상하는 것과 반대로 욕구 자체를 최소화해 적은 물질을 가지고도 만족할 수 있는 방법을 찾는 것이 그것이다.

순박한 유한계급에의 진입을 실현할 수 있는 경제적·정신적 조건은 결국 개인 가치관에 따른 선택의 문제인 것이다.

욕구를 좀 더 낮출 수만 있다면, 좀 더 겸손해질 수만 있다면, 많이 듣고 좀 더 적게 말할 수만 있다면, 그렇게 많이 준비하느라 인생이 찌들고 비루해지지 않아도 될 것이다.

탐욕은 버리되 자신만의 보람된 일을 찾는 것이 무엇보다 중요한 과제일 터이다.

그런데 막상 생계를 위한 노동에서 해방되고 나면, 얼마 못 가 그 여유로운 시간 즉 '유한' 현상을 견디지 못해 안절부절못하는 사람들이 생각보다 많다. 또는 자신의 목표에 도달하지 못한 상태에서 타의로 해방되는 사람들이 너무 많은 것도 오늘의 현실이다.

어디쯤에서 생계를 위한 노동을 멈출 것인가를 결정하기 어렵다면, '순박한 유한계급'이 된 후에 어떻게 살 것인가의 목표를 명확히 하면 문제 풀기가 한결 쉬워질 것이다.

첫째, 재화로 환산되지는 않지만, 그러나 자기만은 몰두할 수 있는, 그래서 자신에게는 그 무엇보다 소중한 '일'이 있어야 한다. 그것은 생계를 위한 노동 때문에 너무나 오랫동안 간절했지만 하지 못했던 일이라면 더할 나위 없이 적합할 것이다.

둘째, 겸손한 봉사를 즐겁게 할 수 있으면 이보다 더 즐거운 인생은 없을 것이다. 생계 때문에 하고 싶어도 하지 못했던 봉사라면, 생계를 위한 노동에서 해방된 후에 비로소 실행할 때 그 봉사하는 인생은 얼마나 더 멋진 인생이 되겠는가. 돈으로 할 수 있는 봉사 외에도 세상에는 마음과 몸으로 할 수 있는 봉사는 얼마든지 있을 것이다. 봉사는 겸손한 봉사, 티 나지 않는 봉사가 더 고결하다.

세상에는 자기 과시에나 만족하며 살아가야 할 속물적 부자가 늘그막에 턱도 없는 존경까지 받으려고 온갖 수를 다 쓰는 경우를 가끔 본다. 존경스럽지 못한 축재 위에 억지로 존경과 명예까지 더 얻으려고 발버둥친다면 그것은 참으로 꼴불견이요 노욕老慾이요 노추老醜일 것이다. 존경은 원하지 않아도 저절로 우러나는 것이지 본인이 원한다고 얻어지는 것이 아니다.

우리는 가끔 삶이 너무 무거워질 때, 내 인생도 한번 푸른 하늘을 나는 새처럼 자유로워질 수는 없을까, 하고 한탄 겸 푸념을 할 때가 있다. 새를 우리는 자유로움의 상징처럼 여긴다.

그렇다면 새는 과연 우리와 다른 어떤 특질을 가지고 있을까?

자연주의 작가 최성현은 『바보 이반의 산 이야기』에서 새에 대해, 그리고 새처럼 자유로운 삶에 대해 다음과 같이 정리한 적이 있다.

새는 날기에 알맞은 몸을 갖고 있다.

1) 유선형의 몸을 갖고 있다. 그 덕분에 공기의 저항을 적게 받는다.

2) 날개가 있다. 날개는 수많은 깃털로 촘촘히 뒤덮여 있는데, 표

면이 매끄럽기 때문에 날 때 공기의 저항을 적게 받는다.

3) 가슴 근육이 매우 튼튼하다. 크기를 놓고 계산해 보면 사람보다 50배나 강하다고 한다.

4) 뼈가 가늘고 속이 비어 있어서 가볍되 강하다. 머리뼈에도 콧구멍과 연결된 빈 공간을 두어 무게를 줄였다.

5) 꼬리뼈 대신에 가볍고 튼튼한 꼬리 깃을 갖고 있다.

6) 폐에 주머니처럼 달린 공기주머니를 가지고 있는데 그 안에 신선한 공기를 충분히 저장해둘 수 있다. 그 덕분에 몸이 가벼워 날기 쉽고, 또 높은 곳을 빠르게 날 때도 숨 쉬는 데 지장이 없다.

7) 이빨이 달린 무거운 턱을 버리고 대신 각질로 된 가벼운 부리로 입을 대신하고 있다.

8) 다른 동물에 비해 창자가 짧으나 흡수율이 높고 소화가 빠르다. 그래서 똥오줌을 바로바로 배출하여 몸을 가볍게 유지할 수 있다. 새들은 날면서도 똥을 싼다.

새처럼 가볍게, 자유롭게 살려면

첫째, 튼튼한 몸과 건강한 마음을 잃지 않도록 한다.
둘째, 삶의 날개가 될 만한 고정 수입원을 개발한다.
셋째. 몸이 가볍도록 밥은 늘 조금 적게 먹는다.
넷째, 더 큰 차, 더 큰 집을 사려고 애쓰기보다는 삶의 질을 중심으로 삼는다.
다섯째, 잡담을 줄이고 침묵의 시간을 갖는다.

쓸데없는 욕망을 줄이면 몸이 가벼워지고, 몸과 마음이 가벼워지면 우리의 영혼도 새처럼 자유롭게 날 수 있을 것이다.

생계를 위한 노동의 질곡에서 벗어나 즐겁고 순박한 '유한계급'이 되어 우리 모두 자유로워지자. 또 그날을 위해 오늘도 희망으로, 열심히 살자.

가난의 추억- 집

집이란 대체 무엇이던가?

비바람과 짐승이나 피하고, 그리고 극심한 추위나 더위쯤 얼마간 피할 수 있으면 그것이 집의 기원일 텐데, 그런데 우리나라에선 과거나 지금이나 일견 간단할 것 같은, 그 '집 마련'이라는 것이 여간 어려운 일이 아니다. 수백 평으로도 모자란다는 사람이 있는가 하면, 머리 내려놓을 데만 있어도 되는 그런 경우도 있다.

일찍 가장이 된 이후로 내가 옮겨 다닌 주거지는 정확히 세기가 어려울 정도로 많다. 얼추 헤아려 봐도 스무 군데가 넘는다.

촌놈이던 내가 난생처음 서울에 발을 디딘 것은 고등학교 3학년이자만 열일곱 살이었던 1966년, 은행에 취직시험 보러 왔을 때였다. 그리고 은행에 들어간 그 이듬해부터 드디어 서울살이가 시작되었다. 가세가 완전히 영락하고 가친께서 작고하신 이태 후였다. 그 2년 동안 형과 나는 우리 다섯 식구의 연명을 위해 맨땅에 헤딩하듯 발버둥을 쳤다. 형마저 군에 입대하고 나자 나는 운명처럼 어린 두 동생과 어머니를 둔 온전한 가장이 되었다. 그런 차에 은행에 취직이 되었으니 나는 운명적으로 가장이 된 것이 틀림없었다.

서울에서의 스무 곳을 포함하여 내가 태어난 후 살았던 곳은 얼추 서른 곳이 넘는다. 내 소유든 아니든 잠시라도 살았던 곳을 일단 '집'이라 한다면 그 집들은 어느 것 하나 내 인생의 애환이 서리지 않은 곳이 없다. 그러니 그 집들은 모두 나의 역사라 해도 과언이 아니다.

그중에서도 지금 얘기하고자 하는 이 집을 제일 먼저 떠올리게 되는 것은, 내 서울살이의 시작일 뿐만 아니라 가난한 내 역사의 표본이라 할 만하기 때문이다.

내가 방 한 칸을 세 들어 살았던 그 집은 무악재 너머에 있었다.

서대문사거리에서 독립문까지가 대략 1㎞, 거기서 무악재까지가 또 1㎞이고, 그 집은 무악재 고갯마루에서 약 300m 거리에 있었고, 내가 근무하는 은행 지점은 서대문사거리와 독립문의 중간쯤 있었으니 직장과 집의 거리는 대략 1.8㎞가량 되었다.

무악재는 인왕산(338m)과 안산(296m)의 사이에 있는 좁고 가파른 고개이다. 안산鞍山의 다른 이름이 무악산毋岳山이니 내가 잠시 세 들어 살았던 그 동네가 바로 안산 자락이다.

무악재라면 역사에도 심심찮게 나오는데, 도적과 호랑이가 수시로 출몰해서 10여 명이 모여서야 고개를 넘었다고 한다. 또 명과 청나라의 사절들이 들어오는 길목이었고 독립문 자리에는 독립문이 세워지기 전까지 그 사절들을 영접하는 모화관과 영은문이 있었으니 조정의 시름이 배어 있었던 곳이라 하겠다.

자동차가 점점 늘어나게 되는 산업사회에 들어와서도 무악재는 변화가 있었다. 70년대에 들어 자동차 길을 넓히려고 고갯길 옆의 산을 조금 더 깎아내면서 고개 높이도 좀 더 깎아냈고, 그 한참 후, 그러니까 내가 그곳을 떠난 십수 년 뒤의 일이지만 3호선 지하철공사를 할 때 한 번 더 깎아내어 높이를 낮췄는데, 그때 큰 사건이 터졌으니 다름 아닌 1982년 4월 8일의 지하철공사 붕괴 사고였다. 10명이 죽고 42명이 중경상을 입은 끔찍한 사고로 기록돼 있다.

70년대에 고갯길을 넓히느라 산을 깎아내기 전까지만 해도 무악재 양쪽으로, 인왕산 쪽으로는 광물질의 일종인 '산골山骨'을 파는 토굴 같은 게 있었고, 안산 쪽으로는 '체 내림 집'이 여러 군데 있었다. 시중의 소문으로 '산골'은 뼈 질환에 신효하고, 체 내림은 아무리 수십 년 된 체증도 한 번 시술로 기막히게 고친다는 이야기가 떠돌았다. 눈앞에서 수년 묵은 체증의 고깃덩어리를 빼낸다는 이야기가 회자했다. 그때만 해도 '체한다'는 것은 대체로 점잖은 말이고 일반에서는 '얹힌다'고 하던 시절이었다. '산골'과 '체 내림 집'이 없어진 후로 우리 사회에는 '얹힌다'는 말과 '체한다'는 말이 점차 사라지고, 지금은 '소화불량'과 '위염'이란 말만 남았다. 아마도 세월이 좋아져서 너도나도 잘 먹다 보니 위장이 튼튼해진 반면에 어쩌다 과식으로 일시적인 소화불량은 생겨도, 옛날처럼 평소에 너무 못 먹어서 허약하던 위장에 어쩌다 고기가 들어가서 놀란 위장이 소화를 못 시키고 고질병처럼 낫지 않던 얹힘 현상이 저절로 없어진 게 아닌가 싶기도 하다.

1969년, 인왕산과 안산의 잔설이 사라지고 개나리가 막 피어날 즈음의 어느 토요일에 나는 걸어서 무악재를 넘어갔다.

복덕방—요즘 흔히 말하는 '부동산'이나 '공인중개사사무소'가 아닌, 장기판과 재떨이가 놓인 할아버지들의 진짜 '福德房'—에서 그 집의 구석방을 소개받아 둘러보고는 그날로 계약을 했다. 일단 월세가 없는 전세인데다 전세보증금이 7만 원으로, 다른 집에 비해 상대적으로 많이 쌌기 때문이었다. 7만 원이면 그때 내 월급으로 너덧 달 치 정도였다. 이를 악물고 어떻게 버티면 보증금은 살아 있으니 매월 지출을 줄일 수 있다는 일념에서 나는 뛸 듯이 기뻤다.

내가 방 한 칸을 전세 내어 자취 생활을 시작하게 된 것은, 두 사람이 불편하게 한방을 쓰고서도 지금껏 하숙집에 매달 갖다 바치는 돈이 아까워서였다. 말했다시피 나는 운명적인 가장이었으므로 어머니와 동생들의 생활비와 학비뿐만 아니라 집에 전부터 있던 빚을 갚아나가는 데 필요한 송금액이 말단 은행원인 내 월급으로는 너무나 버거웠기 때문이었다.

그 집이 어느 정도 쾌적하지 않겠다는 각오는 당연히 했지만, 그러나 뜻밖의 당황스러운 일이 닥친 것은 이사한 지 사흘만이었다.

무악재 고갯마루에서 250여 미터 내려간 큰길에서 왼쪽으로 숨 가쁜 언덕길을 50여 미터 올라간 지점에 있는 이 집은, 입구 한쪽에 헛간 비슷한 작업장이 있고 그 안쪽으로 방 세 칸과 부엌 그리고 대충 내달은 셋집 용 부엌 두 개가 덧달린 본채가 있고, 그리고 별채의 변소가 있었다.

사흘째 저녁, 퇴근해 오니 고무가 심하게 타는 역한 냄새가 진동했다. 보편적 경험상 이런 냄새는 뭔가 즉시 응급조치를 해야만 되는 그런 경우가 아닌가.

알고 보니 작업장에서 나는 냄새였다. 작업장에는 수동 프레스 비슷한 압착기가 있고 연탄불에 달궈진 그 거푸집 압착기에 재활용 고무 원료를 넣고 힘으로 압착해서 제품을 구워내는 것이었는데, 바쁘게 쏟아지는 그 제품은 다름 아닌 소형 생활 가구의 '고무 발'이었다. 지금 60~70대 이상이면 기억할 만한, 육교 위나 지하보도 입구에서 좌판에 벌여놓고 팔던, 양은 밥상의 접이식 철사 다리가 미끄러지지 않고 또 방바닥이 찍히지 않게끔 그 다리 끝부분에 신발처럼 끼우던 그 고무 제품 말이다.

계약 당시에는 주말이라 쉬었거나, 아니면 복덕방에 내놓은 시기여서 작업을 멈췄거나, 아니면 우연히 그날 아저씨가 일이 없었거나, 아니면 그날따라 게으름이 났거나, 그 중 어느 것이었을 텐데, 여하튼 그 작업이 쉼 없이 고무 타는 역한 냄새가 진동하는 줄은 생각조차 해보지 못한 상태에서 그 냄새와 맞닥뜨리니 황당하고 막막했다. 그런데 집주인 아줌마가 다가와서, "주문이 몰려서 그리유. 원래 밤에는 작업 않는디…" 하였다.

그 고무 발은 하잘것없지만, 그러나 그 당시 서민들의 삶에는 매우 유용한 생활용품이었다. 접이식 양은 밥상의 다리 외에도, 철제 앵글로 조립한 선반의 다리에도 끼웠으며, 뜨거운 냄비나 다리미의 철제 받침대에도 필요했다. 여하튼 나무든 쇠든 모나거나 무게를 받는 모든 것에 쓰였는데, 모양은 세모·기역자·동그란 것·넓은 것·좁고 긴 것·큰 것·작은 것 등등이었다. 이것은 하잘것없는 것 같지만 없으면 불편한, 그래서 요긴한 것이었고, 그런 점에 있어서는 연탄불의 열기와 고무 냄새 앞에서 땀으로 얼룩진 얼굴로 힘들지만 늘 쉼 없이 삶을 위한 손발을 놀리는 그 집주인 내외나 그 집에 세 들어 사는 옆방 사람들도 모두 이 고무 발과 같은 존재라는 생각이 들었다.

그날은 압착기의 덜그럭거리는 소리, 찍어낸 제품을 식히느라 물에 던져 넣는 피지직거리는 소리와 함께 밤 열 시까지 냄새가 났다.

주문이 많지 않았던지 다음 주 주중에는 퇴근해 오면 어떤 날은 잠깐씩만 냄새가 나다 말았다.

다음 일요일에는 종일 작업이 이어졌는데, 내가 비위가 그렇게 약하지만은 않았기에, 이것이 보증금이 싼 대가라고 생각하니 갑자기 견딜 만해지는 것이었다. 저녁에는 일을 마친 주인집에서 술상을 차려놓고 불렀는데, 건너가 보니 옆방 내외도 와 있었다. 그날 밤 됫병 막소주 한 병을 다 비웠다.

그 집에 사는 사람들은 모두 세 가구에 여덟 명이었는데, 먼저 주인집 내외와 아이들 둘, 세 든 부부와 젖먹이 하나, 그리고 나였다.

우선 집주인은 삶에 찌든 모습이나 찡그린 표정 없이 그저 둥글둥글한 모습으로 늘 일에 열중하고 있었다. 그러니 여편네에게 잔소리 들을 일이 없었다. 그러나 다만 한 가지 술을 너무 좋아해서 여편네의 지청구를 들었다. 그래도 잔소리를, 여편네를 두들겨 패거나 세간을 두드려 부수는 것으로 대응하는 그런 모습은 한 번도 본 적이 없었다. 그저 지청구를 듣고도 흐흐흐 웃어넘기거나 자리를 피해 밖으로 횡 나가버리는 그런 사람이었다. 여자는 애들 키우랴 살림하랴, 또순이처럼 아등바등했다.

옆 셋방에는 펑퍼짐하게 생긴 여자가 살았는데, 목소리가 몸피에 어울리게 넉넉하고, 쥐뿔도 없는데 말하는 것은 시원시원해서 넉넉한 살림이면 오지랖깨나 넓게 살 것 같은 뽄새였다. 남편은 무슨 일을 하는지 한 달에 한두 번 겨우 왔다 가는 눈치였다. 그 여자가 젖먹이를 끼고 있는 모습이 어째 어울리는 그림 같지는 않아 보이는 가당찮은 생각도 이유 없이 드는 것이었다.

그 사람들은 한 식구처럼 정이 있었다. 내게도 김치나 반찬을 수시로 나눠주고, 퇴근해서 보면 연탄불도 꺼지기 전에 갈아놓을 때가 많았다.

그 집의 남다름은 그것뿐만이 아니었다.

여름이 되자 밤새 방 밑으로 쏟아져 내려가는 급류의 물소리가 잠을 깨우는 것이었다. 원래 무악산이 대부분 돌로 된 산이라 이 동네도 모두 큰 바위 위에다 대충 돌과 시멘트 등으로 땜질을 하고 그 위에 얼기설기 집을 앉힌 터라 비가 쏟아지면 위에서부터 큰 바위 사이로 빗물이 폭포처럼 급류를 이뤄 쏟아져 내릴 수밖에 없었다.

그런 밤이면 차라리 일어나 앉거나 엎드려서 책을 읽곤 했다. 제법 많은 이 동네의 사람들이 한두 해 살아온 것도 아닌데 잠자다가 떠내려가기야 하겠냐는 생각이 들어서 차라리 시끄러워 잠이 안 올 바에야 차분히 책이나 보는 게 낫겠다는 생각에서였다. 흙산이라면 토사가 위험하겠지만 돌만 남은 산이 아닌가.

라면을 상자째로 사놓고 먹다 습기 때문에 곰팡이가 피었는데 그래도 버리지 못하고 끝까지 아껴가며 다 먹었다. 담배도 마찬가지였다.

뒷간도 허술하기 짝이 없었는데, 식구가 제법 많았음에도 불구하고 오물이 많이 쌓이지 않았다. 가만 보니 바위들 사이에다 뒷간을 세워놨기 때문에 오물들이 바위들 사이로 떨어져 저절로 흘러 내려가는 것이었다. 비가 오면 한 번씩은 깨끗하게 세척이 되는 그런 구조였다.

그렇게 나는 고무 타는 냄새와 급류 위에 앉은 방에서 자고 먹고 생활

하면서 은행에 출퇴근했다.

입행 초기, 은행에서는 온종일 돈만 세는 날이 많았다. 진짜로 돈을 원 없이 만져보고 세어본 한때였다. 그렇게 종일 돈을 세다가 점심 먹으러나 퇴근할 때 화창한 바깥으로 나가면 하늘이 누리끼리하게 보이는 날이 많았다. 6·25 때 밥 굶은 얘길 하면 애들이 라면이라도 먹지 그랬냐고 답답해한다지만, 그때는 지폐 세는 기계를 상상도 못 하던 시절이었다. 그때 숙달된 돈 세는 손기술이 지금도 가끔 튀어나와 현찰이 조금만 있어도 나도 모르게 후다닥 세고 나서 마지막 장을 탱, 소리 나게 튕기는 버릇이 발동하기도 한다.

그즈음 얼마 후부터 나와 가까이 지내게 된 K라는 아가씨가 있었다.

막 대학을 졸업하고 은행에 들어온, 나보다 두 살 많은 서울 토종 아가씨였는데, 입행한 지 채 두 달도 되지 않아서 서로의 눈이 서로의 눈을 끌어당겨서 말릴 수 없게 되고 말았다.

알고 보니 그녀는 서울에서도 제법 상류층쯤에 속하는 집안의 막내딸이었고, 지점 근방의 주택가에 조선 시대의 사대부가 살았던 널찍한 한옥에서 대가족이 살고 있었다.

어느 날 그녀가 내 팔짱을 끼고 자기 집에 데려간 적이 있었는데, 비공식적인 방문이라 올케언니만 살짝 알게 그녀의 방으로 안내되어 그녀가 내게 피아노를 연주해주기도 했다. 그 올케언니는 집안의 예금이자를 찾으러 한 달에 몇 번씩은 은행 창구에 나오기도 했다.

우리는 근처의 사직공원에서 밝은 달빛을 받으며 데이트를 하고 서대문과 광화문을 오가며 남몰래 둘만의 비밀을 만끽했는데, 점차 지점 내에서 다른 직원의 눈길을 피하기가 어려워지자, 놀랍게도 그녀는 느닷없이 은행을 그만두고 나서 1㎞ 이내의 다른 은행 지점으로 직장을 옮겼다. 남들은 평생 취직하기도 어려운 은행인데, (물론 집에다가는 다른 구실을 댔지만) 남자 친구와의 로맨스를 위해 은행을 바꿀 만큼 그녀의 집안은 소위 행세를 하는 집안이었던 거다. 그럼에도 그녀는 속물은 아니었다. 궁핍한 나의 옆자리로 주저 없이 다가와 함께 즐거웠다. 다른 모든 조건은 아랑곳없이 둘은 오직 사랑에 빠져 있었을 뿐이었다.

그녀는 무악재 너머 나의 자취방에도 스스럼없이 오곤 했다. 버스비를 아낄 겸 만원 버스에 시달리지도 않을 겸 나는 1.8㎞를 20여 분 걸어서 출퇴근했는데, 그녀와 나는 손을 잡고 무악재를 걸어서 데이트를 했다.

때로는 영천시장에서 김치 담글 배추 한두 포기를 사서 새끼줄에 묶어서 들고 무악재를 넘기도 했다. 그때만 해도 삐삐선으로 엮은 장바구니를 들고 장을 보던 시절이라 장바구니가 없을 때는 생선이나 채소 등을 새끼줄로 묶어주고, 사 들고 오곤 하던 때였다. 또 없는 집에서는 연탄도 낱장으로 새끼줄에 꿰어서 사 들고 다니던 때였다.

나는 그렇게 이중생활을 했다. 아침에는 재 너머로 출근해서 말끔한 양복에 넥타이 맨 도시 직장인으로, 저녁에는 거꾸로 재를 넘어 하층민으로 살았다. 그 이중생활의 괴리를 나는 괴로워하거나 불안해하지 않았다. 오히려 묘한 긴장감과 비밀스러움이 일었다고나 할까. 퇴근 후의 내 삶을 K 외에는 아무에게도 말하지 않음으로써 비밀스런 그 분위기를 즐겼다. 가끔은 서대문 로터리에서 광화문까지 걸어서 데이트를 하고, 서울의 중심에서 고개 너머 누옥 나의 냄새 나는 자취방으로 돌아와 잠을 청하는, 그런 이중생활이었다. 내 삶이 이중생활이라면 K와 나의 사랑 또한 이중성 위에서 줄타기 곡예를 하는 것만큼이나 긴장감이 있었다고나 할까.

내가 그 집을 떠난 것은 일 년을 겨우 채우고서였다. 한강 남쪽 지점으로 전근되었기 때문이었다.

떠나기 전 나는 그 집 사람들을 좁은 내 방으로 불러 소주 파티를 열었다. 그 일 년 남짓 동안 나는 주인아저씨의 작업장에서 어설프게 작업에 끼어들어 방해를 하기도 했고, 그러나 주인은 짜증은커녕 흐흐흐 웃으며 작업이 끝나면 소주잔을 건네곤 했다. 고무 타는 냄새가 어느새 익숙해져 있었던 거다.

전근되고 나서 K와 나는 곧 시들해지고 말았다.

K와는 아무것도 묻지도 따지지도 않고 서로 마음이 맞았던 사이였는데, 그런데 그것이 서로의 순수한 영혼에의 사랑에 도달했다기보다는, 서로에 대한 호기심, 즉 서로의 살아보지 못한 삶에 대한 호기심에 다름 아니라는 것을 깨닫는 데 채 일 년이 걸리지 않았던 거다. 누가 먼저랄 것도 없이 서로가 각자 자신을 발견했다고나 할까. 서로의 자존심을 지켜주며 잘 헤어지고 얼마 지나지 않아서, 나는 헤어짐 자체가 편안하게 느껴졌다. 신경 쓰이던 외출복을 벗고 편안한 실내복으로 갈아입은 듯한 자연스러움 같은 것이었다.

결국은 원초적인 순수함에서 얼마간의 시간이 지나면서 겪어보지 못했던 상대의 분위기가, 기이함과 신선함으로 다가왔던 그것이, 각자에게는 차차 불편함에 다름 아니라는 것을 깨닫게 된 것이었다.

중학교 때 국어 선생님이 수업 시간에 이런 질문을 한 적이 있다.

"아주 낡고 작지만, 책이 가득한 서재가 있는 집과 책은 없지만 넓은 정원이 딸린 크고 근사한 집 둘 중에 어디에 사는 것이 행복할까?"

지지하는 쪽에 손을 들라고 했는데, 대다수가 두 번째 집을 지지했다. 그래도 한 자리 숫자지만 첫째 번에 손을 든 애들도 있어서, 나는 세상 물정 어두운 이 노처녀 선생님에게 작은 위로라도 되겠거니 안도하며 두 번째에 손을 들었다.

그런데, '역시나 그렇겠지 뭐' 하는 체념의 표정 속에서도 유독 나를 쳐다보는 선생님의 눈빛에 가득한 실망이 실려 있음을 보았다.

'너, 장난 아니고 진짜로 그런 것 맞냐? 다른 애들은 몰라도…' 하는, 의아함과 절망에 가까운 눈빛이 역력했다. 국어 성적이 그래도 꽤 괜찮았던 나에 대한 선생님의 절망이 생각보다 커 보이는 데 대해 나는 약간 놀라면서도, 속으로 피식 코웃음을 쳤었다.

그랬다. 그때도 집은 내게 생존의 절대적 조건이었지, 취미나 담아주는 정신적 낭만의 사치품은 아니었던 거다. 어린 나이에도 선생님의 그 얘기가 참 철딱서니 없거나 아니면 배부른 소리를 하는 한심한 얘기로 들렸다. 좋은 집을 가지면 책은 얼마든지 읽을 수 있고, 서재도 근사하게 꾸밀 수 있다고 생각했었다.

뒷날 세상을 살아보면서 가끔 그 생각이 떠오르면, 그 선생님의 소박하나 간절한 소망도 이해가 갔고, 또 내가 가난의 비애를 너무 일찍 체득해버린 그런 인생의 엇갈림 같은 것이 둘 사이에 놓여 있었구나, 하는 생각을 하게 되곤 한다.

무악재 하나를 경계로 도심의 화려함과 하층민의 누추함이 갈라지듯, 내 생활도 그 고개를 넘나들며 극단적인 이중성을 넘나들었다. 그 이중성은 세상 물정도 모르고 가난의 굴레에서 단 한 번 벗어나 보지도 못한 깡 촌놈의 서울살이 진입과도 닮아 있었다. 어쨌든 무악재의 생활은 나의 그 이후 40여 년의 서울살이에 대한 통과의례처럼 지금도 생각된다.

셋방을 옮겨 다니고, 드디어 내 집도 마련하고, 또 내 집을 지어보기도 하고, 집을 날려보기도 하고, 유행하는 아파트에서 살아도 보고…. 지금도 언제 옮겨 앉을지 자신도 모르는 서울살이.

무악재 생활을 떠올리면 이제는 몇 세대 전의 까마득한 역사처럼 느껴지기도 한다. 우리는 그만큼 엄청나게 빨리 변해 왔다. 보통 선진국에서는 3~5세대에 걸쳐서나 겪을 변화를 우리는 생전에 다 겪으며 살아온 셈이다.

그러면, 엄청나게 풍요로워진 그만큼 우리는 엄청 행복한가?

OECD 국가 중 우리나라가 출산율은 가장 낮고 자살률은 가장 높다는 통계는 또 무엇인가?

사실은 물질적 풍요와 행복 사이에는 거의 아무런 상관관계도 없다고 한다. 처음 먹는 맛있는 음식과 처음 입는 멋있는 옷의 즐거움은, 같은 것이 계속되면 인간의 감각기관은 그것에 차츰 적응하여 '덤덤한 상태'가 되고, 그 자극은 점점 더 강해지지 않으면 그 이전에 느꼈던 쾌감을 느낄 수 없는 생리적 구조를 가졌기 때문이라는 거다. 학자들은 이것을 '생리적 적응 현상'이라고 한다.

'심리적 대비 현상'이라는 것도 있다. 나보다 가난한 사람의 옆에 있으면 부자라고 느끼고, 나보다 부자의 곁에 있으면 가난하다고 느끼는 것을 말한다. 이런 측면에서 보면 자기의 재산이 늘어나도 옆 사람의 재산이 더 늘어나면 행복은 물 건너가는 것이다.

국민소득이 세계 최하위 그룹인 부탄왕국의 국민 행복 지수가 세계에서 제일 높은 것과, 독일과 일본 국민들이 부탄이나 나이지리아 사람들과 비교하지 않고 자기와 비슷한 주위 사람들이나 더 잘사는 사람들과 비교하기 때문에 행복 지수가 낮은 것도 알고 보면 이해가 가는 일이다.

지난날은 추억 속으로 편입되면서 대부분 행복의 사진으로 변한다. 그래서 사람들은 어려웠던 과거를 떠올리며 잠시라도 행복에 젖는다. 심지어는 눈물을 흘리면서도 행복해한다.

지금 나보다 잘 사는 옆 사람과 부질없이 비교해서 불행해지지 말고, 차라리 어려웠던 과거를 떠올리며 행복감을 키우는 건 어떨까?

깡 촌놈의 서울살이 초입에서 나의 무악재 시대는 지금도 내게 느긋한 행복감의 자산이 되곤 한다.

지금 전 세계를 휩쓸고 있는 후기 자본주의 체제는 대부분의 세상 사람들이 불행을 느낄 수밖에 없는 구조적 요인을 갖고 있다. 소금물을 먹으며 갈증을 끝없이 키우듯, '소비물질주의'로 사람들의 욕망 충동을 끝없이 부추겨 여기에서 벗어나는 사람에게는 '소외'와 '불행'을 안겨서 나락으로 몰아가는 것이다. 우리나라에 본격적으로 후기 자본주의가 들어오기 시작한 80년대 말 이전까지의 빛바랜 추억의 사진들을 한번 보자.

찬 바람이 불기 시작할 때 들여놓은 연탄 100장의 행복, 김장해 넣고 나서 겨울을 다 난 것같이 푸근했던 행복.

약속한 서울역 시계탑 밑에서 온종일 속수무책 바람을 맞거나, 신촌에서 고속버스를 타고 인천 월미도에 다녀오면서 고급스러운 연애를 하고, 연탄가스를 맡고 아침에 병원에 실려 가거나 하루 결근을 하게 되는 것을 가족이 멀리 공중전화에 가서야 직장에 알릴 수 있고, 갑자기 야근할 일이 생겨서 집에 못 가도 가족이 동네 약국에 가서 회사로 전화를 해야 확인이 되던 시절.

자가용을 갖고 휴대전화를 갖고 수시로 해외를 들락거리고 넓은 아파트에 온갖 전자제품을 다 갖춰놓고 살고 있는 지금, 어이없고 불편하기 짝이 없던 빛바랜 사진 속의 그때보다 정말 엄청 더 행복한가?

2012년 1월 주말 어느 날 아침나절, 냄새나던 그 동네에 다시 가보았다. 그러나 43년 전에 내가 살았던 그 집은 끝내 찾을 수가 없었다. 그 집이 있던 자리마저 정확히 가늠할 수 없을 정도로, 새로 지은 지 거의 20년이 지났을 단독주택과 다가구 주택들이 빼곡히 들어서 있고, 시멘트로 포장된 오르막길은 경사가 심해 아슬아슬하게 느껴졌다. 길 한쪽으로 줄줄이 주차해 놓은 차들이 불안하고 조마조마했다. 가끔 주차한 트럭 등이 미끄러져 내려 사고가 났다고 뉴스를 생산하는 곳이었다.

그날따라 기온이 엄청 매서운 날이었다. 그 추위에도 안산으로 오르는 등산객들이 몇몇 심한 비탈길을 오르고 있었다.

동네 아래 큰길은 1번 국도와 통일로를 따라 버스 중앙차로 공사를 하는 중이라 휴일이지만 차들이 속도를 제대로 내지 못할 정도로 약간 정체되는 상황이었다.

지하철이 지나가고, 수많은 차들이 지나가고, 버스전용차로까지 생기는 이 길이지만, 그러나 여전히 빈한한 모습으로 엎드려 있는 이 동네의 사람들은 지금도 가난한 인생의 한고비를 악착같이 넘어서려 부지런히 고개를 넘나들 것이다. 그들도 언젠가 지금의 이 시절을 빛바랜 추억의 사진으로 바라보며 행복에 잠기기를 바란다.

나는 그 동네를 내려와 지하철을 타지 않고 무악재를 넘어 독립문 쪽으로 걸어 내려왔다.

젊은 시절 서대문에서 독립문을 지나 서북쪽 고갯길을 오르던 가난한 나의 등을, 나의 영혼을, 따스하게 위로해 주던 그 햇살을 지금도 잊을 수가 없다.

오늘은 반대로 그 햇살을 내 얼굴에 눈부시게 가득 받으면서 힘차게 고개를 걸어 내려왔다.

개망초를 위한 변명

개망초를 보고도 그것이 개망초인 줄 모르는 사람에게조차, 이미 그 이름만으로도 아무 쓸모 없고, 성가시고, 하찮은 잡풀쯤으로 충분히 인식되고도 남음 직한 식물이 개망초다. 나도 처음 개망초란 이름만으로 그런 따위의 인식을 하고 나서 십여 년이 지난 후에야 실제로 개망초란 식물의 실체를 알고 구분하게 된 경우에 속한다.

개망초란 이름을 처음 접하는 사람은, 어쩐지 이미지는 완전히 다른 것 같지만 이름만은 유사한 물망초를 일단 연상하게 되는 경우가 많다.

물망초는 말勿 잊을忘 풀草로 'Forget-me-not', 즉 '나를 잊지 마세요'의 꽃말을 뜻 그대로 충실히 반영한 이름을 얻은 유럽의 꽃이다.

독일의 전설에, 옛날 도나우강 한가운데 있는 섬에서 자라는 이 꽃을 애인에게 꺾어주기 위해 한 청년이 그 섬까지 헤엄을 쳐 건너가서 꽃을 꺾어서 다시 건너오다가 급류에 휘말리자, 가지고 있던 그 꽃을 애인에게 던져주면서 '나를 잊지 말아줘' 한 마디를 남기고 사라졌고, 그녀는 사라진 애인을 생각하면서 일생 그 꽃을 몸에 지니고 살았다고 한다. 애잔하면서도 고상한 이미지가 아닐 수 없다.

16세기 프랑스의 앙리 4세가 이 꽃을 자신의 문장紋章으로 사용해서 더욱 유명해졌고, 그 이후 이 꽃을 가진 사람은 연인에게 버림받지 않는다는 속설까지 얻게 되었다.

그러면 개망초의 유래는 어떤가.

개복숭아가 있으면 복숭아가 있고 개살구가 있으면 살구가 있듯이, 개망초가 있으니 당연히 망초라는 식물이 있을 것은 미루어 짐작하고도 남는다.

망초는 북아메리카 원산의 귀화식물이다. 구한말 개항(1876년) 이후 우리나라에 유입되었는데 경술국치(1910년)를 전후하여, 전에 보지 못하던 이상한 풀이 전국에 퍼지자 나라가 망할 때 돋아난 풀이라 하여 '망국초' 또는 '망초'라 부르기 시작했다 한다. 그런데 개망초는 망초보다 꽃이 크고 분홍색이 약간 돌며 훨씬 돋보이게 생겼는데, 나라가 망하는 판에 망국초보다 더 그럴듯하게 생겼으니 거기에 오히려 '개' 자를 덧붙여 망국에 대한 극도의 분노를 표출하게 된 것이 아닌가 여겨진다. 귀화 시기를 잘못 만나 이 식물은, 꽃도 아닌 풀에다가 망할 '망'에다가 또 '개'까지 덧붙여 개망초가 된 것이다. 요즈음 우리나라에서 흔히 볼 수 있는 것은 망초보다는 개망초가 대부분이며, 우리나라 전역에 우리 꽃처럼 퍼져 있다.

해바라기·맨드라미·채송화·접시꽃·코스모스·달리아·봉선화·아카시아(아까시) 등등이 알고 보면 모두가 외래종이지만 꽃이란 이름을 얻고 우리 꽃처럼 친숙해졌지만, 이와 달리 억울해도 너무 억울한 대접을 받고 있는 개망초로서는 서럽기 짝이 없을 성싶다.

개망초는 국화과의 두해살이풀이다. 주로 밭과 들이나 길가에서 자라며, 키는 1m 이하이다. 6~8월에 꽃이 핀다.

꽃이란 이름 하나 얻지 못하고 풀 자를 얻은 것은 나라가 망하는 그 시기에도 원인이 있었지만, 아무 쓸모 없는 '잡초'라는 의미가 은연중에 내포돼 있다. 사람들은 먹기 위해 또는 감상하기 위해 가꾸는 것 외에는 모두 '잡초'라고 부르는 습성이 있다. 사전에 잡초는 '가꾸지 않아도 저절로 나서 자라는 불필요한 식물들'이라고 나와 있다. '가꾸지 않아도 저절로 나서 자라는'까지는 이해할 만도 하지만 '불필요한 식물들'이라는 해설에는 인간의 끝없는 오만이 도사리고 있다.

철학자 농부 윤구병 교수는 『잡초는 없다』라는 책에서, 소위 잡초라고 불리는 식물의 쓰임새와 존재가치를 낱낱이 역설하면서 어느 것 하나 이름 없는 식물이 없으며, 그래서 '잡초는 없다.'라고 주장한 바 있다.

개망초는 스스로 자생력이 뛰어나다 뿐이지 결코 감상할 가치가 없을 만큼 형편없는 꽃이 아니다. 개망초에게는 새삼 억울한 누명이다.

개망초가 받은 접두사 '개'는 또 어떤가.

국어사전에도 올라 있는 접두사 '개'는 상당한 세월을 두고 쓰인 비속어로서, 개살구·개복숭아·개떡·개꿈·개죽음·개수작·개폼 등으로 쓰인다.

비슷한 유의 접두사 중에는 '돌'도 있다. 돌감·돌미나리·돌능금·돌배·돌 상놈 등이다. 돌 자가 야생, 또는 품격이 좀 떨어지는 의미를 내포한다면, 개 자가 붙은 것은 '돌'보다 훨씬 더, 거의 욕에 가까운 수준 미달을 의미한다.

그런데 근년에 와서 아무 데나 함부로 개 자를 붙이는 경향이 특히 어리거나 젊은 층에서 심해지고 있다. 개고생·개 가수·왕재수를 넘어 개 재수·떡 실신을 넘어 개 실신…에까지 발전한 것이다.

서울의 중학생들이 제주도로 수학여행을 가서 승마장에서 차례로 말을 타는데, "개 무서워", "개 재밌어"를 아이마다 연발하자 승마조교가 인솔 교사에게 다가와 물었다고 한다. "개가 도대체 어딨수꽈?"

좆나→졸나→졸라, 열나→열라 등으로 쓰이던 저속하고 천박한 신세대의 부사가 드디어 '개'로까지 변천한 것이다. 원래의 '개'는 형용사로 쓰인 데 비해 지금의 '개'는 부사로 쓰이는 데까지로 달라졌다고나 할까?

개는 우리나라 사람들에게는 상당히 이중적인 존재 의미를 유지해 왔다. 수십 년 전까지만 해도 서민들은 개장국을 즐겨 먹었었다. 물론 개장국에서 보신탕 영양탕 사철탕 등으로 시대 상황에 따라 변칙적으로 이름까지 변해오다 이제는 개장국 집 자체를 아예 찾아보기 힘들게 됐지만 말이다. 그 보신탕집에서 특히 여름이면 손님들이 밀어닥쳐 주인이 정신없이 바쁘니까, 한 떼의 손님들에게 물었다. "여기 개 아닌 분 손들어 보이소." 손 든 사람이 아무도 없으면 사람 수대로 보신탕이고, 손을 든 사람만 삼계탕으로 얼른얼른 주문을 받았다. 그런데 이 말이 유머로 변신하면, 그 손님들은 모두 개라는 말이 성립되고, 개면 인간 망종 정도를 의미하니 참 우스갯소리치고는 그럴듯한 패러독스다. 식당 주인이 무심코 한 말을 유머로 만든 것은 '너도 개고, 나도 개고, 우리 모두 개다.'라는 자조나 비하의 세태를 반영한 것이다.

그런데 요즘은 그 개에 대한 이미지가 정말 헷갈린다.

고향에 혼자 살던 노인이 서울의 아들 집에 왔는데, 한 이틀 겪어보니 절대 강자인 며느리를 중심으로 그 집의 순위가 명확해지더라는 것이다. 1순위가 손자(온 식구가 오냐오냐하면서, 절대 강자인 며느리까지도 하늘처럼 떠받든다), 2순위는 당연히 며느리, 3순위는 강아지(늘 안고 빨고 섬긴다), 4순위는 파출부(남편에겐 전혀 안 보는 눈치를 파출부에겐 좀 봐야 한다), 5순위가 아들이더라는 것. 그래서 단 3일 만에 쪽지 한 장 아들 방에 써 놓고 시골로 내려가 버리고 말았다. "5순위야 잘 있거라. 6순위는 간다."

애완견이 대세인 요즘 세태를 보면 개가 3순위가 아니라 2순위, 1순위인 경우도 허다해 보인다.

좀 야단스럽다 싶은 작금의 애완견 세태는 차치하고라도, 개는 예부터 사람과 가깝고 충직했다. 어릴 때 야단을 맞든가 심통 난 일이 생기면 툇마루를 나서며 꼬리를 흔드는 바둑이 옆구리를 걷어차 본 일이 시골 출신이라면 누구나 한두 번이 아닐 것이다. 그런데도 그 바둑이는 언제 차였냐는 듯이 집에 돌아오면 또다시 꼬리를 흔들지 않았던가. 이런 개를 두고 '개보다 못한 놈'은 몰라도, 드잡이할 때 갈 데까지 간 인간에게나 쓰는 상욕인 '개새끼', '개 같은 놈', '개 같은 년'은 개에게는 가당치도 않은 망발일 수밖에 없다.

그런데 이런 '개'의 위상 변화에도 사람들은 어째서 여전히 '개'라는 접두사를 형편없고 상스럽고 하찮은 의미로만 쓰고 있는 것일까? 차라리 접두사를 '쥐'나 '바퀴' 정도로 바꿀 만도 한데 말이다. '개'의 쓰임새에 대해서는 각설하고,

내가 처음 개망초와 만난 것은 14년 전쯤 된다.

처음 농장에다 늦가을에 50㎝ 미만의 작은 은행나무 묘목을 심었는데, 이듬해 여름이 무르익기도 전에 풀들이 무성하여 묘목을 뒤덮어 버

렸다. 오뉴월 하룻볕이 무섭다고 한 옛말을 실감하고도 남았다. 그래도 나무인데 풀 정도야 제힘으로 이겨내겠지, 하는 마음으로 조금씩 올라오는 풀을 그냥 내버려 뒀던, 앞뒤도 모르고 덤벼든 내 상식을 탄식하는 황당한 일이 불과 몇 달 사이에 일어난 것이었다.

그런데 그중에서도 제일 맹렬하고 씩씩하게 잘 자라는 게 알고 보니 바로 그 이름만 들어 알고 있던 개망초였다. 뒤늦게 낫을 휘둘러 베어냈지만 두세 주 만에 다시 자라 올라오는 맹렬함을 감당하기 힘들었다. 전업 농부가 아닌지라 주말마다 새벽같이 달려가서 해가 지도록 허리도 못 펴보고 그야말로 개고생을 계속해도 끝이 없었다. 풀이 완전히 뒤덮어 묘목은 온데간데없이 보이지 않으니 제아무리 명색이 나무라 한들 햇빛을 못 보는 데야 남아날 도리가 없는 일이었다.

비료나 제초제나 농약을 치지 않는 것을 철칙으로 삼았던 알량한 내 의지를 여지없이 무너뜨리며 비웃는 이 풀들에게, 나는 하는 수 없이 동네 이웃 사람에게 부탁하여 제초제를 살포하지 않을 수 없었다. 그런데 이게 웬일! 두어 달이 지나자, 아 몸살 좀 했네 그려, 하며 기지개 켜듯 또다시 풀들이 우후죽순처럼 솟아오르는 것이었다. 이 어이없는 상황에 덤까지 있었으니, 묘목의 10% 이상이 제초제의 간접 세례를 받고 먼저 죽어갔다. 그해는 그렇게 완전한 비웃음 속에 가을과 겨울을 맞았다.

다음 해에는 아예 초봄부터 흔히 부정부패나 구악을 뿌리 뽑아 근절하자는 구호를 상기하듯이, 호미를 들고 덤벼들었다. 그러나 천 평이나 되는 밭에 그득한 그 풀들을 기껏해야 주말 농부인 내가 무슨 재주로 다 매겠는가. 그다음에는 예초기를 메고 덤벼들었다. 나로서는 사투라 해도 좋을 만큼 이를 악물고 이놈들과의 전쟁에 승부를 걸고 있었던 셈이다. 그렇다고 이 정도로 두 손을 들고 묘목을 다 포기하고 항복을 하기에는 자존심이 허락하지 않았다. 결국, 엔진 예초기로 일 년에 서너 번씩 녀석들을 베어 넘기는 것으로 승부를 본 셈인데, 이것은 아무래도 누구의 완승이나 완패로 결론 날 일이 결코 아니라는 것을 인정하지 않을 수 없었다. 그런데 기계가 역시 인간의 힘의 낭비를 막고 능률을 올리는 건 하나 마나 한 말이지만, 그 빠르고 편리한 기계를 사용하는 데 따른 부작용이 있었으니, 풀 사이로 묘목을 찾아 피해 가며 세차게 기계를 돌리다 보니 한 차례씩 작업할 때마다 묘목을 발목까지 깨끗이 날려 버리는 일이 한두 번이 아니었다. 아차, 할 때는 이미 묘목은 잘려 나가고 만 뒤였다.

이렇게 너덧 해를 씨름하다 보니 상당수의 묘목이 줄어 있긴 했어도 그럭저럭 묘목도 자라서 나도 어느 정도 눈을 뜰 여유가 생기기 시작했다. 비로소 묘목도 풀을 어느 정도는 견뎌내기 시작하였고 키도 커서 제아무리 풀이 빨리 자란다 해도, '태산이 높다 한들 하늘 아래 뫼이로다'가 아닌, 제아무리 무성한 개망초인들 나무 아래 풀이었기 때문에 일 년에 두세 번 정도만 예초기 작업을 하면서 여유를 갖게 된 것인데, 그때에서야 개망초꽃의 아름다움이 보이기 시작했다.

그 후로는 다니는 통행로만 베어내고 나머지는 그대로 두고 감상하고 있다.

흔히 잡초라고 하는 풀들은 생명력이 질긴 게 특질인데, 사람들이 없애려고 하는 데에 대응해서 살아남는 방법이 대체로 몇 가지 유형이 있다. 바랭이 같은 종류는 잘 뽑히지 않는 게 특징이다. 손으로 뽑으면 잎도 반만 뜯어지고 뿌리는 그대로 남아 다음날을 기약한다. 호미로도 웬만큼 후벼 파서는 쉽게 뽑히지 않을 정도다. 그다음으로는 뽑으면 뿌리는 두고 지상부만 뚝 부러지거나 뜯어지는 경우. 이것은 얼마 안 가 뿌리에서 다시 싹이 돋아난다. 애기똥풀이나 쑥이 이런 유형이다.

그런데 개망초는 키도 제법 멀쑥하게 빨리 크며 의외로 손으로 뽑으면 뜯어지지 않고 속 시원히 쑥 뿌리째 뽑힌다. 잘못을 추궁하면 속 시원히 자백하는 형이랄까? 또 낫이나 예초기로 베어도 멀쑥한 줄기가 있어서 원하는 대로 시원하게 베어진다. 이것 또한 미워할 수 없는 점이다. 이렇게 쉽게 제거되어 곧 멸종할 것 같지만 개망초는 아름다운 꽃과 함께 늦여름에서 가을에 걸쳐 바람이 불면 꽃씨가 마구 날린다. 그리고 두해살이이기 때문에 벤 자리에서 이듬해 다시 어린 싹이 나온다. 제초제에도 웬만해서는 견디는 이유다.

그렇게 친해진 개망초는 여름에서 가을까지 나에게 시원한 아름다움을 선사한다. 도열한 은행나무의 푸른 잎 아래에서 하얗게 군락을 이룬 꽃들의 향연을 펼친다. 간혹 바람이라도 불면 시원하게 일렁이는 꽃물결은 한여름 더위나 가을의 따가운 햇볕에 땀 흘린 이마를 시원하게 쓰다듬어 준다. 봄에 애기똥풀 군락이 보여준 샛노란 꽃물결을 이어받아 농장을 아름답게 꾸민다. 원수로만 여겼던 개망초가 이제는 한 폭의 그림처럼 농장의 여름과 가을을 장식하니, 나는 즐겁다.

그 후로 나는 이른 봄이면 개망초의 어린싹을 뜯어 된장 조금 넣고 국을 끓여 먹거나, 나물로도 무쳐 먹는다. 쌉쌀한 맛이 입맛을 돋우는 데는 그런대로 괜찮다. 개망초는 소화력을 돕는 데도 효험이 있다고 한다.

또 뿌리까지 캔 전초는 소화불량·설사·혈뇨를 없애며 해독에도 효능이 있어 한약재로도 쓰인다.

개망초가 만약에 그렇게 흔하지만 않았어도, 농부들에게 지청구를 듣지 않고 슈퍼에서 귀한 값으로 대접받고도 남았을 것임이 틀림없다.

사람에게도 이런 경우가 흔히 있지 않을까 한다.

어릴 때부터 화초처럼 잘 키워진 인생이 있는가 하면, 워낙 환경이 척박하여 스스로 험한 환경을 이겨내고 자생하여 살아남는 인생도 있다. 전자의 경우 그대로 훌륭하게 이 세상의 빛이 되는 경우도 있으나, 대부분 자생력이 떨어져 보호막이 없어지면 자멸하는 경우가 많다. 후자의 경우에는 세상을 원망하고 욕하며 심성이 거칠게 되는 경우가 있는가 하면, 그 자생력을 잘 살리고 마음도 스스로 가다듬어 되레 세상을 따뜻한 눈으로 바라보는 훌륭한 사람이 되는 경우도 제법 많이 있다.

개망초를 보면 온갖 핍박에도 잘 살아남았고 오히려 아름다움을 잃지 않고 세상에 즐거움을 주는 훌륭한 존재가 되었다. 이 정도면 격려의 박수를 받을 만하지 않은가?

나는 앞으로도 꼭 필요한 데를 빼고는 개망초를 모조리 뽑아내지만은 않을 것이다. 함께 살아보려 한다. 이 세상에 이유 없는 존재, 존귀하지 않은 생명이 어디 있으랴만, 개망초야말로 썩 괜찮은 친구가 되고도 남음 직하다. 사람 사는 가까운 곳 어디든 빈 곳이 있으면 무리 지어 뙤약볕이나 비바람 꿋꿋이 견디며 수수하고도 시원한 아름다움을 선사하니 말이다. 비록 키도 꽃도 크지는 않지만, 군락으로 피어 장관을 이룬다.

빛 좋은 개살구의 이미지이기보다는 '알고 보니 썩 좋은 개망초'인 셈이다. 이제 개망초는 내게 더 이상 몹쓸 잡초가 아닌 허물없는 친구가 되었다.

개망초의 꽃은 지름 1~2㎝ 정도이며, 노란색 꽃을 흰 꽃잎이 둘러싸고 있는 모습이 마치 작은 달걀프라이와 흡사하다.

이 아름다운 꽃의 억울한 이름을 '달걀꽃'이나 '계란국화', 또는 '구름꽃' 정도로라도 바꾸어 주면 어떨까?

개망초의 꽃말은 '화해'라고 한다.

이름이 뭐길래

복주머니난은 난초과의 여러해살이풀이다. 키가 30~50㎝ 정도이고 5~6월에 (드물게 흰색도 있으나) 주로 진분홍 꽃이 피는데, 초록 잎을 배경으로 색다른 아름다움을 유감없이 빛낸다. 꽃이 피기 전에는 웬만한 관심과 안목이 아니고서는, 무슨 풀인지 구분조차 하기 어렵다. 그러나 꽃이 피었다고 한들 꽃의 크기가 기껏해야 4~5㎝ 정도이니 지나치기 쉬운 꽃이다.

나태주 시인의 「풀꽃」이란 시가 있다.

자세히 보아야
예쁘다

오래 보아야
사랑스럽다

너도 그렇다

이 시의 '너(사랑하는 이)'를 소중하게 보듯이 가까이서 살뜰하게 들여다보지 않으면 그냥 풀밭으로 지나치기 일쑤인 그런 꽃이다.

섬을 제외한 전국의 높은 산 숲속이나 풀밭에서 자생했는데 2012년에 들어 멸종위기종 2급으로 지정되었다. 널리 자생하던 야생화가 멸종위기에 몰린 것은 다름 아닌 그 이름 때문이었다.

고귀함의 대명사라 할 '난'에다가 '복주머니'까지 덧붙였으니 극성스러운 세상 사람들이 가만둘 리가 없었다. 이 식물을 전혀 모르던 사람들도 복을 안겨주는 희귀 난으로 인식하여 마구잡이로 채취하거나 사들이는 바람에 그렇게 된 것이다. 이런 행태를 보건대 '돈'주머니난이었으면 더 열광했을 성싶기도 하다.

이 꽃은 땅속 뿌리줄기로 번식하는데 일조량이나 기온 바람 습기뿐만 아니라 땅속 미생물의 조건이 맞아야 하는 등, 생육조건이 까다로워 섣불리 옮겨봐야 거의 다 실패한다고 한다. 옮겨 심었을 경우 몇 년 안에 죽고 마는 것은 미생물과의 공생관계가 깨지기 때문이다. 그런데도 남획을 했으니 사람 곁으로 와서 번성한 것이 아니라 자생지에서 그냥 사라지고 만 것이다.

그런데 이 복주머니난의 원래 이름은 개불알꽃이었다. 아래 꽃잎의 모습이 개의 불알을 닮았다는 것인데, 작지만 이렇게 화려한 꽃에다 모양이 아무리 좀 닮았다 한들 색깔은 영 다른 이 꽃에다 그런 이름을 갖다 붙인 마음이 짓궂다고 할 수밖에 없겠다. 학자들이 먼저 붙인 것인지 아니면 야생하던 것이니 민간에서 먼저 부르기 시작하여 학자들이 표준어로 정했는지는 확실치 않지만 말이다. 산속 여기저기 어렵지 않게 자생하니 흔한 수캐의 그것에 견주어 신산한 삶에도 불구하고 점잖만 빼던 시절에 파격적 일탈을 주는 이름을 지어 부름으로써 작은 웃음과 위안이라도 얻었음 직하다.

어쨌거나 세월도 지나고 보니 그 이름이 망측하다 하여 식물학계에서 바꾼 것이 복주머니난이었다고 한다. 반상班常이 엄존하던 그 옛날에야 깊고 높은 산 속에나 있는 서민의 꽃으로 양반의 입에야 오르내릴 일이 없었겠지만, 지금은 반상이 따로 없고 야생화까지도 즐기는 문화로 달라졌으니 개불알꽃으로 매양 부르기는 쉽지 않았을 것이다. 이름을 바꿀 때 상당히 고심한 흔적도 보인다. 개불알에서 복주머니로 그리고 꽃에서 난으로 일약 팔자를 고쳤다고나 할까, 신분이 크게 승격했으니 땅과 하늘의 차이인 셈이다. 후보작으로 오른 복주머니꽃, 요강꽃(건드리면 지린내가 나고 모양이 닮았다 하여) 등을 물리치고 복주머니난으로 굳어진 것이다.

그러나 고심한 학계의 노력을 짓밟는 데는 그리 오래 걸리지도 않았다. 국어사전에 새 이름인 복주머니난이 등재될 만한 세월도 허락하지 않고 멸종위기에 몰렸으니 말이다. 그러니 차라리 개불알꽃으로 도로 돌아가는 게 나을지도 모르겠다.

생김새가 흔치 않게 독특한 이 꽃은 세 잎의 깻잎 형 꽃잎과 주머니 모양의 꽃잎으로 이루어져 있는데, 비가 오면 주머니에 빗물이 가득 차 엉망이 될 것 같지만 첫 번째 꽃잎이 주머니 위를 가리고 있어서 벌과 작은 벌레는 들락거릴지언정 비에 망가질 염려는 없으니 참 묘하다.

이 아름다운 꽃을 위해서는 그저 모르는 채 놔두는 것이 상책일 듯하다. 이름도 평범하게 주머니꽃 정도면 어떨까? 꽃은 그 스스로 아름다운 것이며, 번식을 위해서 벌과 나비를 불러들일 요량으로 아름답고 향기도 내뿜는 것이지 인간들의 부자 될 욕심에 부응하고자 그런 것은 아닐 것이기 때문이다.

개불알꽃이 있는가 하면 개불알풀도 있다. 개불알풀의 꽃은 개 불알 모양과는 아무 상관이 없다. 이름에서 알 수 있듯이 복주머니난이 된 개불알꽃이 꽃잎 모양에서 지어진 이름이라면, 개불알풀은 이 풀의 열매 모양이 개의 불알을 닮은 데서 지어진 이름이다.

개불알풀은 현삼과의 2년생 초본으로 남쪽 지방에서 자생한다. 논밭가나 길가 풀밭 어디에서나 잘 자란다. 키가 기껏 5cm 전후로 줄기가 갈라져 땅에 깔리면서 자란다. 더구나 꽃은 2~4mm로 쪼그려 앉아 얼굴을 마주해야 모습을 제대로 볼 수 있을 정도로 작지만, 땅을 덮으면서 자라기 때문에 전체적으로 아름답다. 5~6월에 꽃이 피는데 양지바른 곳에서는 2~3월에도 필 때가 있다. 그것은 2년생 초본이기에 가능한 일이다. 열매는 8~9월에 열리고 크기가 5mm 정도밖에 안 된다.

큰개불알풀은 꽃이 6~8mm 정도로 개불알풀보다 두 배 정도 크고 전국 어디에서나 자란다. 한자어로는 땅에 깔린 비단이라 하여 '지금地錦'이라 하고 서양에서는 새의 눈을 닮았다 하여 'Bird's eye'라고 한다.

이 꽃 역시 이름이 민망하다 하여 봄까치꽃으로 개명했다. 꽃이 워낙 작아서 유심히 들여다보지 않으면 그저 풀밭에 작은 꽃들이 풀처럼 있을 뿐이었으니 열매라도 특징을 잡아서 이름을 붙였는지 모른다. 이누노 후구리(犬陰囊)란 일본어 이름을 그대로 번역해서 등재한 것이다. 그런데 근래에는 수도권의 아파트 등에서 야생화를 주제로 한 정원을 조성하면서 이 꽃을 부분적으로 밀식하기도 한다. 물론 큰개불알꽃이다. 그만큼 관심을 받게 되자 이름을 바꾸면서 풀이 아니라 꽃으로 승급까지 하게 된 것이다.

이 꽃은 봄에 피었다가 여름이 되기 전에 시든다고 하여 '봄까지꽃'이라 하다가 '봄까치꽃'이 되었다는 설도 있다. 꽃말은 '기쁜 소식'이다. 봄까치꽃의 이름에 어울리는 꽃말이다. 봄소식을 빨리 전한다는 뜻에서 봄까치꽃이란 이름은 아름답고도 무척 잘 어울리는 이름이다. 이른 봄 땅 한쪽을 덮으며 수줍은 얼굴로 봄 인사를 하는 이 꽃을 보고 있으면 생기가 솟는다.

풀에서 꽃으로, 개불알에서 봄까치로 승격한 이 꽃에 축하를 보낸다. 개불알풀이란 이름은 다시 부르고 싶지 않은 이름일 뿐이다.

이름의 사연이 어찌 풀이나 꽃에만 있으랴.

어릴 적에는 주로 이름으로 별명을 붙이고 놀림감이 되는 일이 많았다. 나는 어릴 때부터 이사를 많이 다녔다. 그러다 보니 살던 동네, 학교마다 남다른 이름을 맞닥뜨리게 되는 일이 적지 않았다. 그중에서 몇 개를 추려보면 이렇다.

영유아 생존율이 워낙 떨어지던 시대라 자식이 살아남기를 염원하며 의도적으로 천하게 지어준 이름으로는 '돌이'와 '짝지'가 있었다. 돌이야말로 얼마나 흔하고 보잘것없는 존재인가. 또 날마다 등에서 떠날 틈이 없던 지게의 부속품일 뿐 아니라 수시로 매 찜질을 당하던, 피하고만 싶던 그 작대기가 바로 짝지인 것이다. '돌이'와 '짝지'는 아명이었는데, 호적에는 거창하게도 용자를 덧붙여 '金龍乭'이 되고, 짝지는 '李作枝'가 되었다. 그러나 아이들은 끝끝내 '돌이'와 '짝지'로만 놀렸다.

의도적인 작명은 아니었겠으나 결과적으로 집중적 놀림감이 되고 만 이름도 많았다. 그중에서 예를 들자면 마성기馬成基와 정음란鄭音蘭이 있었다. 초등학교 때 근처에 제법 큰 쌀 시장이 있었는데 거기에는 짐수레를 끄는 말이 여러 필 있었다. 그때는 쌀 같은 큰 화물의 운송 수단은 짐수레였다. 그 말들이 쉬고 있을 때 보면 수말의 그것이 얼마나 시커멓고 우람했던지 애들은 수시로 말 주위에서 킥킥대며 둘러서 있곤 했었다. 그럴 때마다 아이들은 마성기를 떠올렸다. 여자애인 정음란에게는 정말 치명적인 "너 정말 음란하지?"라는 놀림으로 세월을 보냈다.

세월이 지나고 모두 나이가 들어서는 그 이름들이 전혀 놀림감이 될 만하지 않을 수도 있었건만, 예의 그 네 사람 중에 세 사람은 결국 개명을 하고 말았다. 자신이 그 이름 때문에 출세에 지장이 있을 거라는 강박증을 벗어나지 못했기 때문이었을 것이다. 하지만 개명한 의도만큼의 인생 기대는 채우지 못한 것 같다.

그런데 마성기는 달랐다. 개명을 하지 않았다. 어릴 때도 "야, 말 좆!" 하면, "와, 부럽나?" 하고 대거리를 하곤 했었다. 그는 후에 촌놈이 서울에 올라와서도 전혀 기죽지 않고 씩씩하게 장가가고 애 낳고 집도 사고 출세도 하고 잘 나가더니, 계속해서 싱싱하게 잘살고 있다. 웬만하면 다 아는 이름난 서양화가 중에 이마동李馬銅(1906~1981)이란 분이 있었는데, 그분의 이름이 '말똥'이 아니었던가.

세상인심이란 사람의 본바탕은 들여다보지도 않고 그가 가진 직위, 돈, 권력만 보고 꼬여 들고, 욕을 하거나 무시한다. 어떤 직위에 있다가 물러나 있는 사람들이 흔히 겪는 일이, 세상없이 가까운 것처럼 속을 다 내보이던 사람들이 자리에서 물러난 뒤에는 처음부터 모르는 사이로 돌변하더라는 것을 주위에서 흔히 듣는다. 사람이나 자연이나 역시 본질은 그 본 모습이다.

이름은 이 세상의 다른 것과 자신을 구별하는 개별 부호일 따름이다. 이름값은 스스로 만들어가는 것이기도 하다. 아니, 이름값은 결국 자기가 매기는 것이 아닐까?

으악새 우는 풍경

가을이 오면 아직도 '아 아, 으악새 슬피 우니 가을인가요, 지나친 그 세월이 나를 울립니다.'라는 애절한 옛 노래가 한 시절 힘겹게 살아온 장·노년층의 감성을 적신다. 고복수가 부른 '짝사랑'의 첫 소절이다. 1936년에 발표된 이 노래가 아직도 사라지지 않고 있으니 대단한 생명력이라 하지 않을 수 없다. 짝사랑을 앓거나 잃은 사람의 가을은 '으악새가 울어도, '뜸북새가 울어도, '단풍이 휘날려'도 슬플 수밖에 없다. 더구나 나라를 잃고, 타향을 떠돌던 신세임에랴.

그런데 이 노래의 가사 중 핵심이라 할 수 있는 '슬피 우는 으악새'를 두고 설왕설래가 끊이지 않았다. 슬피 우는 으악새가 어떤 새냐, 도대체 철새냐 텃새냐, 하는 논쟁이었다. 작사자나 가수에게 물어보면 명확하겠지만, 작사자인 김능인(1910~1972), 작곡자인 손목인(1913~1999), 또 가수인 고복수(1911~1972) 모두 고인이 되었으니 방법이 없다. 헷갈리게 한 원인 제공은 우선 작사자에게 있어 보인다. 이 노래의 2절 첫머리가 '아 아, 뜸북새 슬피 우니 가을인가요'로 이어지기 때문이다. 1절과 병렬 관계에 있는 2절의 첫머리가 뜸북새이니 1절의 으악새도 하늘을 나는 새로 인식하기에 십상인 것이다. 그래서 일설에는 왜가리의 호남지방 사투리가 왁새인 점을 들어 으악새가 왜가리라는 주장도 있었으나, 왜가리의 '왝왝' 하는 단음절 소리가 구슬픈 가을의 정서에 맞지는 않으니 신빙성이 떨어진다. 그런데 억새의 경기지방 사투리가 으악새이므로 '으악새는 억새'라는 주장이 정설로 굳어지고, 나도 그 주장에 손을 든다. (억새를 영남지방에서는 '새' 또는 '쎄'라고도 한다.)

가사의 그런 모호함 속에서도 나라 잃은 설움이나 고향 떠난 외로움, 실연의 아픔을 이런 노래들로 달래며 크나큰 인기를 얻고 오래도록 불렸으니, 그것만 해도 대중가요로서의 책무는 충분히 다하고도 남은 셈이다.

막연한 슬픔 속의 그 으악새가 사실은 가을바람에 나부끼는 억새라는 걸 알고서야 나는 그 노래의 슬픔의 실체와 분위기를 제대로 이해하게 되었다. 푸르름을 다 잃고 윤기 없는 창백한 모습으로 가을의 스산한 바람에 흔들리며 한꺼번에 몸을 눕히는 그 장면과 마른 줄기와 잎새들끼리 쓰적이는 그 소리를 슬피 우는 소리로 표현했다면, 그 어떤 새의 구슬픈 울음소리보다도 더 격조 높은 감성적 표현이 아닐 수 없다.

억새와 갈대를 구분하지 못하는 사람이 생각보다 많다. 실제로 억새를 보고도 갈대라고 하는 사람이 아직도 적지 않다. 갈대는 바다나 민물을 가리지 않고 습지나 물가에 서식하나 억새는 메마르고 척박한 데서도 잘 자란다. 흔히 꽃으로 잘못 알고 있는 가을의 이삭이 갈대는 주로 짙은 갈색이지만 억새는 주로 은빛이다. 갈대는 줄기에 길지 않은 잎이 어긋나기로 계속 좌우로 갈라져 나지만 억새는 가늘고 긴 잎이 줄기와 더불어 위로 각각 올라온다. 아주 작은 씨앗은 이삭에 붙어서 익으면 바람을 타고 날려 번식하며 또 뿌리줄기에서 번식하기도 한다.

억새는 갈대와 감성적 이미지가 상당히 다르다. 갈대는 '인간은 생각하는 갈대'에서의 철학적인 이미지와 '여자는 갈대'에서의 나약한 변심의 표상, '바람에 흔들리는 갈대'에서의 애잔한 이미지 등으로 센티멘털한 고급의 이미지를 획득하고 있는 만면, 억새는 전혀 그런 이미지가 없다. 잎이 날카로워 동물의 살갗을 벨 정도로 그저 억세고 귀찮고 반갑지 않고 쓸모없는 하찮은 풀로만 여겨 왔었다.

나는 10대 후반, 집안이 영락했을 때 사방사업砂防事業에 날품을 팔아 본 적이 있다. 그때는 국가 사방사업의 초기여서 다급한 대로 아까시나무 열매를 훑거나 잔디 씨앗, 또는 띠풀(삘기) 씨앗을 훑어 사태 진 곳에 뿌리기도 하고 억새를 캐어다 심기도 하였다. 참억새는 12~2월 사이에 파종 가능하다. 전 국민의 난방과 취사를 오직 산에서 나는 땔감에 의존하던 시절, 산이 온통 벌거숭이로 변해 장마철만 되면 산사태가 끊이지 않았기 때문이다. 또 지역에 따라 토질이 유난히 비옥하지 못한 곳도 있었던 거다. 근래의 북한 사정이 이와 같아 보인다.

억새의 뿌리는 비탈지고 메마른 토양까지도 이른 시일 안에 잘 붙잡고 번식해서 사태를 막았으니 다급한 시절, 사방사업의 일익을 담당했다고 할 수 있다. 요즘 우리나라의 울창한 산림을 보노라면 금석지감今昔之感이 인다. 억새 식재는 지금도 녹화나 사방사업에 나무 식재의 보조요법으로 쓰이고 있다.

그때 춥고 배고프고 고달팠던 날품팔이 현장에서 나에게 그 억새의 이미지는 곧 외로움이자 슬픔이었다.

그런 억새가 이제는 관상의 식물로 격상된 세상이 되었다. 곳곳에 억새 축제가 있고 가을이 되면 억새 군락지로 산행을 하는 사람들이 줄을 잇는다. 억새는 가을 한 철 넓은 산과 들에 하얀 이삭이 바람에 나부낄 때 장관을 이룬다. 그러나 사람들은 그때 외에는 관심 밖이다.

으악새가 진정 슬피 우는 계절은 가을보다는 겨울이라고 나는 생각한다. 눈이 완전히 세상을 덮어버리기 전 삭풍이 모질게 불어올 때, 그때는 정말 억새가 사정없이 흔들리며 우는 소리를 내기 때문이다. 특히 겨울 달밤의 매서운 바람에 우는 소리야말로 흐느낀다고 해야 할 만하다. 초저녁 상현달이나 새벽 하현달 아래에서의 억새의 울음소리는 인생의 모든 슬픔을 덮고도 남는다.

가을이 되면 모든 초목은 잎이 단풍 들어 떨어지거나 서리를 맞으면 저절로 시들어 사라진다. 그러나 억새는, 짙푸르던 잎은 창백하게 빛을 잃지만 새하얀 이삭을 바람에 나부끼며 가을을 버틴다. 그리고, 씨앗이 다 날아가고 겨울이 되어 삭풍에 그 이삭마저 거의 무지러질 때까지도 줄기와 잎이 사라지지 않는다. 눈이 쌓여도 억새는 사그라지지 않는다. 그 눈이 다 녹아 다시 땅이 드러나고 새잎이 파릇파릇 돋아나도 생기 잃은 잎과 줄기는 없어지지 않는다. 새잎이 제법 억세져 웬만한 바람에도 버틸 만큼 자라난 초여름까지도 줄기나 잎이 구겨지고 꺾여 반으로 키가 쪼그라진 모습으로 눕거나 간신히 서 있다. 자식들의 싱싱한 모습에 가려 보이지 않을 때까지.

식물학계에서는 억새가 이듬해 새로 자라는 다음 세대가 억세어져 비바람에 견딜 수 있을 때까지 보호하기 위해 그런다고 말하기도 한다. 그러나 아무리 작고 연약한 여느 풀이라도 씨앗 또는 뿌리만 있으면 알아서 싹을 내고 스스로 비바람을 견디며 누웠다가 일어나고 동물의 발에 밟히거나 뜯어 먹히면 다시 잎을 내며 살아남는데, 억센 잎으로 동물의 살갗을 벨 무기까지 가진 억새가 무슨 이유로 자식이 다 클 때까지 그렇게 버티고 있는지 미욱하기 짝이 없다. 노욕으로 느껴지지 않을 수 없다.

우리 인생도 생각해 보면 참으로 말이 아니다.

요즘 웬만한 부모들은 부모 공양이 아니라 자식 공양하느라 늘그막까지 쉴 날이 없다. 자식들이 자립하려면 보통 30~40이 넘고 그러면 부모 나이는 70이 되기에 십상이다. 억새의 과한 자식 사랑을 볼라치면 자식들에게 고삐 매인 요즘 장·노년이 꼭 그 짝이다.

나는 농장 여기저기 무리를 이뤄 억세게 작업을 방해하는 억새를 한곳에 옮겨 심어 놓았는데, 싱싱하게 잘 자라 제법 군락지처럼 일가를 이뤄 꽃과 이삭을 피우고 으악새처럼 울기도 하여 관상하는 재미가 괜찮다. 그런데 이듬해 초여름까지 누추하게 찌그러진 모습으로 버티고 있는 그 마른 줄기가 보기 딱해서 겨울 큰 눈이 오기 전, 또는 봄 새싹이 나오기 이전에 미리 깨끗하게 베어 버린다. 그래도 새싹들은 아무 일 없이 비와 바람과 햇살과 가뭄을 이겨내며 싱싱하게 자라곤 한다. 되레 지네들끼리 어우러져 더 잘 자랄 뿐만 아니라 포기도 더 빨리 벌어나가는 것 같아 대견하다. 마른 억새가 이듬해 초여름까지 사라지지 못하고 비참하게 부지하는 것은, 미련이요 부질없음에 다름 아닌 것이 아니고 무엇이랴.

으악새 슬피 우는 초겨울, 나는 억새의 찬바람에 흔들리며 서걱이는 그 소리를 들으며 내 인생의 가을과 겨울을 생각해 본다.

무심코 '힘들어 죽겠네.' '꼴 보기 싫어 죽겠네.'라고 중얼거리기라도 하면 즉시 저승사자가 데려가겠다고 나타나는 코미디프로 코너가 있었다. 그러나 또 한편으로는 사람들이 흔히, '젊었을 때가 좋았어.' '그때로 되돌아갔으면…' 하고 한탄하는 걸 심심치 않게 본다. 또 수많은 가요가 가버린 젊은 날에의 회한과 그날로 돌아가고 싶어 하는 희원을 노래하곤 한다.

그러나 나는 솔직히 내 젊은 날로 되돌아가고 싶은 생각은 없다. 그고생과 고뇌와 절망과 시행착오와 경솔함과 이기적인 그 시절로 되돌아가다니, 말도 안 되는 소리다. 젊은 날로 되돌아가고 싶다는 사람 누구나 이런 것은 다 제쳐두고 그저 건강과 패기와 낭만과 여유 있는 세월만을 원하는 것일 터이다. 그러나 그런 말도 안 되는 조건이 도대체 어디 있단 말인가? 그것을 원하느니 차라리 지금보다 더 여유 있고 배려 있고 낙원 같은 노년을 꿈꿔보면 어떨까?

젊었을 적보다 겸손하고 남을 배려하고, 검소한 데서 소박한 행복을 느낄 줄 아는 안목만 있으면 노년도 행복하지 않을까? 젊은 날, 행복도 행복인 줄 모르고 행운도 행운인 줄 모르고 지나쳤던 철없음에서 이제는 분별력이 생기지 않았는가? 그 분별력으로 무엇이 행복인지 깨닫고, 평범한 일상에서도 행복을 찾을 수 있는 지혜를 얻도록 쉼 없이 노력해야지 않을까 다짐해본다.

삶의 목표를 성공보다 행복에 두고, 행복을 소박한 데서 찾으면 어떨까. 말수를 줄이고, 귀를 열고, 하지만 쓰잘머리 없는 잡소리에는 귀를 과감히 닫을 줄도 아는 용기를 얻도록 노력해 보자. 오래 찌든 욕망을 깨끗이 헹궈내어 맑은 영혼을 되찾아보자. 현대인이 버려야 할 세 가지 욕심이 말 많은 것, 많이 먹는 것, 생각 많은 것이라지 않는가.

선악개오사善惡皆吾師라 선과 악이 모두 나의 스승이며, 수심청정修心淸淨이니 마음을 맑고 깨끗하게 닦자는 고전의 가르침은 지금도 새롭다. 이농심행以農心行 무불성사無不成事라 농심으로 한다면 이루지 못할 것이 없나니, 그저 묵묵히 쉬지 말고 삶의 밭갈이를 계속할 일이다.

다 지난 계절에 지칫거리고 너저분하고 비루한 모습을 보일까 봐 올해도 누추해진 억새를 깨끗이 베어야겠다.

행복 방정식, 어떻게 풀 것인가

행복(H)=소비(C)/욕망(D).

폴 새뮤얼슨(1915~2009, 미국)이란 경제학자가 말한 행복 방정식이다. 사람은 자기가 원하는 것을 얼마만큼 소비하는가가 그 사람의 행복을 결정한다는 논리다. 현대사회의 현상을 냉철하고 정확하게 요약한 논리라 아니할 수 없다. 그러나 실제 현상이 아무리 그렇더라도 소비를 조금이라도 유보하고 싶은 사람이 있어 '소비'라는 용어가 심기에 거슬린다면 '소비' 대신에 '소유'라는 말로 바꿔놓아도 좋다. 소유도 결국은 소비를 위한 예비단계이므로 피장파장이긴 하지만 말이다.

100만 원을 원하는데 100만 원을 쓰면(가지고 있으면) 그 사람은 완벽하게 행복하다. 그러나 100만 원을 원하는데, 가진 게 20만 원뿐이라면 그는 80% 불행하다. 이 80%의 불행에서 탐욕과 선망과 질투가 싹튼다. 자신이 못 가진 그 80%를 옆의 사람이 갖고 있거나 갖고 있다고 생각하기 때문이다.

거기에 또 하나, 선망과 질투와 탐욕 즉 방정식의 분모인 욕망의 한도가 좀처럼 확정되지 않는 데 더 큰 문제가 있다. 바닷물을 마시면 갈증은 더욱 거세지기 마련이다. 고깃덩어리를 개에게 던져줘 보라. 입을 크게 벌리고 묘기 부리듯 받아서 씹지도 않고 통째로 삼킨 다음에는 더 달라고 자꾸 입을 벌릴 것이다. 돈과 재산에 대한 사람들의 욕망도 이와 다를 바 없다. 어쩌다 복권에 당첨된 사람들이 대부분 급속도로 늘어나는 욕망을 제어하지 못하고 결국은 당첨되기 전보다 더 불행해지는 경우도 마찬가지다.

이 세상은 가진 자와 못 가진 자, 다른 사람이 열어주는 차 문으로 타고 내리는 사람과 그 차를 운전하는 사람, 요즘 대도시 젊은이들의 버전으로 하면 집 있는 사람과 내 방 한 칸 없는 사람, 직업 있는 사람과 취업하지 못한 사람, 이렇게 각각 두 부류로 나누어진다. 하지만 두 부류 어느 쪽도 행복하지 않기는 마찬가지다. 가지지 못한 자는 비참해하고 부자들은 더 갖지 못해 안달이다. 그래서 탐욕과 선망과 질투의 기호로는 모두가 원하는 진정한 행복 방정식은 결코 만들 수 없다. 폴 새뮤얼슨도 과소비와 과도한 욕망에 매몰된 현대사회의 실상을 요약한 것이지 모든 인간의 바람직한 목표로 이 방정식을 제시하지는 않았으리라 믿는다.

그것을 일찌감치 알려준 사람이 있었으니, 그가 바로 석가모니다. 욕망의 크기는 무한해서 소유(소비)로 그것을 충족시킬 방도가 도무지 없으니 아예 분모인 욕망을 줄이거나 꺼버리면 행복 지수를 높일 수 있지 않은가 말이다. 무소유와 열반이 해결 방도로 제시된 것이다. 그런데 이 방도는 도인이 아니고서야 감히 다다르기 쉽지 않은 경지이니 일반인들로서야 어느 정도의 소유에서 욕망을 멈추고 그 범위 안에서 만족을 추구하는 도리밖에는 없다. 노자도 일찍이 '족함을 알면 욕됨이 없고, 멈출 줄 알면 위태로움이 없다(지족불욕 지지불태知足不辱 知止不殆).'고 하지 않았던가.

그런데 과연 욕망을 줄임으로써 행복 지수를 높이는 일이 현실적으로 가능할까?

'스스로 족함을 아는 사람들로 가득 찬 세상은 비록 가난하더라도 구성원 모두가 자유로운 곳이다. 오늘날 우리 대부분은 자발적인 가난이 불러오는 잔잔한 기쁨을 경험하지 못하고 있다.'라며 '자발적 가난'을 제창한 사람이 있었으니, 그가 에른스트 슈마허(1911~1977, 독일)라는 경제학자다.

떠밀려 내려앉은 가난은 빈곤이요 재앙이지만, 자발적으로 택한 가난은 성스러운 행복의 원천이라고 그는 말한다. 그는 왜 사람들이 이 자발적 가난의 길로 들어서야 하는지, 톨스토이를 인용해 설명하고 있다.

"거지에서 백만장자에 이르기까지 자기 몫에 만족하며 사는 사람은 천 명 중 하나도 되지 않는다. 사람들은 세속이 정한 관념을 좇아 힘을 탕진하고 갖지 못한 것에 불만을 품고 그가 꿈꾸던 목적을 이루자마자 또 다른 것을 꿈꾼다. 이러한 시시포스의 노동은 인간의 삶을 파괴한다. 연간 오백 루블에서 오만 루블 사이를 버는 사람들을 대충 훑어볼 때 삼백 루블을 버는 사람은 사백 루블을 벌기 위해 애쓰고, 사천 루블을 버는 사람은 오천 루블을 벌기 위해 애쓴다. 이런 식으로 사다리의 맨 꼭대기에서 조금이라도 더 벌기 위해 안간힘을 쓰는 사람들로 가득차 있는 것이다. 그들 중 오백 루블의 수입으로 사백 루블의 생활방식을 감수하려는 사람은 참으로 적다. 오늘은 오버코트와 덧신을, 내일은 시계와 목걸이를 사야 하고, 다음 날은 집안에 소파와 청동 램프를 들여놓아야 하고, 그다음에는 카펫과 벨벳 가운을, 그다음엔 집과 말과 마차와 그림과 장신구들을, 그리고 나서는……, 그런 다음에는 과로 끝에 병을 얻어 죽는 것이다. 남은 이들은 같은 직무를 계속하며 똑같은 제단에 삶을 희생시키며 무엇을 위해 살았는지 깨닫지 못한 채로 죽음에 이른다."

이쯤 되면 자아를 상실한 욕망과 허세를 내던져버릴 만하지 않은가? 필요 이상으로 가지기를 원하는 것 그것이 바로 빈곤이요, 불행의 원천인 것이다. 필요의 욕망을 최소한으로 줄인 자발적 가난만이 행복의 원천이 될 수 있다.

목간통에 발가벗고 앉아 있던 디오게네스(고대 그리스의 철학자)는 온 세계를 발밑에 굴복시킨 대왕 알렉산더에게 이렇게 말했다. "나는 그대보다 위대하다. 그대가 소유한 모든 것보다 더 많은 것을 나는 하찮게 여기기 때문이다. 또 그대가 소유하고 필요로 하는 사람보다 행복하다. 필요하지 않은 것으로부터 자유로울 수 있으니까."

그러면서 무엇이든 원하는 것을 말해보라는 알렉산더에게 햇볕이나 가리지 말고 비켜서 달라고 말했다. 그가 원하는 것은 아무 대가도 필요 없는 한 줄기의 햇볕이니, 그야말로 자발적 가난의 최고봉이 아니고 무엇이랴.

현대인들은 온갖 과소비와 편리한 도구들에 함락당하고서는 정작 그런 사실조차도 의식하지 못한 채 빈곤과 불행에 휩싸여 골몰하며 살아가고 있다.

불과 한 세대 전까지만 해도 내핍생활이 사회적인 공동선이었다. 소비재는 될 수 있으면 쓰지 않고 내구재는 아끼고 아껴 오래오래 대를 물려 쓰는 것을 모범적 삶으로 추앙하였다. 그런데 지금은 어떤가? 성장 속도가 조금만 느려질 기미가 보이면 국가가 나서서 노골적으로 소비를 부추

기지 않는가? 우리는 알게 모르게 고에너지와 지나친 낭비로 상징되는 성장 중독의 세상에서 살고 있다. 어느 한 국가만이 이러한 성장 중독의 굴레를 벗어던질 수 없는 것은, 이미 전 세계가 과소비의 성장 중독에 빠져 전력 질주 중이므로 성장을 멈추는 순간 그 대열에서 곧바로 뒤처질 수밖에 없는 경쟁 현실을 외면할 수 없기 때문이다. 급격한 가속도의 중단을 어느 나라도 먼저 결단하지 못하게 된 것이 현실이다. 이런 위험한 질주가 과연 언제까지 이어질 수 있을지에 대해서는 심각한 고민이 필요하다. 세계적인 경기 침체의 빈도가 잦아지고 또 회복 속도가 느려지고 있는 것도 결코 우연한 일은 아닐 것이다.

이런 세상에서도 개개인은 자기의 행복을 추구할 숭고한 권리를 갖고 있다. 자발적 가난이란 것은 가속도에 얹혀 마비된 자아로 살아가는 현대인이 진정한 인간적 자유를 얻기 위해 꼭 필요한 성스러운 가난이라고 말할 수 있다. 꼭 필요한 최소의 것만을 갖고서 존재의 단순한 골격만으로 부유함의 모든 욕구를 대체할 수 있는 것이 자발적 가난이다. 그것은 하나의 현상이 아니라, 하나의 과정이며 기원이며 성취다. 자발적 가난은 결국 마음의 평화에 이르는 길이다.

나는 가끔 나 자신을 실험해 본 일이 있다.

여름이면 한 닷새에서 이레 동안 산골로 들어간다. 신문을 끊고, 라디오도 끊고, 인터넷도 끊고, TV도 끊고, 단지 최소한의 양식과 두어 가지 밑반찬과 휴대용 가스버너, 그리고 책 몇 권 들고 가서 생활한다. 전화는 가족들의 걱정을 배려해서 하루 한 차례만 안부 통화를 한다. 내 자산을 문명에서 최대한 격리함으로써 과소비나 허영에 대한 욕망, 나아가

타성에 마비된 자아를 얼마나 제어할 수 있을지 가늠해 보기 위해서다.

안락한 일상을 일단 거부하고 나면 아무것도 없을 것 같지만, 거기에는 신선한 공기가 있고, 자연수도 있고, 맑은 햇빛도 있고, 시원한 그늘도 있으며, 청량한 새소리와 아름다운 꽃들도 지천이며, 천연의 먹을 식물들도 있다. 대가가 필요 없는 것들이지만 더없이 소중한 것들이다. 생각해 보면 사치나 허영심을 채워줄, 반드시 없어도 될 것들은 값비싼 대가가 필요하지만 정작 꼭 있어야 할 생존의 기본적인 것들은 전부 공짜이니 묘한 역설이 아닐 수 없다. 마찬가지로 세상에는 대가가 있는 일을 했을 때보다, 아무 대가 없는 일을 했을 때 더 큰 보람과 행복을 느낄 때가 많이 있는 법이다. 우리가 자연의 섭리와는 정반대의 삶을 사는 것은 아닌지 생각해 볼 일이다.

숲속 생활의 실험에서는 평소에는 없던 귀찮은 것들도 많다. 모기와 벌과 뱀을 비롯한 온갖 벌레와 불편한 잠자리도 시련에 한몫을 더한다. 그러나 숲이나 밭에서 먹을 것을 채취하고 밭을 갈거나 산책을 하거나 자질구레한 일을, 그러나 바쁘지 않게 하고, 그늘에서 뒹굴며 책을 보다가 낮잠도 자는 즐거움은 귀찮고 불편한 것들을 뛰어넘고도 남는다. 자연에 몸을 맡기고 무념무상의 상태에 빠지게 되면 욕망의 무게는 그대로 사그라져 없어지고 만다.

일주일이 지나고 나면, 평소의 일상으로 돌아가기 전에 다시 점검해본다. 그러면 사실은 나의 격리가 나 자신의 생존이나 세상에 아무런 영향을 미치지 않았음을 새삼 깨닫게 된다. 어느 한 해에는 나의 격리기간 동안 전국적인 대 폭우로 엄청난 피해가 있은 적도 있었지만, 그 역시 내가 격리되지 않고 있었다고 한들 달라질 것이 아무것도 없을 일이었다. 다만 햇볕에 그을리고 벌레에 물리거나 숲에서 거칠어져 망가진 겉모습이 흔적으로 남는다. 그러나 얻은 것은 찌든 때가 말끔히 씻겨나간 몸과 마음의 개운함이다. 사람이 기본적으로 살아가는 데는 많은 것이 필요하지 않다는 것을 새삼 깨닫게 되고, 소박하고 불편한 삶 속에서 오히려 오붓한 행복을 느끼게 되는 역설을 맛본다. 보석이나 값비싼 자동차, 큰 집, 격에 맞지 않는 높은 자리는 거추장스러울 뿐이며, 더구나 그런 것들을 위해 안간힘을 다 쏟으며 소중한 일생을 모조리 탕진할 이유는 없는 것이다.

이런 사람의 경우는 어떤가. 헐벗고 넓은 산에 쉬지 않고 나무를 심으며 그 나무가 자신의 생애에는 영광이 없을 줄을 뻔히 알면서도 정성을 다해 가꾼 한 사람이 있다. 어느덧 나이가 들어 그 숲에서 기운을 모두 소진하고 세상에서 가장 편안하고 만족스러운 얼굴로 바로 그 숲속에서 잠드는 모습. 동화나 소설 속에서만이 아니고 이 세상에도 더러는 이런 사람들이 있다. 이런 사람을 떠올리며 나는 어렵고 가난한 시절에도 마음이 넉넉해지곤 했을 뿐만 아니라 지금도 헛된 탐욕에서 어느 정도 벗어나곤 한다.

"가난한 사람은 재산이 없는 것을 근심하며 부유한 사람의 즐거움을 부러워하나, 부유한 사람은 부유한 대로 근심이 있음을 알지 못한다. 가난한 사람, 미천한 사람, 부유한 사람, 귀하게 된 사람, 모두 각기 자신의 부족한 것을 근심하는 것이다. 천하를 다스리는 임금을 부러워하는 자는 임금이 세상의 온갖 즐거움을 다 누리고 살 것으로 생각하고 있으나, 임금은 임금대로 근심이 있음을 알지 못한다. 그뿐만 아니라 그의 근심은 더욱더 막심하다는 것을 알지 못하며, 오히려 신하나 백성의 즐거움을 부러워하고 있다는 것을 알지 못한다. 아! 모두 허망한 일이다. 오직 지혜로운 사람만이 근심도 즐거움도 없다. 그러나 근심과 즐거움이 없는데 집착하는 것도 역시 허망한 일이다. 철저하게 크게 깨닫지 않으면 진정한 자유는 없다." 중국의 사상가 운서주굉의 『죽창수필』에 나오는 이야기다.

자발적 가난은 고통스러운 절제와 무분별한 사치의 중간쯤에 있는 즐겁고 진보적이고 소박한 삶의 형태이기도 하다. 결국은 욕망의 크기를 어떻게, 얼마만큼으로 제어하느냐가 인생의 행복을 좌우하는 핵심 기호라는, 평범하지만 확고한 진리에 도달하게 된다.

나는 좋아하는 나무를 기르면서 그 나무가 그늘을 드리울 정도로 크면 소중한 친구와 그 그늘 밑에서 수하청담樹下淸談을 나눌 정도의 욕망을 가슴에 품고 살아왔다. 마침 오래전에 느티나무를 몇 그루 심은 적이 있었는데, 우여곡절 끝에 한 그루가 겨우 살아남아 이제 열아홉의 나이가 되어 제법 한 그늘을 드리우니 다른 욕망은 다 버리더라도 수하청담의 욕망만은 버리지 않고 잘 간직한다면, 이게 마냥 이룰 수 없는 욕망만은 아닐진대, 어느 정도는 행복해질 수 있지 않을까 생각하고 있다.

나의 느티나무는 처음 심을 때 30㎝에 불과한 묘목이었다. 6년 후에 도로공사로 없어질 위기에 처했지만, 어렵사리 자리를 옮긴 후에 심각한 몸살을 오래 앓았는데, 또 몇 년 후에는 주변 산림벌채 때 굵은 가지 여럿을 무단으로 무참히 잘리기도 했다. 그런 온갖 시련을 많이 겪고도 살아남았으니, 이제는 나의 생애와는 관계없이 자기 나름대로 하나의 역사를 간직하며 오래오래 살아갈 터이다.

나의 행복 방정식은 이렇게 쓰고 싶다.

나의 행복은 허세를 뺀 최소한의 욕망, 즉 내가 선택한 자발적 가난에
비해 어느 정도나 삶을 제대로 향유享有하느냐에 달려 있다.

행복=삶의 향유享有/자발적 가난(=욕망-허세).

홍매화

겨우내
겨우내
인내해오던 그리움,

봄바람 아직도 차가운 날
하늘은 짙푸르러 멀기만 한 날

끝내
더는 못 견뎌
온몸이 신열 덩어리가 되었다.

고구마는 꽃이 없다

호박도 개망초도 다 피우는
그 흔한 꽃 한번 피우지 않고
열매도 씨앗도 아랑곳없이
오직 줄기만을 고집하느냐

하늘을 향한 우듬지의 허영도 버리고
가지 뻗는 화려한 과시도 연기처럼 날려버리고
오직 땅으로만 기는 그 집착

한여름 뙤약볕과 목마름을
쉬지도 않고 게으름도 모르고 요령도 없이
태풍에도 꺾일 일 없이
기고 또 기면서

가슴 저 깊은 곳 돌 같은 의지로 숨겨온
그 기원,
먼 후일을 위한 오직 그 기원만을
어두운 땅속에다 남몰래 숨기고 또 숨긴다.

못생긴들 어떠랴
그 기원을 모아 한 덩이 두 덩이
또 한 덩이
간절한 보람인 것을.

단풍 들지 못한 갈잎

온몸 불태워 살아온 한세상
핏빛으로 마지막 멋 한번 다 내 보고
하늘 맑은 가을 어느 날
이 세상 미련 없이 하직하는
화려한 단풍을 볼 때마다
그 생의 멋에 감탄하지 않는 이 있으랴.

그런데
그 아름다운 가을날 다 가고
찬 바람 불고 된서리 내리도록
화려한 단풍 한 번 들지 못한 채 말라버린,
그래서 차마 지지 못하는 가랑잎도 있다.

한 번은 지고 말 생을,
버리지 못한 푸른 날의 미련과
놓아버리지 못한 탐욕과 아집으로
찬바람 맞아 시들고
된서리 맞고 쪼그라졌다.

이제는 죽음 앞에서 허둥지둥

단 한 번 장렬히 지는 영광마저 잃은 채

추한 몰골로 남아 떨고 있는 그 모습,

우리 생의 앞날이 이럴까

섬뜩하다.

기다림

말수 적고 눈빛 맑은
아름다운 사람을 기다립니다
산촌에 작은 집 하나 짓고
꽃 심고 나무 길러 그 사잇길 쓸어 놓고
기다립니다

천 년 살 은행나무 길러
샛노란 잎으로 융단 깔아
그 위로 천 년 변치 않을 우정 여미고 걸어올
가을의 벗을 기다립니다
탐욕 다 비워버린 자리에 솔바람 가득 채운
맑은 가슴의 그를 기다립니다

산등성이를 넘는 흰 구름 같은
그의 환한 미소가 그리워
작은 집 마당에 나와 서서
그를 기다리며 그를 문득 닮아 갑니다

오늘도 그를 닮아 갑니다.

산촌 김 씨

홍분과 호들갑으로 온 세상 꽃 잔치 다 끝난 다음,
그러고도 한소끔 가시고 난 다음
그제야 생강꽃, 매화, 산수유, 진달래, 목련, 산벚꽃
쉬엄쉬엄 피어나 자기들끼리 흐드러지는
그 동네 충청도 산골 해발 500m 산촌에 사는
김 씨,
- 뭐가 급하디유?

그런 산촌에 봄은
그저 달뜨지 않고 그러나 숨 막히게만 왔다 가네.

하지만
저녁은 재쳐 오고
겨울도 일찌감치 와서는 눈이 온 천지를 다 덮어
온갖 잡생각을 다 지우고 그저 무색 속에 몇 달을 가둬놓네
- 겨울, 갈 때 되면 가것지유?

김 씨는 저승길도
놀며 쉬며 쉬엄쉬엄
물 흐르듯이 가겠다.

2부

산
촌
만
필

개

지난해 10월 첫 토요일. 그윽하게 높고 푸른 하늘에는 새털구름 몇 송이가 떠 있고, 멀고 가까운 산에는 짙푸르던 빛이 차츰 사위어 그 모습이 한없이 편안했다.

늦은 아침을 먹고 산책하러 현관문을 열고 나갔을 때, 문득 처음 보는 개 한 마리가 문 앞에 와 있었다. 간절한 눈빛으로 옆에 새끼 한 마리를 데리고 서서 나를 쳐다보았다. 별안간 난데없다고 해야 할 상황임에도 불구하고 순간적으로 느껴지는, 모든 적의와 경계와 공포를 무장해제한 그 눈빛 때문인지, 나는 무섭지도 경계심도 일어나지 않았다.

개는 체격이 좋으나 다리는 약간 짧고 귀는 길게 처졌고 주름 많은 얼굴 살이 턱 아래로 처져 있었다. 털은 짧고 흰 바탕에 옅은 황토색이 어우러져 있어, 유럽풍 사냥개의 느낌이었다. 목에는 넓은 웨빙 목줄에 리드 줄은 제거된 채 쇠고리만 달려 있었다. 새끼는 이제 막 젖을 뗀 것 같았다. 나중에 인터넷으로 이리저리 검색한 결과, 개는 스태퍼드셔불테리어 종이었다.

개는 배가 홀쭉하고 갈비뼈가 제법 드러나고 털도 깨끗하지 않은 것으로 봐서 노숙을 며칠 했거나 굶주렸을 것이 틀림없어 보였다. 새끼도 갈비뼈가 약간 드러나 있다.

내가 산촌으로 이사 온 지는 지금 3년 반. 100여 호가 산재한 산골 마을에서 200미터가량 떨어진 산자락에 터를 마련하고 내왕한 지 20년 만에 이윽고 살 집을 짓고 자리를 잡은 것이다.

많은 남자들의 야생 또는 전원생활에의 로망을 나도 실행에 옮긴 셈이다. 그러나 여자들은 이 점에서는 상대적이다.

여자들과 다른, 남자들의 이 로망은 도대체 어디서 온 것일까? 복작거리는 도심에서의 쇼핑 때 여자들은 생기가 솟는데, 남자들은 왜 피곤하고 짜증이 나며, 첨단의 문명과는 동떨어진 야생의 삶을 동경할까?

내 생각은 이렇다. 수십만 년에 걸쳐 진화 축적된 우리 인류의 DNA가 기껏 수천 년, 수백 년의 문화생활로 어찌 쉽게 바뀔 수 있겠는가? 몸을 던져 산과 들판을 헤매던 수컷들의 대표적인 사냥·채취 본능, 쉬 변할 수 없는 그 기질, 그 DNA가 아직도 남자들의 피 속에 흐르고 있는 것이 아닐까?

대부분의 사람들이 시골 생활에서는 개를 키우라고 권한다.

귀촌 생활에서 우려하는 것 중의 하나가 보안 문제이다. 특히 여자들의 경우 절대적이다. 사람과 산짐승 등에 대한 두려움이다. 그래서 집 지을 때 집과 밭을 둘러싼 터 바깥으로 높이 1.2미터의 흰색 철망 울타리를 설치하여 산짐승의 침입은 막았다. 이것은 보안뿐 아니라, 농작물 보호에 특히 효과적이다.

또 하나의 보완책이 개 기르기이다.

우리가 이사 온 그때, 전부터 알고 지내던 동네 지인이 귀촌 기념으로 두 달 박이 암컷 강아지 한 마리를 주었다. 진돗개 피가 섞였다는 그 잡종 강아지는 작은 종이 상자에 담겨 500미터가량 차로 실려 오는 동안 처음 타본 차 안에서 불안에 벌벌 떨면서 침을 마구 흘렸다. 미리 사다 놓은 개집과 밥그릇 물그릇을 18년 된 자목련 나무 아래에 놓고 목줄을 나무줄기에 묶었다. 그리고 '구름이'란 이름을 지어주었다.

구름이는 하루가 다르게 새로운 환경에 적응하였다.

며칠 후부터 알아서 똥을 가렸다. 아침에 줄을 잡고 산책을 시키면 농원 가장자리 풀숲에 들어가서 똥오줌을 누고 나왔다. 한번은 사료와 물을 놓아두고 외출하여 사흘 만에 귀가했는데, 목줄을 풀자마자 뛰어가서 볼일을 보고 오는 것이었다. 조금 더 지나자 끙끙거리는 강아지 소리만 내던 녀석은 주위에 아무런 기척이 없는데도 뜬금없이 발성 연습하듯이 짖어대더니 곧 짖는 개가 되었고, 잠시라도 줄을 풀어주면 비호처럼 날뛰었으며, 정원 일을 할 때면 옆에 와서 땅을 파고 쥐 잡는 시늉을 하고 놀았다. 데려온 지 두 달, 그러니까 4월령 만에 이루어진 일들이니, 이것이 타고난 DNA임이 분명하다고 여길 만큼 대견하기도 하며, 새삼 개 나이 한두 달이 사람 나이 일 년이라는 사실을 실감할 수 있었다.

구름이의 나이 6개월이 된 10월, 가을이 무르익었을 때, 구름이의 생가에 이틀에 한 번씩 점검을 부탁하고 7일간의 여행에서 돌아와 다가갔더니, 반가워서 온몸을 구르며 드러눕고 야단이다. 그래서 사타구니가 분홍색으로 부풀고 핏물이 조금 흘러나온 게 보였다. 몸이 상당히 굵어지고 목도 굵어져서 목줄의 구멍을 또 한 개 늘려 마지막 구멍에 고정시켰다. 이제 줄을 잡고 가면 내가 힘에 부칠 만큼 힘이 세졌다. 1년쯤에 성견이 될 거라는 내 상식이 여지없이 빗나간 것이다. 구름이의 생가에 물어보니 벌써 며칠 전부터 멘스를 하고 있었다고 한다.

그즈음 수캐 한 마리가 집 근처 산자락 울타리 바깥에서 며칠째 어슬 렁거려 할 수 없이 구름이를 데리고 가서 그 개를 집으로 유인해 온 일도 있었다. 결국 구름이가 동네 수캐의 가출을 감행하게 만들어 불러들인 셈이다. 그 개를 어렵사리 묶어놓고 동네에 수소문하여, 없어진 개를 사나흘이나 찾다가 포기한 주인을 찾아주었다. 개로 인해 이웃과 이래저래 정이 두터워지기도 하는 경우다.

　개에 대한 나의 성향은 이렇다.
　마당에서 키우는 개.
　목줄을 매지 않고 자유롭게 뛰놀게 놔둬도 좋은 개.
　주인을 해치는 극한적 경우를 제외하고는 동물을 포함한 상대방에게 위협적으로 짖거나 공격하거나 물지 않는 개.
　먹이가 까다롭지 않은 개.
　지나친 관심과 사랑을 바라지 않는, 은근한 심성의 개.
　그러니까 말하자면 요즘 흔히 보게 되는, 함께 자고 함께 붙어사는, 장난감 아니면 상전 같은 '애완견'이나 '반려견'이 아니라, 그냥 촌스러워도 좋은, 촌스러워서 좋은 개를 선호하는 셈이다.

　그런데 구름이의 고쳐지지 않는 난감한 버릇은 구름이에 대한 나의 마음을 귀여움에서 미움으로 바뀌게 하기도 했다.
　반갑다는 표현으로 흙발로 뛰어올라 바짓가랑이나 치맛자락을 더럽힌다. 그 표현은 마른 날 진날을 가리지도 않고, 손님에게도 예외가 없다. 비 오는 날 진흙이 잔뜩 묻은 발로 순식간에 옷을 더럽히면 손님에 대한 예의는 실종되고 만다.

속박의 짠함 때문에 어쩌다 목줄을 풀어주면 찻길로 뛰쳐나가 불러도 돌아오지 않고 애를 먹인다. 또 제 생가 쪽으로 막무가내로 뛰어가기도 한다.

묶여 있을 때도 제 생가 쪽을 향해 짖어대거나 망연히 쳐다본다.

생가에서 첫 두 달 동안 집 음식을 먹인 탓인지 개 사료를 제대로 먹지 않아 꼭 별도의 음식을 추가로 줘야만 했다. 이것이 집을 오래 비울 때 가장 큰 문제였다.

이런 버릇들을 고쳐보려 했지만, 시골에는 물론 가까운 중소도시에도 개 훈련소가 없었다.

구름이와 헤어지기를 결심한 결정적인 계기는 여행 때문이었다. 역시 시골이라 소위 말하는 애견 호텔이란 곳도 없었다. 보름간 출타 중에 이웃집에 번번이 돌봐주기를 부탁할 수도 없어, 고민 끝에 구름이와의 인연을 이쯤에서 끊고 생가에 다시 돌려보내기로 결심했다. 오던 길로 다시 차에 태워 개집과 남은 사료와 함께 실어다 주었다.

그 후 그 집을 방문할 때면 나를 알아보고 무지 반가워하는 것은, 그 전에 우리 집에 그 집 주인이 왔을 때와도 마찬가지였다. 녀석은 두 주인을 모두 섬긴 셈이다.

그즈음 동네의 잘 아는 A씨가 데리고 다니던 멋진 개가 산책 도중 절친인 이웃 사람을 물어버린 사고가 일어났다. A씨는 그 개를 평소 묶어서 기르고 산책 때는 풀어서 데리고 다녔으며, 뛰어난 충성심과 똑똑함으로 잘 알려진 명견이었다. 그 누구도 생각하지 못한 사고였다. 일설에는 개가 다른 사람을 무는 것은 주인에게 무한한 충성심을 보여주기 위한 행동이라고 한다. 또 일설에는 평소에 묶여 있을 때 생긴 보이지 않던 스트레스 때문이라고도 한다. A씨는 그 사고로 그 명견을 처분해버렸다.

개에 대한 나의 성향을 다시 한번 되짚어 보았다. "인간관계는 난로처럼 대해야 합니다. 너무 가깝지도, 너무 멀지도 않게." "나를 욕했을 때 울컥하고 올라오는 그 마음이나, 나를 칭찬했을 때 헤헤거리는 그 마음은 사실 둘이 아닙니다." 『멈추면 비로소 보이는 것들』에 나오는 혜민 스님의 경구가 떠올랐다. 개를 기르는 데에 있어서 무작정 좋아하기만 하면 개의 습성을 망치고, 고도의 절제된 훈련을 통해서만 원하는 개를 만들 수 있으며, 근본적으로 개는 주종 관계를 명확히 해서 복종시켜야 할 존재이지 대등한 관계에서 사랑과 믿음을 나눌 수 있는 존재가 아니라는 것을 알았을 때, 막연한 나의 인식이 환상일 뿐이라는 자각을 하게 되었다.

개를 기르게 되면 결국은 한 생명을 내 충직한 종으로 부리기 위해 혹독한 훈련을 시키고, 목을 매서 자유를 구속해야 하니, 한 생명과 생명 간의 자유로운 영혼의 교감 같은 것은 한낱 잠꼬대에 불과한 것이다. 또 한편 아무렇게나 사랑을 퍼부어 놓고 마음대로 되지 않거나 귀찮게 되면 학대를 하거나 갖다 버리는 짓을 저지르는 인간도 비일비재한 세태다. 책임질 수 없는 사랑은 함부로 할 수 없는 노릇이다.

집을 지을 때 보안을 위한 1차 장치를 철망 울타리로 했고, 그다음 2차 장치가 CCTV였다. CCTV를 이용하여 우선 예방 경계를 하고, 집을 비울 때는 외부에서 휴대전화로 집 바깥의 상황을 화면으로 직접 보거나 지난 화면을 검색할 수 있어서 요긴하다. 결국은 개의 보안 기능은 CCTV로 대체하고 반려견 기능은 포기하기로 한 것이다.

지금은 일곱 살 난 서울 사는 손녀가 CCTV로 우리 내외가 마당이나 밭에서 무슨 일을 하고 있는지 감시 아닌 감시를 하고는 안부 통화를 하니, 이건 부수적인 효과인 셈이다.

산촌의 아침나절에 현관 앞에 선 스태퍼드셔불테리어 모자는 우선은 배가 무척 고파 보였다. 남은 음식 몇 가지를 챙겨 줬더니, 그것을 같이 먹고 나서 어미는 축 늘어진 젖통을 덜렁거리며 새끼를 데리고 양지쪽에 자리를 잡고 엎드렸다. 그러나 얼마 지나지 않아 모두 토해 버렸다. 아마도 사료만 먹던 개였던가 보다. 한 시절의 당당하던 용맹과 영리함과 영화를 모두 버리고 이제는 오직 새끼 하나 거두는 것만이 유일한 사명인 것처럼 애잔한 모습이다.

산촌의 10월은 쌀쌀하다. 해가 지면 한차례 난방을 해야 한다.

모자는 털이 짧은 종이고, 굶주린 데다 체력마저 소진된 탓인지 저녁이 가까워지자 몸을 약간씩 떨기 시작했다. 녀석은 내가 현관을 드나들 때마다 안으로 들어오겠다는 듯이 기웃거렸다. 이 큰 개를 집안에서 사료로만 키우다가 갖다버린 것이 분명했다. 방법을 찾다가 빈 종이 상자를 가져다 옆으로 눕힌 다음 헌 옷가지를 넣고 나서, 새끼를 먼저 넣고 녀석을 끌어다 놓았더니 상자가 여유 있게 크지 않아 꼬리까지 들어가지는 않았지만 아쉬운 대로 밤새 얼어 죽지는 않을 만하였다.

이튿날에는 동네에 수소문했지만 아무 연고도 없었다. 누군가 멀리서 차로 싣고 와서 어디쯤 버렸는데 이 모자는 헤매고 헤매다 우리 집을 찾아내고는 살러 온 것이 분명했다.

개 모자는 내가 정원 일이나 밭일하는 데도 어느새 따라와서 마치 오래된 인연처럼 옆에 엎드려 지키고 있고, 자리를 옮기면 움직일 때마다 따라다녔다. 문득 전생에서부터 이어온 인연으로 착각까지 일어날 정도였다. 짠한 마음에 집에 있는 먹을 것을 줘도, 조금 먹고는 토해 버리기를 계속했다.

그러나 버림받은 이 생명을 섣불리 거뒀다가 언젠가 또다시 동정심이 사라진다면 그때 이 생명은 얼마나 더 심한 고통을 받을까, 마음이 무거워지기 시작했다. 또 지금의 애절한 표정 저 안 어딘가에 원시적 DNA인 맹수의 포악한 공격성이 음흉하게 살아있을지도 모른다는, 그래서 주인이 버린 게 아닌가 하는 의구심과 공포도 덩달아 피어올랐다. 아내와 의논 끝에 마음을 다잡았다.

이튿날 월요일 아침, 시에서 위탁한 유기견 보호소에 전화하여 모자를 떠나보내기로 했다. 한 시간 후에 1t 화물차를 몰고 온 보호소 직원은 개의 목줄을 잡고 단호하게 화물칸 위로 끌어올린 뒤, 이동케이지 안으로 엉덩이를 발로 차서 처넣었다. 강아지는 어미가 실린 케이지에 큰 저항 없이 밀려들어 갔다. 한 건의 일을 신속히 처리하고 마는 그 사내의 태도는 나무랄 데 없이 무척 사무적이었다.

1t 트럭이 언덕 아래로 시야에서 사라진 공허한 공간을 바라보며, 나

는 생각했다. 내가 살아온 철없던 시절에 깊은 성찰 없이 함부로 호의를 베풀 듯하다가 마음 바뀌어 배신한 일이 얼마나 많았던가. 애절한 생명을 거두지 않은 나의 매정한 마음을 자책해야 하나, 아니면 가련한 존재를 함부로 동정했다가 언젠가 또다시 버려 더 깊이 고통을 주는 행동을 멈춘 것이 잘한 일로 여겨야 하나, 헷갈리기 시작했다.

정원의 자목련과 은행나무에서는 노란 단풍이 들기 시작한다. 이제 곧 그 단풍은 낙엽이 되어 떨어져 추억으로 쌓이고, 나무는 나목이 되어 푸른 겨울 하늘을 배경으로 외로울 것이다. 구름이와 스태퍼드셔불테리어 모자도 빛바랜 사진과 추억 속으로 사라지리라.

땔감, 그리고 눈 세상

정원과 들과 산의 모든 단풍마저 차례로 다 떨어진 초겨울은 겸허한 계절이다. 짙푸르던 힘의 시절을 지나 마지막 화려하고 장엄하던 단풍을 모두 다 내려놓고, 멀고 푸른 하늘을 배경으로 빈 가지로 서 있는 나무들의 의연한 모습을 보고 있노라면 누구나 절로 겸허해지지 않을 수가 없다.

유난히 눈 부신 햇살이 한동안 계속되어 날씨는 쌀쌀하면서도 따스하고 상쾌하다. 몸을 쓰는 바깥일을 하기에 제격인 날씨다.

어제까지 이틀 동안 울타리 안의 오래된 나무들을 전기톱으로 높이 2m 이내로 잘랐다. 자생하던 30년생 산벚나무 한 그루와 내가 심은 20년생 왕벚나무 다섯 그루, 그리고 자생 떡갈나무 한 그루가 작업 대상이다. 거의 손을 보지 않고 내버려 둔 나무들은 키만 10m 이상으로 껑충하게 커서 잠깐 왔다 가고 마는 꽃철에 제대로 된 꽃 감상을 할 수가 없었다. 이 나무들을 밑동까지 베어버리지 않고 2m 높이로 잘라서 여기서 새 가지들이 나와 안정된 수형을 이루고 꽃이 피면 편안한 눈높이로 꽃과 잎의 아름다움을 마음껏 즐길 계획이다. 이 자른 나뭇가지들을 한발 길이로 잘라 굵기대로 각각의 나무둥치에 기대 쌓으니 그림이 그럴듯하다. 이게 땔감이 되니 다목적 작업인 셈이다.

오늘은 뒷산에서 낙엽송 고사목을 끌어왔다. 3m 정도의 길이로 대충 잘라서 밧줄로 묶어 끌어온 고사목을 다시 한발 길이로 잘라 은행나무 둥치에 기대 쌓았다. 나무둥치마다 쌓인 장작더미를 바라보니 든든한 포만감이 느껴진다. 제법 쌀쌀해진 바람에도 이마에 땀이 맺혀 기분이 상쾌하다.

겨울 초입에 연탄 100~200장을 광에 들여놓고 김장을 하고 나면, 서울살이의 가장으로서 부자가 된 듯 든든하던 시절이 있었다. 거기다 쌀 가마니까지 마루나 방 윗목에라도 들여놓으면 어떤 이가 오더라도 꿀릴 것 없는 그런 뱃심이 생기는 것이었다. 상경 촌놈 청년기의 이 소박했던 만족감은 농촌에서 도시로 나간 어린 시절 연탄 한두 장씩 세끼에 꿰어 사 들고 와야만 했던, 풀 죽었던 모습의 빈한한 추억 위에서 생겨난 것이었다.

충청도 내륙 산촌의 기온은 지구의 위도와 상관없이 서울보다 연평균 5도 이상 낮다. 그래서 겨울에는 영하 20도 아래까지도 예사로 내려간다. 눈도 만만찮다. 그러니 겨울이 가까워지면 땔감이 제일의 관심사다. 땔감이 넉넉히 준비되면 절로 마음이 든든해지게 마련이다.

집을 정남향으로 앉히고 단열과 보온에 특별히 신경을 쓴 결과, 실내의 온도가 여름 겨울의 혹서와 혹한에 관계없이 쾌적하게 지낼 수 있는 편이다. 겨울에 최소한의 난방만 한다면 말이다. 난방 시간은 하루에 최장 4시간을 넘지 않는다.

효율과 편의성과 경제성으로 보자면 아파트 생활이 우리 시대의 가장 편리한 제도임이 틀림없다. 특히 겨울에 더 그렇다. 난방·상하수도·건물·주차장·마당·진출입로·보안·조경 관리까지, 옛날 같으면 하인이나 머슴이나 집사를 두고 처리할 일을 최소비용을 들여 공동으로 고용인을 두고 처리하니 손 하나 까딱할 일이 없다. 이 얼마나 편리하고 경제적인 제도인가. 손 하나 까딱 않고 뜨뜻하게 겨울을 나는 이 아파트 생활이, 그러나 사람이 너무 편하면 생기는 단조로움과 권태는 어쩔 수 없이 따라오는 병폐이긴 하지만….

시골 생활은 너무 편한 단조로움에서 벗어나는 대신 그 고용인의 임무를 하나부터 열까지 본인이 직접 감당할 수밖에 없다. 진짜 머슴이나 집사를 고용하지 않는 이상은.

시골 주택의 겨울 난방에는 선택의 여지가 많다.

구조적으로는 구들이나 온수 보일러 식의 바닥 난방과, 페치카·벽난로 등을 이용한 공간 난방법이 있고, 연료 종류로는 장작·연탄·기름(등유)·톱밥·펠릿·전기 등을 이용하는 방법이 있다. 편리함을 추구할 것인가, 저비용을 추구할 것인가, 낭만을 추구할 것인가 등이 선택의 요건인 셈이다.

나는 여러 궁리 끝에 화목·기름 겸용 보일러를 이용한 바닥 온수난방을 선택했다. 화목(장작)은 귀찮고 힘들 수도 있지만, 경우에 따라서는 원료비를 절약할 수도 있고, 기름은 비용이 부담스럽기는 하지만 편리성이 으뜸이기 때문이다. 저비용과 약간의 낭만과 편리함을 선택한 것이다. 저비용이란 측면은 장작을 사서 쓸 경우는 효용이 크지 않지만, 자체 조달 요건이 되기 때문이다. 건축과 땅 정리 때 뽑아낸 나무들이 제법 쌓여 있을 뿐만 아니라 남아 있는 나무의 전지와 울타리 밖 뒷산에도 고사목이 즐비해서다. 또한 태울 때 유해 물질을 내뿜지 않는 종이나 나무 조각 등의 생활 쓰레기도 태워 없앨 수 있으니 이건 덤인 셈이다.

땔감을 장만하는 일은 내게는 억눌렸던 야생의 본능도 일깨우고, 어릴 적 추억을 되살리는 감성적 효용도 있다.

도시로 나가기 전 어릴 때, 고향 농촌의 머슴방에서 세끼 꼬고 나무하는 데 따라다니던 겨울의 추억이 꿈결 같다.

우리나라의 땔감 변천사는 압축 성장만큼이나 가파르다. 1960년대 초부터 시작된 벌목 금지, 숯과 장작 거래 불법화 및 단속 강화, 연탄 사용 의무화, 산간벽지까지 보급되는 전기, 일반화된 석유 사용, 가스 사용 등으로 경제성장과 함께 쉬지 않고 바뀌어 왔다. 그리고 1970년대부터 시작된 녹화사업으로 이제는 헐벗었던 산이 드나들기 힘들 만큼 숲이 우거져 고사목이 뒹굴고 40년 주기로 나무를 베고 다시 심는 산림사업이 지속되고 있다.

이제는 장작을 때는 것이 선택 사항이 되고, 쉽게 사서 쓸 수 있게 되었다.

보일러 아궁이에 장작을 넣고 활활 타는 모습을 확인할 때마다 묘한 희열과 카타르시스를 느끼게 되는 것은 추억의 회상에서 오는 건지, 인간의 원시적 향수 때문인지는 알 수가 없다. 겨울 해가 설핏해지면 불을 지피는 그 시간이, 하루를 마치고 안식에 들어가는 의식절차로 느껴지는 것이 나의 느긋한 즐거움이다.

그러나 땔감을 장만하는 일에는 낭만 뒷면에 귀찮음과 노동의 고달픔이 있을 수 있다. 언젠가 생길 수도 있는 고달픔을 위한 퇴로를, 기름 겸용 보일러를 선택하여 열어둔 것이다. 이 보일러는 화목을 아궁이에 넣고 작동하면 15분 동안 기름을 가스로 분사하여 불을 붙이고 나서 자동으로 화목이 다 탈 때까지 기름은 쓰지 않는 시스템이다. 모든 작동은 방마다 설치된 실내 버튼으로 되고 다만 장작 넣을 때만 수동인 셈이니, 편의성에서는 아무 흠이 없다. 더구나 장작 땔감의 고달픔에서 벗어나고 싶은 날에는 기름 전용 설정으로 해결되니, 지레 걱정할 일도 없다.

산촌에는 눈이 많다.

눈은 낭만이고 설렘이지만, 귀찮은 존재이기도 하다. 눈이 오자마자 치우느라 법석을 떠는 도시 생활을 보면 엄청 귀찮은 존재임이 틀림없기도 하다. 그런 측면에서는 산촌 생활에서도 비슷한 점이 없지는 않다. 특히 어디서나 자동차를 빼고는 생활할 수 없는 현대생활에서는 그럴 수밖에 없다.

해발 410m인 우리 집 바로 앞에는 해발 450m 고개를 넘어가는 굽이굽이 오르막 2차선 도로가 있다. 이 고갯길에 시에서는 눈만 오면 득달같이 제설차가 달려와 눈을 밀어내고 염화칼슘을 듬뿍 뿌린다. 이 서비스만큼은 확실하다. 봄이 올 때까지 마른 날이면 염화칼슘이 허옇게 남아 있을 정도로 철저하다.

그러나 가끔 한가로운 산촌의 낭만을, 온 세상이 새하얗게 된 눈 세상을 즐기는 데서 찾고 싶은 것은 사치만은 아니지 않은가. 이런 날은 문정희의 시 「한계령을 위한 연가」의 몽환적 분위기에 한번 빠져보는 것도 제격이다. 그런 날도 나는 가끔은 즐긴다.

한겨울 못 잊을 사람하고 / 한계령을 넘다가 / 뜻밖의 폭설을 만나고 싶다 / 뉴스는 다투어 수십 년만의 풍요를 알리고 / 자동차들은 뒤뚱거리며 / 제 구멍들을 찾아가느라 법석이지만 / 한계령의 한계에 못 이긴 척 기꺼이 묶였으면 // 오오, 눈부신 고립 / 사방이 온통 흰 것뿐인 동화의 나라에 / 발이 아니라 운명이 묶였으면 // 이윽고 날이 어두워지면 풍요는 / 조금씩 공포로 변하고, 현실은 / 두려움의 색채를 드리우기 시작하지만 / 헬리콥터가 나타났을 때에도 / 나는 결코 손을 흔들지는 않으리 // 헬리콥터가 눈 속에 갇힌 야생조들과 / 짐승들을 위해 골고루 먹이를 뿌릴 때에도… // 시퍼렇게 살아 있는 젊은 심장을 향해 / 까아만 포탄을 뿌려대던 헬리콥터들이 / 고라니나 꿩들의 일용할 양식을 위해 / 자비롭게 골고루 먹이를 뿌릴 때에도 / 나는 결코 옷자락을 보이지 않으리 // 아름다운 한계령에 기꺼이 묶여 / 난생처음 짧은 축복에 몸 둘 바를 모르리 //

그런데 그 낭만이, 득달같이 치워 놓은 집 앞 도로에서부터 오래가지 못하는 게 마냥 아쉬울 뿐이다. 아침에 일어나 시야가 순백 일색일 때, 일단은 집 뒤 제일 높은 곳에 올라가 두 눈을 호강시킨다. 그리고 내 시야에 내 발자국마저 없는 깨끗한 풍경을 담으려고 올라갈 때도 한쪽 가장자리를 택한다. 물론 사진으로도 저장한다.

하지만 나도 곧 현실로 되돌아올 수밖에 없다. 3년 전 첫 겨울에 집을 한 달간 비운 일이 있었는데, 얼고 녹고 얼기를 반복한 눈이 단단한 얼음이 되어 곡괭이나 삽 등을 동원하고도 다 제거하지 못하고 구석진 응달에는 늦은 봄까지 남아 고생한 일이 있었기 때문이다. 눈이 오고 나서 비가 뿌리거나, 처음부터 젖은 눈이 오면 치우는 데 어려움이 있다. 낭만이나 사치는 잠깐이고 현실로 곧바로 돌아오지 않으면 고생이 배가된다. 이 고생 저 고생 끝에 찾은 방법이 등에 메는 엔진식 송풍기이다. 눈이 오면 잠깐 즐긴 다음에는 이 송풍기로 곧바로 길옆 화단과 정원과 밭으로 눈을 불어내 차고에서 현관을 거쳐 대문 앞까지 길을 깨끗이 치워 놓는다. 넉가래나 삽과 빗자루로 씨름하는 데 비하면 가히 초능률이다. 길만 치우고 나서는, 나머지 정원과 밭과 산과 들은 봄까지 가급적 오래오래 흰색으로 남아 머리를 맑게 씻어 주기를 바라는 것이다.

며칠간 작업한 땔감이 바짝 마르는 대로 일부는 창고에 쟁여 놔야겠다. 눈이나 비가 와서 젖으면 바로 땔 수가 없기 때문이다. 올겨울 땔감으로 좀 부족할지는 잘 가늠이 가지 않지만, 모자라면 뒷산과 옆 산에 오르기만 하면 지천으로 널린 고사목이 있고 울타리 안에도 전지할 나무가 차례로 기다리고 있으니, 땔감 장만할 즐거운 일을 아껴두고 있다고나 할까.

나는 지금 풍족한 땔감만으로도 배부른 부자다.

멀고 가까운 산과 논밭, 언덕, 집들, 온 세상이 눈에 묻힌 속에서 내 집 굴뚝 위로 파르스름한 장작 연기가 피어오르는 따스한 풍경을 그리

며, 그 풍경의 연출자가 나라는 자부심을 마음껏 즐기고 싶다. 넉넉히
쌓인 장작더미를 보며 이 겨울, 나는 흐뭇하다.

봄은 어떻게 오나

남서쪽 십 리 밖, 우리 집에서 언제나 마주 보이는 용두산을 나는 안산案山으로 삼는다. 그 용두산 북 사면의 흰 눈이 점차 사위어 드디어 보이지 않게 되면, 어김없이 정원 언덕의 생강나무꽃이 피기 시작한다. 눈 녹은 계곡 찬물로 방금 씻은 얼굴처럼 말간 하늘의 짙푸른 공간이 그 생강나무 꽃가지의 배경이 된다.

생강나무꽃을 신호로 정원과 주위 산에서 산수유 매화 백목련 자목련 개나리 진달래 왕벚꽃 복사꽃 배꽃 자두꽃 산벚꽃 철쭉 등등이 차례로 피어난다. 철쭉까지 피고 나면 봄은 완전히 농익어 제풀에 흐드러진다. 산벚꽃이 잎과 꽃이 함께 피는 것을 제외하고는 모두 빈 가지에서 꽃이 먼저 피는 것들이다. 그래서 봄을 먼저 부르고 부지런한 벌을 먼저 불러들이게 된다.

한편 정원 바위틈과 길섶, 모퉁이에서는 생강나무꽃과 거의 때를 맞춰 진홍색 꽃잔디가 화려하게 기지개를 켜고, 곧이어 작약과 모란이 빨간 움을 내밀고, 여기저기 빈 땅에서는 냉이 달래 쑥 돌나물들이 새싹을 내민다.

그쯤 되면 마음은 달뜨고 몸도 바빠진다. 삽과 괭이 쇠스랑 레이크 호미를 들고 텃밭과 정원에서 한 해 계획의 실천에 들어간다. 이즈음이면 아지랑이가 피고 새소리마저 어떤 계절보다 유쾌해진다.

생강나무를 제대로 아는 사람이 그리 흔하지는 않다. 꽃은 산수유보다 조금 일찍 피지만 색깔과 모습이 거의 같아서 이른 봄 노란 좁쌀을 듬뿍 뿌려놓은 듯한 모습을 멀리서 보고는 웬만한 사람들은 산수유로 착각하곤 한다. 두 나무는 꽃 말고는 잎과 줄기, 열매의 모습이 전혀 다르다.

김유정의 단편소설 「동백꽃」에 나오는 그 '노란 동백꽃'이 사실은 생강꽃의 강원도 방언이다. 예전에 여인네들은 동백기름을 머리에 발라 멋을 냈다. 남쪽 지방에서 붉게 피는 동백꽃의 열매에서 짠 기름이 동백기름이다. 강원도 여인네들은 구하기 힘든 그 동백기름 대신 흔한 생강나무 열매로 기름을 짜서 썼기 때문에 그 나무를 동백나무 또는 산동백, 동박나무로 불렀다고 전해진다.

생강나무란 이름은 가지나 잎을 비비거나 으깨면 식재료인 생강 냄새가 나는 데서 붙여진 이름이다.

지금은 동백기름이나 생강 기름을 쓸 일이 없으니, 말린 꽃잎과 잔가지를 우려내고 그 위에 생 꽃잎 또는 마른 꽃잎 한두 개를 띄워 그 꽃잎이 다시 활짝 피어나는 모습을 즐기며 가끔 생강꽃차를 즐기는 호사를 누리곤 한다.

산수유의 일찍 피는 꽃의 아름다움은 누구나 아는 바이며, 빨갛게 익는 열매 또한 일품이다. 가을을 지나 눈 쌓인 한겨울까지 파란 하늘을 배경으로 새들의 겨울 양식으로 남아 있다. 이 산수유의 열매는 요긴한 약재이지만 씨를 발라내기가 쉽지 않은 일이다. 하여 옛날 궁궐에는 처녀의 입으로 씨를 발라낸 것만이 진상품이 되었다고 한다.

산수유 열매는 워낙 작아서 전문 방앗간의 기계 말고는 씨 빼내는 도구가 없어 나는 먹기는 포기하고 관상용으로만 즐기고 있다. 그것만으로도 고맙고 행복하다.

산촌에는 봄이 더디 온다. 서울보다 평균 일주일에서 열흘쯤 개화 시기가 늦다. 이리 화려한 봄 잔치도 정작 시작이 늦었으므로 더 서두를 수밖에 없어 꽃들도 잎들도 서로 경쟁하듯 숨 가쁘게 피어난다.

일과 일상에 찌들고 치어 고개 한 번 돌릴 틈이 없는 도시인이 있다면, 그래서 새봄의 꽃 잔치 한 번 제대로 바라볼 틈을 깜박 놓쳤다면, 산촌으로 가보기를 권한다. 한 일주일이나 열흘쯤 늦게라도.

어디에서나 봄은 그저 오지 않는다. 봄은 시련을 견딘 후에 온다. 그리고 봄은 사랑의 열병처럼 온다. 또 한편 봄은 변덕쟁이이기도 하다. 나목인 채로 긴 겨울을, 가을부터 꽃눈 잎눈을 달고 매서운 추위와 삭풍을 견뎌야 하는 의연함을 지나온 다음에야 더욱더 꽃 색이 화려해지고 화려한 봄을 즐길 수 있다. 그러고도 광풍 같은 꽃샘바람과 변덕스러운 꽃샘추위를 이겨내고서야 아지랑이와 부드러운 봄비를 즐길 수 있는 것이다.

오늘의 우리 인생도 지난 세월 고난의 결과이다.

법정은 『일기일회一機一會』에서 매화의 고결함을 이렇게 찬탄한다. "한 차례 추위가 뼈에 사무치지 않으면 코를 찌를 매화 향기 어찌 얻으랴."

어디 그뿐인가. 춘화현상春化現象이란 것도 있다.

호주 시드니에 이민 간 교민이 봄 향수를 달래려고 고국을 다녀가는 길에 개나리 가지를 꺾어다가 자기 집 앞마당에 심었다고 한다. 이듬해 봄이 되자 맑은 공기와 좋은 햇볕 덕에 가지와 잎은 한국에서보다 무성했지만, 꽃은 피지 않았다. 첫해라 그런가보다 여겼지만 2년째에도, 3년째에도 꽃은 피지 않았다. 그때야 비로소 알게 되었다. 한국처럼 혹한의 겨울이 없는 호주에서는 개나리꽃이 아예 피지 않는다는 것이다. 저온을 거쳐야만 꽃이 피는 '춘화현상'이 원인이었다.

참깨도 냉장 후에 파종하면 발아율이 훨씬 더 높아진다는 것이 전문 농업인들의 얘기다.

우리 삶도 그러리라. 이런저런 시련이 없고서야 어찌 우리 인생이 단단해질 수가 있으랴. 굶어보지 않고서야 어찌 진정한 포만의 행복을 알 수 있으랴.

전혀 생각하지도 못했던 코로나19의 시련은, 분명 우리 인간의 삶에 있어서 작은 일상마저도 얼마나 소중하고 행복한 것인가를 깨닫게 되는 단단함을 선물할 것이다.

산촌에 살면 누릴 수 있는 특권 중 하나가 천연 봄나물을 즐길 수 있다는 것이다. 겨우내 혹한의 땅속에서 은인자중하던 뿌리나 씨앗에서 이른 봄이 되면 있는 힘을 다해 뻗어 올린 새싹이나 새순에 그동안 응축됐던 모든 에너지가 진한 향에 담겨 있는 것이다. 땅 위로 솟구쳐오르는 그 생명의 정기는 신비롭고 경이롭다. 요즘은 하우스에서 재배한 나물 채소가 탐스러운 모습으로 슈퍼 매대에 넘쳐나지만, 향만은 자연산을 절대로 따를 수 없다.

우리 집 앞으로 지나가는 고갯길에는 봄부터 초여름까지 이른 아침이면 산으로 나물 채취하러 온 사람들의 차들이 수도 없이 주차돼 있는 것을 본다. 산불감시원들이 장마철을 빼고는 연중 산불감시와 산림지역 출입을 금지하며 길목을 지키고 있지만, 감시원들의 근무시간인 아홉 시가 되기 전에 볼일을 다 보고 산에서 내려와 사라지는 것이다. 자연산 봄나물의 향수를 잊지 못한 사람들일 것이다. 간혹 승합차로 사람들을 싣고 와 산속으로 올려보내는 팀도 있으니 이들은 나물을 뜯어다 시장에 내놓는 장사꾼임이 틀림없다.

나는 나물 채취를 위한 산행은 하지 않는다. 다행히 울타리 안의 집 뒤 나지막한 언덕에는 원래부터 자생하던 나물과 야생초들이 있어서다. 냉이 쑥 민들레 돌나물 머위 곰취 등이 자생하는 이 구역에는 제초제를 뿌리지 않는 것을 철칙으로 삼고 있다. 덕분에 봄이면 재배한 나물을 사먹지 않고 자연의 정기를 마음껏 즐기는 호사를 누린다. 봄의 향이 진한 나물로는 이 밖에도 달래 두릅 고사리 엄나무 순 다래 순 오가피 순 등이 있는데 이것들은 산으로 채취하러 다니는 것이 번거로워 아예 울타리 주위에 심어서 스스로 자라게 하고 있다.

제초제를 치지 않는 이 야생구역에는 이 밖에도 질경이 고들빼기 씀바귀 비름나물 등 나물로 먹을 수 있는 것들이 자생하고, 꽃다지 별꽃 달맞이꽃 엉겅퀴 양지꽃 제비꽃 물봉선 닭의장풀 석잠풀 꿀풀 현호색 애기똥풀 같은 귀여운 야생화도 자라며, 바랭이 방동사니 여뀌 개망초 명아주 쇠비름 지칭개 소리쟁이 새콩덩굴과 그 외에 아직도 이름을 모르는 풀까지가 지천이다.

이것들은 귀엽고 반갑다가도 여름이 되면 하루가 다르게 쑥쑥 자라서 조금만 방심하면 키가 1m를 넘어 말 그대로 쑥대밭이 되고 만다. 제초제를 쓰지 않는 대신 방법은 단 한 가지, 예초기를 쓰지 않을 수 없다.

초여름에서 가을까지 최소한 서너 번 이상 예초기를 돌리는 수고를 사서 하지 않을 수 없는 일이다.

농사를 짓는 사람들이 제초제를 두고 무슨 생고생이냐고들 혀를 끌끌 차는 것을 이해는 하지만, 그래도 나는 웃으면서 넘긴다. 그까짓 나물 좀 먹자고 제초제를 쓰지 않고 풀을 키우는 농사꾼은 없기에 말이다. 미련스럽도록 예초기 작업 지속을 나는 고집한다. 하여 봄철에 우리 집을 방문하는 사람들은 대부분 호미와 칼을 들고 풀밭에 쪼그리고 앉는다.

서울 태생으로 시골 생활에 적응 못 하던 아내가 어느 봄날 챙 넓은 모자를 쓰고 빨간 장화를 신고 주황색 오리 궁뎅이를 달고서 그 청정구역 풀밭에 쪼그려 앉아 쑥과 냉이를 뜯고 있는 모습에, 나는 순간적으로 '나물 캐는 봄 처녀'의 아련하고 순진무구한 환각에 사로잡히기도 한다. 핸드폰으로 찍은 그 뒷모습 사진을 카톡으로 전송하며 '나물 캐는 봄 처녀'라는 제목을 붙였다.

한때 나는 아내를 '돈만 여사'로 부른 적이 있다. 텔레비전을 보다가도, 백화점에 가서도, 그냥 대화 중에도 뜬금없이 나오는 서두가 "돈만 있으면…"였기 때문이다. 그다음에 이어지는 후렴은 저런 차, 저런 집, 저런 보석, 저런 여행 등등이었다. 지난 세월 대부분의 당시 사람들이 경험한 가난에 대한 반작용에 다름 아니었던 것이었다.

그 서두가 습관이 될 즈음부터 나는 아예 아내를 '돈만 여사'라고 불렀다. 그러자 얼마 안 가 아내가 내게 되돌려준 호칭은 '돈도 아저씨'였다. '돈도 없는 주제에'의 뜻이었다.

세월이 흐르고, 지금은 그 별명을 쓸 일도 그 서두도 없어졌지만, 근래에는 가끔 '도시에 살면…'의 넋두리가 나오는, 시골 적응이 아직도 덜 된 또 다른 서두가 있기는 하다. 그래서 '나물 캐는 봄 처녀'의 환각이 생겼을 것이다.

야생구역에는 오미자 구기자 자두나무 복숭아 앵두나무 대추나무 밤나무 살구나무 체리나무 꾸지뽕나무 블루베리 등의 과일나무를 한두 그루씩 심고, 관상용으로는 모과나무 좀작살나무 홍단풍 명자나무 등나무 능소화나무 덩굴장미 병꽃나무 무궁화 은행나무 고로쇠나무 개나리 진달래 쥐똥나무 화살나무 황매화 등을 심어 놓았다. 또 초화로는 꽃범의꼬리 셀비어 장미 데이지 금잔화 꽈리 에키네시아 금계국 맥문동 수국 붓꽃 패랭이 해바라기 등을 기르고, 야생구역 밖의 밭에는 비닐을 치거나 퇴비, 비료를 주어 산딸나무 금강송 청단풍나무 주목의 묘목을 가꾸고 있다.

텃밭에는 상추 쑥갓 무 당근 시금치 가지 고구마 땅콩 호박 수박 참외 부추 달래 방울토마토 대파 들깨 옥수수 천년초 등을 기른다.

시골로 이사를 왔다고 하면 농사를 지으러 갔느냐고 거의 물어본다. 그래서 나는 귀농이 아니고 귀촌을 했노라고 말한다. 농사가 결코 아무나 할 수 있는 쉬운 일이 아닐진대, 귀농하려면 더 일찍 왔어야지 일흔이 다 되어 농사를 시작한다고 덤벼서는 농사일에 대한 모독이라고 생각한다. 또한 생계 수단으로서의 농업에도 더구나 자신이 없으니, 생계는 지금껏 일해 온 결과로써 욕심을 줄이고 만족하기로 작정하고 적응하는 중이다.

해서 나는 텃밭을 아주 조금 일궈 우리가 먹는 것, 조금 남으면 가까운 사람들과 조금이나마 나누어 먹는 정도에서 만족한다. 그리고 나무와 꽃을 가꾸고 조화롭게 재배치하여 꿈속 같은 정원을 만드는 데 열심이다. 한 삼 년 이상 쉴 새 없이 움직였는데, 아직도 할 일은 산더미 같다. 할 일이 기다리고 있다는 것이 나는 즐겁다.

그중에 꽃잔디 번식 작업이 있다. 친지가 가져와 함께 심어주고 간 약간의 진분홍 꽃잔디를 3년 만에 수십 배는 번식시켜 놓아서 그것을 볼 때마다 스스로 대견하고 뿌듯하다. 꽃잔디는 4월에서 9월까지 꽃이 피고 지기를 거듭하며, 꽃이 없을 때도 잎이 지면을 덮고 월동한다. 한국 잔디와는 서로 장단점이 있다.

잔디 중에는 재래종인 한국 잔디가 우리나라 풍토에는 제일 잘 맞는다. 주차 공간에도 잔디 블록 사이로 심고, 집 앞마당에도 심고, 폭우가 오면 도랑이 깊게 파이던 경사지의 배수로에 잔디를 심어 잔디 배수로를 만들어서 성공한 경험이 있다. 그러나 처음에는 떠어 심은 공간을 잔디가 자라서 다 채우는 데 엄청난 안달이 나더니, 일단 채워지고 나니 이제는 원하는 공간을 넘어서 자꾸 번져나가는 통에 골치를 썩이게 된다. 뿌리째 뽑고 잘라내기가 쉽지 않다. 절실하게 구분이 필요한 곳에는 PVC 칸막이 등의 시공이 필요해지기도 한다. 더구나 잔디는 일 년에 최소한 3~6회 이상 깎아줘야 하는 번거로움이 있다. 하지만 잘만 깎아 놓으면 봄과 여름 초가을까지의 녹색 카펫 같은 근사한 모습, 그리고 늦가을부터 이른 봄까지의 노랗게 땅을 덮고 있는 명불허전 금잔디의 모습은 볼 때마다 안정감이 든다.

꽃잔디는 우선 색이 화려하고 잔디 이상으로 잘 번지며, 키가 크는 것이 아니라 옆으로만 번지기 때문에 일일이 위를 깎아주지 않고 튀어나온 부분만 잘라서 옮겨 심으면 잘 번식하는 장점이 있다. 그러나 잔디만큼 심하게는 밟지 말아야 한다는 제약이 있다.

개나리 쥐똥나무 꺾꽂이 번식 작업도 쉽지 않은 일이다. 절개면 블록 옹벽 위에 안전과 관상을 위해 쥐똥나무와 개나리를 꺾꽂이했는데, 기상 조건이 받쳐주지 않으면 쉽지 않다. 두 번 세 번 보식 끝에 이제는 어느 정도 빈자리를 다 메꿀 정도로 성공해서 그것을 바라볼 때마다 대견하다. 이제 일이 년만 있으면 옹벽 가장자리를 덮는 이른 봄 샛노란 개나리꽃과 여름날의 흰 쥐똥나무꽃, 그리고 가을의 쥐똥 같은 검은 열매를 마음껏 즐길 수 있으리라.

작은 텃밭과 조경수 묘목밭과 청정 야생구역으로 나눈 나의 산촌 생활은 아직도 시행착오, 시험의 연속이다.

온갖 작물의 씨앗 발아 조건, 개화 조건, 성장의 조건은 백이면 백 모두 제각각이다. 그것을 다 알 수 있으리라는 것은 불가능한 일일지도 모른다. 자연은 확실히 다양하고 신비하고 외경스럽다. 해마다 달라지는 자연조건 앞에서 언제나 나는 실습생이 되어 옷깃을 여미게 된다.

씨앗은 위대하다. 작은 씨앗이 제 몸무게의 수십, 수백 배가 넘는 흙과 때로는 작은 돌까지도 들어 올리고 싹을 틔우는 모습을 보고 있노라면, 하나의 씨앗이란 곧 우주가 아닌가 하는 감탄과 깨달음이 절로 일어난다. 작은 한 알의 씨앗이 자라 태산 같은 거목이 될 수도, 절색의 아름다움으로 낙원을 이루는 꽃이 될 수도 있다. 거기서 우리 생의 무게도 덩달아 느낀다.

인생에 어떤 절실한 염원이 있을 때는 정작 그 목표를 이루었을 때보다는 그 목표를 향해 무진 힘을 쏟고 있을 때가 훨씬 더 행복한 법이다. 나는 이런 내 경험과 믿음을 바탕 삼아 오늘도 진지하고 바쁘다.

노동의 즐거움

지름 40㎝ 내외의 통나무를 길이 45㎝로 잘라 다섯 개를 나무 그늘 밑에 세로로 빙 둘러앉히고, 가지가 살짝 벌어진 부분의 통나무 하나를 잘라 가운데에 탁자로 앉히니 이야기가 피어나는 듯, 그럴듯한 공간이 되었다. 전기톱과 바닥 고르는 레이크 작업으로 톱밥을 뒤집어쓰고 이마에는 땀이 솟았다. 일손을 놓고 완성된 통나무 의자에 앉아 아내가 내온 우리 동네 술도가의 막걸리 한잔을 걸치니 때마침 남풍도 불어와 땀을 식혀준다. 우리 동네 술도가는 우리 집에서 2.7㎞ 거리의 삼거리에 있어 웬만하면 떨어지지 않게 받아다 둔다. 마트에서 사는 것보다 바로 내린 것을 사 오니 맛이 한층 더 제대로 살아 있다.

다섯 개의 통나무 의자와 통나무 탁자는 내 손으로 심은 18년생 자목련 나무 그늘 밑에 자리를 잡았다. 재작년에 한차례 우듬지 전지를 한 자목련은 가지가 넓게 퍼져 이 5인용 공간을 충분히 커버할 그늘을 거느린다. 큼지막한 연자주색 꽃봉오리가 터지면 속은 희고 겉은 연자주색인 꽃잎을 피워 멀리서 보면 푸른 봄 하늘에 세련된 화려함이 눈부시다. 꽃이 지고 나면 싱싱하고 넓은 녹색의 잎이 짙은 그늘을 만들고 가을이 되면 황갈색의 단풍을 자랑하여, 나의 이 자목련 사랑은 언제나 변함이 없다.

막걸리 잔을 기울이면서 떠오른 이 공간의 이름은 '자목련카페'다. 오다가다 들른 마을 사람들이 농사일하다 또는 산에 갔다 오다 옷과 신발이 깨끗하지 못하다고 집안에 들기를 저어하거나, 또 지인들이 와서 집안보다 바깥이 더 좋다 할 경우, 담소를 나눌 수 있는 공간으로 적합할 터이다. 간단히 차나 과일, 막걸리 한잔하기 좋은, 대화와 인연의 카페가 되기를 희망해 본다. 또한 이 공간은 바깥일을 하다 잠시 손을 놓은 우리 부부가 함께 앉아 먼 하늘과 미래를 내다보는 자리로도 그만일 것이며, 또한 나의 사색의 공간으로도 요긴한 자리가 될 것이다.

그런데 이 '자목련카페'의 통나무 의자와 탁자로 쓰인 원목에는 사연이 있다.

지난해 2020년 여름의 장마는 역대 최장 54일간이었다. 이 기간에 기록적인 폭우와 태풍이 몰려왔고 뒷동산에 있던 23년생 귀룽나무의 줄기 하나가 통째로 쓰러졌다. 밑둥치에서 네 줄기가 뻗어 나와 튼실하게 자라더니 12m의 키에 우람한 수형을 이뤄 가족 묘역의 뒷배를 든든하게 지키고 있었는데, 그중 비탈 쪽의 바깥 줄기 하나가 긴 장마로 물러진 땅에 제 무게를 이기지 못하고 뿌리를 찢으며 쓰러진 것이다. 다행히 묘역 반대쪽으로 쓰러져 경계 철망 울타리 세 칸만 망가뜨리고 묘역에는 아무런 피해를 주지 않았다. 그러나 남은 세 줄기가 문제였다. 이번 같은 천재지변이 언제 또 닥치지 말라는 법도 없고, 쓰러질 방향도 알 수 없으니 불안하기 짝이 없는 일이었다. 생각 끝에 오랫동안 함께해온 세월이 아쉽기는 하지만, 너무 커버린 나무를 아예 나머지 세 줄기까지 모두 베어내기로 확정했다.

이 큰 나무를 베어내니 지름 40㎝ 내외의 밑둥치에서부터 중간가지와 잔가지와 잎까지 엄청난 잔해가 나왔다. 가을의 여러 날 동안 이 잔해를 정리하면서 처음 만났을 때 손가락으로 튕길 정도로 어렸던 묘목이 엄청난 성목이 된 이 귀룽나무와의 인연이 바람 부는 가을날 하늘에 떠가는 흰 구름처럼 처연했다.

귀룽나무의 잔해는 크기와 종류별로 쌓여 거개가 땔감으로 대기 중이다. 그러나 지름 40㎝나 되는 밑둥치는 땔감으로 끝내 분류하지 못하고 용도를 유보하고 있었는데, 이제 1년이 가까이 되면서 내 가슴에 숨어 있던 그 나무와의 인연으로 기어이 땔감 대기에서 빠져나와 우리 곁에 다시 남게 된 것이다.

'자목런카페'의 그늘에 앉아 바람결에 몸을 맡기고 있으면, 지난봄에 새로 지은 닭장 속에서 하루가 다르게 커가는 청계닭 병아리 22마리의 움직임이 바라보이고, 수년간 쌓아놓은 두 개의 돌탑도 바라보이고, 지난겨울 장작을 패던 공간도 눈 안에 들어오고, 역시 지난봄에 지은 비닐하우스도 지척에 있고, 꽃과 나무를 가꾸고 있는 정원 속에 앉아 있으니 여태껏 내가 해온 노동의 고됨과 즐거움을 저절로 반추하게 된다. 산촌에 와서 내게 노동이란 과연 무엇이던가?

'노동은 즐겁다'라는 명제를 나는 신뢰한다. 이 말이 성립되려면 전제조건이 필요하다. 우선 의무적인 노동조건에서 해방돼야 한다. 통상적으로 노동이 지겨운 것은 노동자와 사용자의 기대 수준의 충돌 때문이다. 따라서 우선 이 충돌에서 벗어나 자유로워져야 한다. 자기가 좋아서 하는 일은 이런 기대 수준의 충돌이 없기 때문이다. 의무적인 노동은 괴로움이지만, 자기가 좋아하는 자유로운 노동, 더구나 노동력을 제공한 대가로 사용자로부터 임금을 받아 생활을 유지하는 노동자의 신분을 벗어난, 자기 자신의 일은 즐거움에서 그치지 않고, 바로 행복의 조건이기도 하다.

정신노동에 얽매여온 사람에게는 특히 육체노동 뒤의 청아해지는 머리, 그리고 달콤한 휴식은 확실하고 순수한 기쁨이다. 일상적인 육체노동자들에게 음악을 듣는다든지 책을 읽는 것이 아주 효과적인 휴식인 것과 같다. 정신노동과 육체노동의 적절한 배분은 더욱더 효율적이고 정신과 육체의 건강을 증진한다. 무더위 뒤의 바람이 비할 바 없이 시원하고, 더위가 심할수록 그늘은 더 시원한 법이다. 힘든 노동 뒤의 휴식은 그래서 달콤하다.

태생적 약골인 내가 이 정도 건강을 유지할 수 있는 것도, 바로 육체노동의 단련 덕분이라고 나는 생각한다. 도끼질을 해 보면 노동의 본질을 조금 알게 된다. 내게 처음 이 도끼질은 감히 가까이할 수 없는 외경이었다. 근육이 불끈 솟은 몸으로 몸통만한 장작을 단숨에 빠개는 마당쇠의 단순, 무식, 치솟는 힘의 원시적 비주얼이 내게는 영원한 부러움의 경지였다. 그러나 자연은 불공평하지만은 않은 법. 몸이 약골이면 끈기나 깡다구라도 있지 말라는 법이 어디 있나. 여러 번 부닥치다 보니 요령이라도 생기게 되었다. 아니 요령이라기보다는 일의 핵심을 깨닫게 된 것이다. 빠갤 위치를 정확하게 정하고 정신과 힘을 집중시키면 단번에 쪼개진다. 이래서 나도 장작을 웬만큼은 팰 수 있게 되었다. 난방을 위한 마당쇠를 고용하지 않아도 되었고, 아내에게 마님의 마당쇠 자격증을 요구하기에 이르렀다.

다만 같은 장작이라도 가지가 벌거나, 구부러지거나 상처가 생긴 자리에 옹이가 박힌 부위는 웬만큼 패서는 빠개지지 않는다. 해서 무쇠로 된 큼지막한 쐐기를 두고 큰 망치로 때려 박아 쪼개고 있다. 또 장작 길이를 애초에 두 자 이내로 해야 하는 요령도 생기고, 장작이 튀어 달아나지 않도록 폐타이어 속에 세우고 패는 요령도 생겼다. 장작의 옹이를 볼 때마다 이 나무의 생에 있어서 얼마나 아픔과 한이 맺혔을까를 생각하게 된다. 옹이가 있는 부위는 여간해서는 쪼개지지 않는다. 우리의 삶도 마찬가지이지 싶다.

도끼질의 끝에는 땔감 쌓아두기라는 보상의 기쁨이 기다린다.

살다 보면 쓸데없는 잡념이나 해야 할 일에 대한 조급증이 끝도 없이 떠올라 괴로울 때도 있다. 이럴 때 노동에 집중하면 그 번뇌에서 확실히 해방된다. 이 경우 돌탑 쌓기의 효과는 아주 각별하다. 무념무상의 경지, 선禪과 해탈의 경지까지도 다다를 수 있다. 막돌을 쌓고 쌓아 돌탑이 되려면 가장 중요한 것이 무너지지 않는 것이다. 처음에는 모양에 욕심이 생겨 겉모습을 잘 맞추려다 보니 번번이 무너지는 경험을 맛보았다. 여러 번의 시행착오 끝에 터득한 것은 결국 겉으로 드러나는 얼굴면의 매끄러움이 아니라 안정성(이를 위해서는 차례로 하중을 아래로 받아 서로 맞물려 누르는 것이 중요하다)이라는, 평범하지만 요긴한 이치를 깨닫게 된 것이다.

즐거운 노동에 취해 일을 벌이게 되는 증세는 올봄에 다시 닭장을 짓는 데까지로 번졌다. 청계닭을 키우며 부화기까지 가진 동네 친구로부터 청계 병아리 23마리를 얻었다. 닭장을 지어놓고, 정확히 21일 만에 알에서 깨는 병아리를 손꼽아 기다린 끝에 가져온 병아리는, 기계 속에서 태어나 어미의 품 대신 창고 안 백열등 켜진 종이상자 속에서 자기들끼리 몸을 포개고 엎드린 채 잠을 자던 애처로운 모습을 뒤로하고, 드디어 열흘 후에는 옥외 닭장으로 자리를 옮겼다. 첫 5일 만에 폐사한 1마리를 빼고는 모두 무럭무럭 자라서, 하루가 다르게 달라져 갔다.

그런데 닭의 수명이 과연 얼마일까 하는 궁금증이 일어 알아본 결과, 나로서는 놀라지 않을 수 없는 사실을 알게 되었다. 닭의 수명이 30년이라고 한다. 인간이 120년, 소가 30년, 개가 28년, 사자가 26년, 토끼가 13년, 다람쥐가 8년이라는데…

닭의 수명은 그러나 거의 학문적 이론에 불과하다. 사람의 기대수명이 120년이지만 사고사를 빼고 대개 기대수명의 70~80%인 80~90세가 실제 수명이라고 치면, 닭은 20년 이상은 살아야 정상이 된다는 계산이 나온다. 그러나 가축병원의 특별한 경우에 20~30년 된 닭의 치료 예가 간혹 있었다는 보고가 있을 뿐이다. 닭튀김이나 삼계탕, 닭볶음탕, 닭찜 등의 식용으로는 35일생(5주)이 이용된다니, 닭의 수명 기간은 놀라지 않을 수 없는 숫자다.

닭은 어미가 품든 부화기에 맡기든 꼭 21일(3주) 만에 알에서 깨어난다. 그러고는 다시 1주쯤 지나면 꽁지나 날개털이 새로 돋아나고 3주가 되기 전에 벼슬이 돋기 시작하여 5~6개월쯤부터 알을 낳기 시작한다고 한다. 그런데 육계는 35일(5주) 만에 생명을 끝내니, 그래서 이렇게 빨리 성장을 하는가? 닭의 체온은 38.8~39.4℃이며, 품종에 따라 차이가 있겠지만, 최고의 산란기록은 연간 371개라 한다. 매일 1개 이상의 알을 쉬지 않고 낳는다는 얘기다.

이제 이 병아리들이 닭이 되고, 암수가 구별되고, 개체 수가 정리(닭은 암수 비율이 10:1이라고 한다. 암수가 밝혀지면 이 비율에 맞게 수탉을 어떻게든 정리해야 한다)되고, 열심히 알을 낳기 시작하면, 그 후에는 도대체 언제까지 나와 함께할 수 있을까? 만약 그중 몇 마리라도 천수를 누린다면 내 수명이 그에 따르지 못할 수도 있지 않을까? 난제를 하나 얻었음이 틀림없다.

'비닐 하우스'는 '비닐하우스'가 되고, 다시 '하우스'가 표준어가 되었다. 그만큼 농촌 생활에 깊숙이 들어앉게 되었다. 고추를 말리고, 깻단을 말리고, 겨울에 먹을 채소를 키우고, 육묘 트레이로 작물이나 꽃의 씨앗을 싹틔워 모종을 키우고, 비 올 때 빗소리를 감상하며 고기를 구워 먹을 때 요긴하리라.

난생처음 접한 하우스를, 터를 닦고 자재만 사다가, 머리를 싸매고 친구 하나의 일손만 빌려서 그래도 완성을 한 것은, 고생 끝에 완성된 하우스의 모습에서 성취감을 느낀 것으로 충분한 보상을 받고도 남았다.

칸트는 말했다. 쾌락만 있는 곳에는 결코 진정한 쾌락은 있을 수 없다. 어쩌다가 일하는 틈틈이 찾아오는 짧은 휴식만이 진정으로 즐겁고 유익하다.

이 말대로 내가 다소 고된 노동을 하면서도 즐거울 수 있는 것은 사실 노동 끝의, 또는 중간중간의 나무 그늘이나 눈 부신 햇빛 아래에서의 꿀 같은 휴식과 명상에서 오는 희열 때문일 것이다.

노동이 일이 되고 놀이가 되는 경지, 그래서 무아지경에까지 이르게 되는 것이 내가 지향하는 바다.

노동의 즐거움은 역설적이게도 노동 후의 휴식에서 얻어진다. 이 즐거움은 계절마다 다르다. 여름에는 무더위의 한쪽에서 기다리는 그늘의 시원함, 봄·가을·겨울에는 노동 현장의 찬란한 햇빛 속에 눈부신 즐거움이 있다. 주경야독晝耕夜讀, 청경우독晴耕雨讀, 달빛 산책에서도 노동 뒤의 즐거움은 숨어 있다. 또한 '월급 없는 정원사'의 신분에서 얻어지는 자유로움처럼 대가가 없는 육체노동이 즐겁다.

능력과 지식에 어울리지 않게 겉만 꾸미는 것을 허영이라 하고, 의식주와 관계없는 행위나 분수에 지나친 것을 사치라 한다면, 화폐로 보상되지 않는 이런 노동은 누군가 사치라고 해도 좋다. 거기다 책 읽기와 글쓰기 또한 사치로 분류된다 한들 즐거울 뿐이다.

노동 중에서도 기계를 쓰는 것보다는 몸을 쓰는 노동이 원초적으로 더 즐겁다. 온갖 편의 생활 속에 묻혀 운동 부족으로 살면서 헬스 센터에서 따로 힘겹게 몸을 쓰는 것보다는, 햇볕 아래서 몸으로 일을 하는 것이 얼마나 더 즐거운지 우리의 몸은 본능적으로 알고 있다고 본다.

산촌의 달그림자

산촌에 와서 내게 달라진 것 중 특히 빼놓을 수 없는 것이 밤의 서정이다.

산촌의 밤에는 날마다 모습을 달리하는 달이 있고, 쉬지 않고 서두르지도 않고 밤새도록 밀어를 속삭이는 별들이 있고, 부엉이·올빼미·소쩍새의 하소연이 있고, 어린 고라니의 어미 부르는 어리광이 있고, 그리고 농익은 비밀을 풀어놓는 어둠이 있다.

달은 같은 달이건만 별도 같은 별이건만, 내게 산촌의 달과 별은 도시의 달과 별과는 완전히 달랐다. 거대한 인공 불빛의 바다 위에서, 또 전철이나 자동차 안에서는 그 존재감이 없었던 달과 별이 산촌의 싱그러운 어둠 위에서 나를 향해 환히 웃고 있는 것이 아닌가.

달과 별의 친구가 되자면 우선 인공 불빛이 없어야 한다. 불을 다 끄고 집 밖에 나와 한 5분만 어둠에 눈을 익히면 달빛이 서서히 쏟아지기 시작한다. 금가루로 샤워를 하는 듯한 환상의 세계로 곧바로 들어갈 수 있다.

이런 몽환과도 같은 경지는 한 달을 두고 나날이 느낌이 다르다. 초승달·상현달·보름달·하현달·그믐달의 모습이 다 다르다. 아니, 가령 초이튿날과 초사흘 달의 모습이 다르듯이 한 달 내내 나날이 달라지는 달의 얼굴을 대하는 마음은 언제나 설렌다.

음력 초하룻날을 기준으로 달은 태양과 동시에 뜨고 진다. 그리고 매일 달이 뜨고 지는 시각은 전날에 비해 약 50분씩 늦어진다.

따라서 달이 떠 있는 시간은, 초승달은 오전 6시~오후 6시, 상현달은 낮 12시~밤 12시, 보름달은 오후 6시~오전 6시, 하현달은 자정(밤 12시)~정오(낮 12시), 그믐달은 다시 초승달의 50분 전에 각각 뜨고 진다. 그러니 달의 얼굴은 매일 달라지는 것이다.

달의 모양이 120도(4시 방향, 기울어진 기역 자) 쪽으로 실눈썹처럼 남아 있으면 초승달이고, 점차 살이 차올라서 반달이 되었다가 보름달이 되고 다시 300도(10시 방향, 기울어진 니은 자) 쪽으로 가늘게 남아 있는 그믐달 모양으로 바뀐다.

사전적 의미로 보자면, 초승달은 음력으로 매월 초에 뜨는 달, 상현달은 음력 7~8일경에 뜨는 달, 보름달은 음력 보름날에 뜨는 둥근 달, 하현달은 보름에서 초하루 중간에 뜨는 달, 그믐달은 그달의 마지막 날에 뜨는 달이다.

하지만 어차피 매일 달라지는 달을 모두 이름 지어 구분하지 않을 바에야 대충 엿새씩 나누어, 초하루에서 엿새의 달은 초승달 또는 눈썹달, 이레에서 열이틀의 달은 상현달 또는 반달, 만월 전후의 열사흘에서 열여드레의 달은 보름달, 열아흐레에서 스무나흘의 달은 하현달 또는 반달, 스무닷새에서 그믐날의 달은 그믐달 또는 눈썹달로 부른들 무슨 대수겠는가.

초승달과 상현달은 이른 아침에 뜨고 하현달과 그믐달은 새벽녘에서야 뜬다. 따라서 초승달은 날이 어두워져 달이 밝게 보이기 전에 이미 서산에 걸려 있다. 반면 그믐달은 자정을 넘어 새벽녘이나 되어야 비로소 떠오르기 때문에 애수에 젖어 잠 못 이루는 사람이라야만 볼 수 있다. 어쩌다 무심코 볼 수 있는 낮달은, 그러니까 초승달이다.

초승달은 싱겁거나 무심하거나 오만한 이미지가 있다. 새벽에 떠서 환한 대낮 밝은 하늘에 희멀겋게 떠 있으니 보는 이나 달이나 싱겁거나 무심하달 수밖에 없는 노릇이다. 또 하늘이 어두워져 제대로 보일 만하면 이미 서산에 걸쳐 잠깐 있다가는 모습을 감춰버리니 오만하달 수밖에 없지 않은가. 하지만 이런 초승달에는 속이 훤히 들여다보일 만큼 가식이 없고 청순 담백한 매력이 있다.

그믐달은 범접하기 어려워 몰래 가슴 태우게 하는 달이다. 가늘고 요염한 눈썹 같고, 가냘픈 몸매의 미인 같고, 풍상 고절을 다 겪고 지켰으되 고고한 기품은 서리처럼 간직한 여인 같다. 그러니 고혹적이기는 하되 어찌 함부로 범접하겠는가. 그렇다고 흠모의 마음 또한 어찌 포기할 수 있겠는가. 사랑에 빠졌다가는 비극에 이를 것 같은 그런 위험을 알면서도 도저히 떨쳐버릴 수 없는 불가사의한 매혹의 존재다. 철없는 풋내기가 사랑하기보다는, 모진 실패와 실연의 쓰라린 가슴으로나 사랑을 구할 만한 상대라 할 수 있다.

보름달은 모든 영화를 누리며 모든 이의 숭배를 받는 여왕 같은 넉넉한 풍모를 자랑한다. 그것도 초저녁부터 새벽까지 온 밤을 훤하게 점령한다. 반면, 그믐달은 사랑을 잃고 쫓겨난 비운의 공주에나 비유할까. 보름달 아래 서면 누구든 원한보다는 용서, 미움보다는 사랑, 탄식보다는 희망의 영역에 저절로 들어서게 되기 마련이다.

봄밤의 달빛은 꽃잔디와 미스김라일락(수수꽃다리)의 향기, 그리고 벚꽃, 복사꽃, 능금꽃들의 해사한 얼굴 위로 내려와 누구든 달뜨지 않을 수 없게 만든다. 이런 상태로는 제아무리 무딘 숙맥이라 한들 이백李白 (701~762)의 시 한 수 정도는 음미하거나 흉내라도 내지 않고 배길 수 있겠는가.

월하독작月下獨酌 달 아래 홀로 술 마시다

화간일호주花間一壺酒 꽃 사이 한 병 술,
독작무상친獨酌無相親 친구 없이 혼자 마신다
거배요명월擧盃邀明月 술잔 들어 달을 청하니
대영성삼인對影成三人 그림자 함께 세 사람이 된다

월기불해음月旣不解飮 달은 마실 줄을 모르고
영도수아신影徒隨我身 그림자는 흉내만 내는구나
잠반월장영暫伴月將影 잠깐 달과 그림자와 함께
행락수급춘行樂須及春 즐겨보자 이 봄이 가기 전에.
아가월배회我歌月徘徊 내 노래에 달은 서성이고
아무영영난我舞影零亂 내 춤에 그림자는 소리없이 따른다

성시동교환醒時同交歡 취하기 전에는 함께 즐기지만

취후각분산醉後各分散 취하고 나면 각각 흩어지리

영결무정유永結無情遊 영원히 맺은 담담한 우정

상기막운한相期邈雲漢 다음번엔 은하수 저쪽에서 다시 만나세

불을 다 끄고 꽃향기 속 달빛 아래 앉아 동동주 한잔하는 그 정취를 어이 마다하리.

여름밤에는 낭자한 개구리 소리와 무성하고 싱그러운 풀냄새 위로 휘영청 밝은 달빛이 쏟아진다. 그 위로 수많은 별 무리와 은하수가 푸른 하늘에 흐르고, 달빛 아래 선명한 산벚나무의 달그림자를 밟으며 거니는 월광욕, 달빛 샤워에 무더위는 가뭇없이 사라진다.

가을밤의 바람에 흔들리는 억새 소리와 풀벌레 소리 위로 내려앉는 달빛은 또 어떤가. 달빛 아래 더욱 선명해진 정다운 산들의 공제선, 그리고 흰 구름을 적당히 품고 있는 푸른 하늘과 별들의 속삭임 속에 정겹게 드러난 집의 윤곽선, 아련한 아랫동네의 집들, 그 속의 달의 모습을 바라보며 달빛 아래 통나무 의자에 앉아 사색에 잠겨본다.

몇 해 전 우연히 들른 '의림지'에서의 가을밤을 나는 잊을 수가 없다. 황홀함의 극치를 내게 각인한 달빛이 거기 있었다. 너른 호수의 잔잔한 금빛 물결, 고풍스런 정자, 오래된 솔숲, 그리고 호수 위에 가로놓인 다리 위로 쏟아지는 달빛은 잃어버린 바늘도 찾을 수 있을 듯 환하고 황홀했다. 그 속을 산책하며 그때의 감동으로 나는 그 이후 끊을 수 없는 달빛 마니아가 되었다.

겨울밤의 차갑고 명징한 달과 별의 바다. 옷깃을 세우고 나목의 빈 가지에 걸린 달을 바라보며, 그 형이상학적 달그림자 아래로 걷는 산책의

맛. 이 시간은 하루의, 한 계절의, 나의 지난 생을 되짚어보는 사색의 소중한 시간이다. 차갑고 푸른 하늘의 별빛 또한 연중 으뜸으로 초롱초롱한 때이다.

아쉬운 건 이 모든 계절의 감동적인 장면을 사진으로 남길 사진 기술이 내게 없다는 것과 아무리 표현을 해봐도 내 격한 감동을 제대로 표현할 수 없는 나의 문학성이다. 하지만 사진과 글로 남길 수 없는 그 감흥은 내 마음속의 명징한 추억만으로 남긴들 또한 뭐 어떤가.

사방이 탁 트인 들판이나 사막이라면 달을 보는 시간이 넉넉하겠지만, 산촌에서는 그 시간이 아쉬운 만큼 더 간절하다. 대략 두세 시간쯤은 동산과 서산 뒤로 달이 내게서 숨으니 나는 더욱 별빛, 달빛을 아낄 수밖에 없게 된다.

뭐니 뭐니 해도 달빛산책은 저녁 9시에서 11시가 평균적으로 가장 좋은 시간이다. 이 시간에 달이 없는 초순이나 하순은, 그리고 하늘이 흐리거나 눈비가 오면 그 아쉬움은 마치 소중한 내 것을 잃어버린 것이나 진배없는, 혹은 절실한 연인을 잃어버린 상실감에 빠지는 것과 같다. 그 상실감은 새 달과 별을 기다리는 기대감으로 달랜다.

산촌으로 온 처음 한두 해 동안 밤이 되면 사방 창의 커튼을 습관적으로 꽁꽁 닫고 살던 아내가 언제부터인가 침실의 커튼을 열기 시작했다. 달빛과 별빛을 방안으로 불러들인 것이다. 이제는 창으로 들어오는 달빛 속에서 잠들기가 일상이 되었다. 홍건히 들어온 달빛 속에 잠들고 어쩌다 돌아누울 때는 창을 통해 달과 별의 얼굴을 마주할 수도 있기 때문이다. 물론 시간과 날짜에 따라 다르긴 하지만.

지금은 이룰 수 없는 지나간 꿈과 추억이 누구나 달을 보면 떠오르기 마련이다. 애틋한 회한도 떠오르기 마련이다. 지금은 찾을 길 없는, 가슴 한구석에 애잔하게 남아 있는 옛사랑도 누구나 달을 보면 떠오르기 마련이다. 매양 달라지는 달의 분위기에 따라 그 떠오르는 추억이 다를 수도 있다. 만월을 보며 떠오른 흐뭇했던 추억, 새벽달을 보며 떠오른 가슴을 베인 듯한 쓰라린 추억을 혼자서 궁굴리고 아껴본다고 한들 누가 뭐라 할 수 있겠는가? 그 아픔과 상처와 회한마저도 추억 속에서는 아름다운 영상으로 치환될 수 있지 않겠는가.

해는 직선적이며 변함이 없다. 따라서 명암도 확연하다. 사물에 비치면 그 뒤에 선명한 그림자, 그늘을 남긴다. 그 그림자 또는 그늘의 이름도 당연히 햇빛을 받는 사물의 이름으로 표현된다. 산 그림자, 느티나무 그늘, 돌아선 그 사람의 긴 그림자 등이다. 반면, 달은 몽환적이며 은유적이며 여유로우며 변화가 많아 유동적이다. 달빛 아래 생긴 사물의 그림자는 사물에 따라 구분하지 않고 그냥 '달그림자'로 표현한다. 얼마나 은유적인가. 산벚나무에 비친 달그림자, 그 사람이 만든 정겨운 달그림자 등이다.

별은 꽃바구니의 안개꽃처럼 기꺼이 달의 배경이 되어준다. 달이 미처 떠오르지 않은 시간에는 지치지도 조급하지도 않고 더욱 반짝이는 눈빛으로 기다리는 모습이 아름답다. 달이 훤히 떠오르면 서서히 빛을 낮춰 다시 아련한 배경이 되어준다.

날마다 매양 달라지는 달의 모습, 계절 따라 달라지는 달밤의 서정은 그러나 어느 것 하나 호불호를 따져 순위를 매길 수가 없다. 그 은근함, 그 부드러움, 그 고혹적인 아름다움, 그 순박함, 그 여유는 언제까지나 가까이 두고 본받을 만하다. 또한 쉬지 않고 서두르지도 않고 반짝이는 눈빛으로 밤새도록 밀어를 속삭이는 별처럼 나도 그런 평화와 여유와 낭만을 언제까지나 간직하고 싶다.

느리게 살면

사계절 중 겨울의 느낌은 색다르다.

모든 초본 식물이 생을 끝내고 처참한 잔해로 서리를 맞고, 나무도 싱싱하던 그리고 화려했던 꽃과 열매와 잎을 모두 떨구고는 감출 것 하나 없는 나목으로 찬바람을 맞는다. 거기에 함박눈까지 종일 내려 모든 것을 덮게 되는 날이면 한때나마 시간이 정지된 몽환의 세상을 경험하게 된다.

그런 겨울날이면 우리는 우리의 생을 반추하지 않을 수 없게 된다. 힘찬 열기에 섞였던 과욕과 과장을, 그리고 습관적인 과속의 삶을, 그것의 부질없음을 새삼 깨닫지 않을 수 없게 되는 것이다.

느림은 할 일을 하지 않는 행위가 아니라, 여유롭고 느긋하기 위한 자세이다. 쫓기듯 허겁지겁 살다 보면 그것이 습관이 되고 어느덧 일상이 되어 자기의 삶 자체를 점령당하고 만다. 느림은 스모그처럼 넌지시 우리를 점령하고 있는 그 '허겁지겁'을 걷어내는 일에서부터 시작된다.

느림은 게으름과도 연관이 있다. 사전의 뜻풀이를 보면 그 분위기가 '느림'에는 아주 냉랭하고 객관적이며, '게으름'에는 지극히 부정적이다. 그만큼 우리 사회가 느림에는 거리를 두고, 게으름은 죄악시해왔음을 알 수 있다. 그러나 이제 느림에도 긍정적 이미지를 부여하고, 게으름에도 양면성이 있음을 인식할 필요가 있다.

느림과 친해지면 여유가 생길 수 있어 습관적 조급증을 극복할 수 있으며, 게으름도 잘 피우면 여유가 생기고 창조적 에너지가 분출될 수도 있다. 게으름은 악이 아니라 적은 노력으로 똑같은 결과물을 얻기 위해 머리를 쓰는 사람의 특권이라 할 수 있다.

살펴보면 '빨리빨리' 조급증이 우리 민족의 탈피할 수 없는 유전자는 아닌 듯싶다. 토끼와 거북이의 우화가 있고, '하나 둘 셋 넷…' 재빨리 세느니, '두 다섯 열' 하면 천천히 세도 먼저 센다는 교훈을 어릴 때 들으면서 자라왔다. 우리 사회의 조급증은 아무래도 산업화 이후에 생긴 의식이 아닐까 싶다. 그 조급증 덕으로 우리 사회가 이만큼이나 발전했으니 그 공로는 아무리 칭찬해도 부족할 터이다.

그 이후, 우리 사회는 효율과 경쟁과 돈과 안달을 가르치는 사회가 되었다. 초고속 인터넷에 중독된 시대에 우리는 살고 있다. 신자유주의 경제가 세계를 해일처럼 뒤덮고, 속도 경쟁이 인간의 멱살을 잡고 숨통을 죄고 있다.

우리는 빨리빨리 살아와서 어느 정도 경쟁력을 획득한 것은 사실이다. 그러나 세상은 거기 한술 더 떠서 유년기 시절부터 경쟁을 당연한 논리로, 재테크랍시고 돈을, 돈의 지중함을 가르친다. 그러다 보니 여유와 개성과 남의 다름을 인정하는 법은 절대로 가르치지 않게 되었다. 재테크를 해도 단시간에 왕창 남는 노름 같은 증권투자나 부동산 투기를 재테크의 왕도로 알고, 그 대열에서 빠지면 영원한 낙오자가 되는 것으로 알고 너도나도 몰려든다. 그러다가 부동산이 숨 고르기를 하거나, 아니 제자리로 돌아만 와도, 또 주가지수가 조금 떨어지거나 횡보만 해도 곧 죽을 것처럼 안달하고 낙담을 한다.

신속한 세상에서 느리게 살기란 쉽지 않은 명제임이 틀림없다. 자연과 함께 느리게 사는 풍경과 그 아름다움을 갈망하면서도 느림의 삶으로 다가갈 수 없는 것이 현대인들의 불행한 일상이다. 성난 코뿔소 무리처럼 모두가 쉭쉭 거리며 달려가고 있어, 혼자서는 도무지 속도를 늦출 수가 없는, 그러다가는 곧바로 뒤에서 달려오는 무리의 발굽에 짓밟히고 말 것 같은 떠밀림의 상황에 처해 있다고 인식하기 때문이다.

옛날 인디언들은 말을 타고 달리다가 가끔씩 멈춰 서서 뒤를 돌아보았다고 한다. 혹시나 너무 빨리 달려서 자신의 영혼이 뒤따라오지 못할까 봐서란다. 그렇다. 우리가 함께 내달리는 그 맹목적인 질주에서 벗어나는 길은 자신이 달려온 뒤를 살피고 영혼을 되살려내는 마음, 용기가 필요하다.

인간사회에는 과유불급이란 것이 있다. 사람들이 속도에 지치고 기진맥진하니 반전이 생겨날 수밖에 없다.

우리나라 곳곳에는 '느림보 마을'이나 '슬로시티'라는 이름을 쓰는 곳이 많이 생겨나고 있다. 그러나 과연 그 이름에 걸맞은 핵심적 내용이 있는지는 확실하지 않다.

유럽에서는 2000년대 초부터 느림에 대한 인식이 생겨났는데, 상당히 적극적인 데까지 발전한 행사가 있었다. 이탈리아의 예를 보자.

'느림보 마을에는 빠듯한 일정이나 바쁘게 놀거리는 없습니다. 다만,

편히 잠 잘 자고 마음껏 쉬고 깊이 명상할 수 있는 공간이 있을 뿐입니다'라는 안내가 있고, 그 '느림보 마을의 행동 수칙'을 보면,

- 생각 없이 바쁜 사람을 앞서려고 새치기하거나 먼저 움직이지 말 것.
- 바쁜 마음은 길에다 버리고 입장할 것.
- 많이 놀려고, 너무 잘 놀려고 조급해하지 말 것.
- 죽는 그 순간에 빨리 도달하려고 안달하지 말 것.
- 미리 느긋하게 계획하고 천천히 꾸준히 실천할 것.
- 우리는 게으름을 인생 제1의 목표로 정하고 이를 이루기 위해 우리의 삶을 바친다.

등이다. 느림에 대한 꽤 적극적인 접근이라 아니할 수 없다.

이 세상의 생물은 생존을 위해 끝없이 진화해 왔다. 대부분의 진화가 천적에게 먹힐까 봐, 혹은 잡아먹기 위해 더 빨리 달리고, 더 빨리 날고, 몸집을 키우거나 아주 왜소화하는 쪽으로 진화해 왔다. 그러나 그 반대인 경우가 있다. 느림보 계의 챔피언이라 할 나무늘보의 경우가 그렇다.

나무늘보는 하루에 20시간 동안이나 거의 움직이지 않는다고 한다. 따라서 이 녀석의 몸에는 늘 이끼가 끼어 있고 벌레도 들끓는다. 배설도 아주 천천히 하는데, 매일 할 때도 있지만 보통은 며칠에 한 번씩 하며 일주일 이상 하지 않을 때도 있다. 급히 서두를 때는 1분에 4m 정도 가고 천천히 갈 때는 30초에 10㎝밖에 움직이지 않는다는 기록도 있다. 참으로 느긋하다 못해 복장이 터질 만큼 느리다.

그러나 '빨리' 경쟁에서 이렇게 느리고도, 멸종되지 않고 멀쩡히 잘 생존해 있다. 이 녀석은 너무 느려서, 그럼으로써 털에 이끼가 끼고 미생물이 번식해서 털이 나뭇잎과 같은 녹색을 띠어 포식자의 눈에 잘 띄지 않을 뿐만 아니라, 너무 느리기에 근육량이 아주 적어 먹잇감으로 영 매력이 없으며, 배설할 때를 빼고는 거의 나무 위에서만 붙어 있으니, 새끼를 한 마리씩만 낳는데도 멸종되지 않았다. 빠름을 포기하니 이런 남다른 생존 기술도 생기는 것이다.

나는 나무를 키워보면서 아직도 벗어나지 못한 내 조급증의 실체를 늘 한탄하게 되고는 했다. 나무를 심고 나서 빨리 크지 않아 늘 조바심을 쳤다. 그러나 한 4년만 지나면 나무의 수세에 압도되고 만다. 나무도 그때쯤부터는 자기 본연의 특징과 나름의 수세를 이루기 시작한다.

얼마 전까지만 해도 나무를 심기 전 구덩이에 거름과 비료부터 듬뿍 넣었다. 이게 죽을 확률을 높이는 원인이라는 것도 여러 번 당하고 나서야 깨달았다. 뿌리가 활착한 다음 해부터라야만 거름이 도움이 되는 것이다. 넓은 면적에 작은 묘목을 심을 때, 간격을 넓힌다고 나름대로 유념하면서 심었어도 4~5년 지나면 가지를 쳐내면서 후회를 했다. 그것은 오롯이 당장 눈앞의 상황에서 벗어나지 못하는 것이 원인인 것은 두말할 나위가 없다. 좀 더 핵심을 파악하고 좀 더 멀리 내다보는 느림과 여유를 결여한 탓이 아니고 무엇이랴.

여름 어느 날 뒷동산 언덕 산소의 풀을 뽑다가 한 뼘 가까운 참나무 새싹 하나를 발견했다. 달래가며 잘 뽑자 뿌리 끝에 도토리가 딸려 나온다. 다람쥐가 물어다 숨겨놓고는 잊어버린 것이다. 다람쥐의 기억력이 완벽했다면 이 나무는 어떻게 멀리까지 번식을 할 수 있을까? 다람쥐는 먹이 확보에, 거기다 비축에까지 신경을 쓰느라 잠시 쉴 틈도 없었으리라.

가을 어느 날 매화나무 가시에 걸린 채 말라져 있는 개구리 한 마리를 본 적이 있다. 필시 찌르레기의 건망증에 기인한 장면일 것이다. 여름날 먹이를 확보해 매화나무 가지의 가시에 단단히 꿰어 놓고는 깜빡한 것이다. 그래 놓고도 찌르레기는 또다시 먹이 사냥에 눈코 뜰 새가 없었으리라.

욕심과 분망함으로 가득 찬 다람쥐와 찌르레기의 삶과, 다람쥐에게 먹히다가 드물게라도 건망증에 힘입어 멀리까지 번식에 성공한 참나무의 느긋함 중 어느 삶이 더 행복할지는 알 수 없는 노릇이다. 현대인들의 삶 또한 다 쓰지도 못하고 죽을 부를 탐하느라 너무나 바쁘기만 한 것은 아닐까.

한편, 느림에는 끈기가 필요하다. 아니 끈기가 있어야 느림을 확보할 수 있을지도 모른다.

여름 어느 날 풀숲이 우거진 웅덩이에서 자기 머리보다 큰 개구리를 물고 있는 물뱀(무자치)을 본 일이 있다. 물뱀은 독이 없기에 개구리는 물려서도 죽지 않고 발버둥을 치고, 뱀은 개구리의 발버둥에 몸이 사정없이 흔들리면서도 절대로 놓지 않고 버티는 것이었다. 그렇게 두 시간 이상을 둘은 서로 버텼다. 그 두 시간 동안 물뱀도 개구리도 서로 지레 죽거나 포기하지 않았다.

결국 그 끝을 보지 못한 건 느림과 여유가 부족했던 인간인 나였다. 한 자리에서 두 시간 넘게 그것을 관찰하지 못하고 자리를 비웠다가 다시 왔을 때는 그들이 사라지고 난 후였다. 무성한 풀숲 어디론가 자리를 옮겼는지, 아니면 끝내 물뱀이 개구리를 삼켰는지, 아니면 개구리와 물뱀 서로가 욕심을 버리고 서로 놔 버렸는지, 그래서 유유히 서로의 영역으로 멀어져 갔는지 알 수 없었다. 어쨌거나 그 끈기만은 언제까지고 내 가슴 속에 남아 있다. 그 끈기로 느림을 획득했다고 나는 생각한다.

나의 걸음걸이가 쓸데없이 빠르다는 걸 나는 누구와 동행할 때 느끼게 된다. 무심코 걷다 보면 동행자보다 앞서 있게 되는 것이다. 의도와 전혀 상관없이 일어나는 그 현상은 쉽게 고쳐지지 않는다. 아무 쓸모 없는 빠름이자, 속도가 내 삶에 들어와 이미 인이 박인 것이 아니고 무엇이랴. 동행할 때마저 이럴진대 혼자 걸을 때는 말해 무엇 하랴. 빨리 걸어서 도대체 어쩔 건지 목적도 없으면서 말이다. '천천히'가 느림의 실천 요강이다.

적으나마 농사를 짓다 보면 세상사 모든 일이 다 때가 있다는 진리를 새삼스레 느끼게 된다. 씨를 뿌릴 때, 거름을 줄 때, 거둬들일 때를 놓치면 헛일이 될 때가 많다. 하지만 제때를 아는 것은 '빨리'와는 다르다. 느림과 여유 속에서 느긋한 계획과 실천이 필요한 것이다. 씨앗이 자라는 속도를 넘어선 조급함은 때를 놓친 것과 마찬가지로 아무 쓸모가 없다.

속도를 늦춰 자연의 보폭을 따라 걷게 되기를 다짐해 본다. 자연의 숨소리에 귀를 맞추고, 자연의 모습에 눈을 맞추고, 그 자연스러움에서 느림과 여유를 얻게 되기를 다짐해 본다. 하여 너무 앞서가서 미처 뒤따라오지 못한 나의 영혼과 마음을 살려내고, 나아가 삶의 여백을 얻고, 그 마음을 주위로 돌리는 여유를 얻게 되기를 나는 희망한다.

곧 눈이 오면, 잠시 흩날리는 눈 말고 하룻밤이나 이틀쯤 함박눈이라도 소리 없이 내려 마음 보따리 풀어놓듯 쌓이면, 장작불을 뜨뜻하도록 여유 있게 때어 놓고서 2층 통유리 창밖으로 눈 세상을 바라보며 종일 뒹굴어나 볼까? 그것도 무료하면 오래전에 읽었던 연애소설이나 명징한 에세이라도 찾아 다시 읽으면 어떨까? 이걸 느림이라 해도 좋고 게으름이라 하면 또 어떤가? 긴긴 겨울에 마음껏 게으름을 피우며, 먼먼 산 너머로 느리게 다가올 봄을 기다리는 여유를 누군가 사치라 해도 나는 상관하지 않으리라.

철쭉꽃 필 무렵

옷깃을 파고드는 추위가 서서히 잦아들고 먼 산의 흰 눈이 웬만큼 사위고 나면 진달래가 한바탕 온 산을 물들인다. 그 진분홍 빛은 자극적이지도 않고 요란스럽지 않으면서도 우리들의 가슴을 은근히 설레게 하는데가 있다. 강렬한 빛깔이 아니지만 멀리서도 잘 보이는 것은 아직 모든 식물의 잎이 나기 전에 먼저 꽃을 피우기 때문이다. 잎도 나지 않은 빈가지에서 추위를 무릅쓰고 이런 꽃을 피우기 위해서는 모진 겨울을 얼마나 힘겹게 견뎌야 했을까?

궁핍한 시절 긴 겨울을 나느라 힘들었을 서민들의 마음에는 희망의 선물이 아닐 수 없었을 것이다. 더구나 이 꽃을 따 먹으며 배고픔을 달래고, 화전을 부쳐 먹고, 술을 담그기까지 했으니 '참꽃'이란 이름은 진달래보다 훨씬 더 친근하고 간절한 이름이 아닐 수 없었으리라. 진달래가 필 무렵에는 두견새도 이 산 저 산에서 울기 시작했기에 진달래는 두견화라는 이름도 얻었다고 한다. 두견새의 울음소리는 피를 토하듯 처량하고 애달프기에 갖가지 슬픈 전설이 만들어지고, 옛 조상들의 삶도 슬픔과 서러움이 많던 시절이라 그 두견새의 울음과 진달래의 아련한 서러움이 잘 어울리니, 그 이름도 맞아떨어진 것이다.

누구나 애달프거나 그립거나 슬픈 사연이 있다면 진분홍 진달래꽃으로 가득 물든 먼 산을 바라보며 마음을 달래곤 했을 것이다. 하지만 삶이 통째로 궁핍하고 서럽기만 했던 옛날과 달리 지금은 진달래를 보고 서러움과 슬픔만을 연상하는 사람은 드물 터이다. 반가움과 설렘의 기쁜 소식으로 다가올 수도 있지 않을까?

철쭉은 진달래꽃 잔치가 끝나고 나면 5월쯤 잎과 함께 꽃을 피우기 시작한다. 그때는 대부분 나무나 풀들도 싹을 틔우기 시작하니, 간혹 군락지가 있어 나무가 없는 산등성이나 산비탈을 뒤덮은 곳을 제외하고는 일반적으로 진달래처럼 멀리서도 온산을 장식할 만큼 잘 드러나지는 않는다. 꽃잎과 나뭇잎이 진달래보다 크고 탐스럽기는 하나 꽃 색깔이 주로 연분홍이라 진달래보다는 수수하다. 참꽃이 새봄의 설렘이나 애잔한 사연을 마음껏 드러내는 데 비해 철쭉은 늦봄부터 초여름까지 숲의 모든 초목에 묻혀 제 이름이나 존재를 잘 드러내지 않는다. 수줍어 숨어 있는 산골 소녀라고나 할까. 더구나 꽃잎의 안쪽에 자줏빛으로 점점이 박혀 있는 반점은 이 수줍은 소녀의 주근깨를 연상시킨다.

이름도 진달래가 피고 진 다음에 연달아 핀다고 하여 경상도 지방에서 주로 '연달래'라는 이름을 얻었다 한다. 나는 어릴 때부터 들어온 이 이름이 진달래보다 색깔이 연한 데서 나온 이름인 줄로만 알았다. 어느 것이 맞는 연원인지는 굳이 따져 무엇 하겠는가. 어쨌든 철쭉보다 연달래가 나에게는 더 정감 있는 이름이다.

그런데 현대의 대부분 도시인들에게 철쭉이라는 이름은 조경용 관목으로 인식돼 있다. 공원이나 아파트·주택·관광지 등에서 너무나 흔히 볼 수 있기 때문이다. 앞에서 말한, 산에서 숨은 듯 자라나는 철쭉은 재래종 자생 철쭉이다. 이 철쭉은 늦봄이나 초여름에 산에 들지 않고는 보기가 힘들다.

우리 주위에 지금은 너무나 흔해진 철쭉은 거의 원예종으로 개량된 것이다. 오래전부터 일본에서 대부분 화초용으로 개량된 것으로 알려져 있고, 그 종류도 다양하며 그 흔한 종도 알고 보면 의도적이든 그렇지 않든 혼종이 많이 생겨 구분하거나 분류하기가 무척 헷갈릴 정도라 한다.

진달래와 산철쭉의 줄기는 거의 비슷하나 잎 모양새는 다르다. 진달래는 뾰족한 타원형이고 산철쭉은 완전한 타원형으로 크기도 넉넉해 진달래 잎보다 1.5배는 된다. 그런데 관상용 철쭉은 잎은 자잘하게 작은 피침형이고 꽃만 엄청나게 많이 핀다. 품종개량으로 잎 나기 전에 꽃이 먼저 피는데 빈 데를 찾지 못할 정도로 빽빽하게 핀다. 완전한 성형미인인 셈이다.

원래 일본 자생종 철쭉은 우리나라 자생종보다 크기가 좀 작은데 그것을 관상용으로 개량한 것이며, 그래서 '왜철쭉'이라고 부르기도 한다. 조선조 세종 23년(1441)에 세종대왕에게 일본이 철쭉을 진상하였다는 기록이 강희안姜希顔(1418~1465)이 쓴『양화소록養花小祿』에도 나와 있다. 철쭉(영산홍)이 일본척촉화日本躑躅花라는 이름으로 나온다.

중국에서는 산철쭉을 산척촉山擲燭이라고 하는데 이 한자어에서 철쭉이란 이름이 생긴 것으로 비정比定하는 일설이 있다. 이유미의『우리 나무 백가지』에 의하면,『해동역사』를 비롯한 우리의 옛 기록에도 철쭉을 척촉擲燭 또는 양척촉羊躑躅이라 쓰고 있다는데, 이는 가던 길을 더 가지 못하고 걸음을 머뭇거리게 한다는 뜻이다. 철쭉꽃에는 독성이 있으므로 양이 이 꽃을 따먹으면 죽게 되어 이 꽃만 보아도 가까이 가지 않고 머뭇거린다고 하여 붙은 이름이라는 것이 여러 설說 중에서 설득력이 있는 듯하다. 가끔 벌을 처음 키우는 사람들이 철쭉에 이런 유독 성분이 있는 줄 모르고 철쭉꽃이 피는 곳에 벌을 풀어놓았다가 벌이 다 땅에 떨어지는 경우가 있는데 이때 벌은 아주 죽는 게 아니고 곧 깨어난다고 한다. 작은 벌조차 죽이지 못하고 기절시키는 정도의 독성이고 보면 그리 독하지는 않은 모양이다. 먹지 못한다는 의미로 '개꽃'이라는 이름도 얻었다지만, 그것은 먹을 수 있는 '참꽃'에 대한 대칭어일 뿐, 나는 좋아하지 않는 이름이다.

한편 철쭉을 애기할 때, 영산홍이란 이름을 빼놓을 수는 없다. 영산홍映山紅이란 '산에 비친 붉은 꽃'이라는 뜻인데, 겨울에 잎이 지지 않고 키가 철쭉보다 작다고 한다. 꽃이 다홍색이면 영산홍, 흰 꽃은 영산백映山白, 자주 꽃은 영산자映山紫라 부르기도 한다. 그런데 실제로 산에는 없고 대부분 조경용에 쓰이니, 원래 이름의 어원과는 동떨어진 듯하다. 연산군燕山君이 좋아한 일본 꽃이어서 '연산홍'이라 불렸다는 일설도 있다.

'산철쭉'이라는, 철쭉과 또 다른 종도 있다고 한다. 철쭉꽃이 주로 연분홍인데 비해 산철쭉은 진달래와 같은 진분홍색이며 꽃술로도 구분한다는데, 전문가가 아닌 바에야 색깔 외에는 일일이 구분하기 난망하다.

다시 한번 정리해 보면 이렇다.

- 앙상한 가지에 잎이 없이 진분홍 꽃만 먼저 피면 진달래.
- 꽃과 잎이 동시에 피고 꽃눈에서 여러 송이가 나고 꽃에 반점이
  많고, 수술의 개수가 8개 이상이면 철쭉.
- 꽃과 잎이 동시에 피는데 꽃눈에서 한 송이만 피고 꽃에 반점이

없고 키가 작고 꽃도 작고, 수술의 개수가 5개면 영산홍.

그런데 정리해 놓고 보면 더욱더 복잡하고 헷갈린다는 데 문제가 있다.
어쨌든 나는 전문가가 아니니 내 편한 대로 나 혼자만 쓰기로 한 구분
법을 만들었다. 지금은 철쭉이라 하면 거의 원예종을 일컫게 되었으니,
산에 사는 우리 재래종의 철쭉을 차라리 나는 '산철쭉' 또는 연달래라
구분하여 부르되, 진분홍색(학술적으로 산철쭉으로 구분한다는)은 '진분홍
산철쭉'으로 부르고자 한다. 조경용으로 심는 것은 철쭉으로 부르되 색
깔에 따라 진분홍 철쭉, 흰 철쭉, 영산홍(다홍색)으로 부르기로 정했다.
그렇게 나만의 구분을 정하고 나니 기분이 개운하다.

5년 전 집 뒤꼍의 돌 축대 사이사이에 사다 심은 예순여 포기의 철쭉은
이제 자리를 잡아 해마다 저희끼리 봄 축제를 벌인다. 꽃잔디를 배경으로
흰색, 진분홍, 다홍색을 마음껏 자랑하는 것이 과연 개량 원예종답다.
그런데 나름대로 다 각각의 아름다움이 있으나, 굳이 개성을 따져 말
해 보라면 이렇다. 진분홍 철쭉은 넉넉하고 마음 편한 마누라가 모처럼
화사하게 단장한 것 같고, 그에 비해 다홍색의 영산홍은 숨겨놓은 제2
의 연인처럼 간드러지고 매혹적인 자태가 있다. 그렇다면 흰 철쭉은 어
떤가. 그냥 희다고 표현하기만은 아쉬운, 희면서도 처절하게 투명한 꽃
색을 보고 있으면 젊디젊은 청상과부의, 눈부신 소복에서 느껴지는 애
절하고 고혹적인 아름다움이 절로 연상된다. 가히 완전히 격이 다른 아
름다움이라 할 만하다. 그러나 흰 철쭉은 늦게 피는 특성이 있어 더욱
애처롭고 아쉽다고나 할까. 내가 심지 않은 종 중에 황철쭉이 있는데,

황철쭉은 품계 높은 부인이나 왕비이지만 사실은 아무 매력이나 유혹이 느껴지지 않는 그런 무덤덤한 품위랄까. 여하튼 이건 나의 취향이다.

철쭉이 나름대로 화사함으로 뭇사람들의 마음을 설레게 하는 데 비해, 철쭉의 꽃 지는 모습은 정말 한심하기 짝이 없다. 벚꽃이 질 때의 화려함은 물론, 동백이 질 때의 처절함 같은 모습은 근처에도 가지 못하고, 새로 난 잎 사이에서 지저분하게 시들어 달라붙어 있는 모습이라니. 거기다 그 지저분한 모습으로 오래가기는 또 비할 데가 없다. 그 모습을 보고 있으면 술에 엉망으로 취해 얼굴 화장과 특히 입술 화장이 반 이상 지워진 채로 게슴츠레 흐트러져 있는 여자를 보는 느낌이다. 그러나 살다 보면 이렇게 좀 풀어져 있는 여자라고 미워만 할 수 없어, 아니 오히려 정이 가는 수도 있지 않겠나.

철쭉이 제법 자리를 잡자 욕심이 생겨, 진달래 묘목 스무 그루를 사다 울타리 가장자리에 심은 적이 있다. 심을 적에 이미 꽃망울이 약간씩 부풀어 곧 몇 송이의 꽃을 보았으므로 안심하고 다음 해를 기대하며 거름도 주고 물도 주고 애정을 듬뿍 쏟았다. 그런데 웬걸, 다음 해에도 또 그다음 해에도 점점 꽃도 안 피고 잎도 나다 말더니 결국 완전히 말라 죽는데 3년이 채 걸리지 않았다. 원인을 알 길은 없지만, 아마도 수십, 수백 가지의 생육환경에 맞은 곳에만 자생하는 아름다움을 억지로 내 울타리 안에 가두어 독점하려는 욕심 때문이 아닌가, 반성하고 헛된 기대를 깨끗이 접었다. 눈만 들어 멀리 쳐다보기만 하면 되는 아련한 아름다움을 굳이 발아래 가둘 필요가 어디 있겠는가.

집 뒤꼍의 돌 축대 사이에서 저마다 멋을 뽐내는 철쭉은 그것대로 즐기되, 그것과는 완전히 다른, 산철쭉에 대한 나의 감흥은 사실 따로 있다.

유년 시절, 전쟁이 끝나고 수년이 지난 늦은 봄에 또래들과 산속에서 보았던 연달래꽃 가득 핀 장면을 나는 아직도 잊을 수가 없다. 포탄 터진 구덩이와 여기저기 잡풀 속에 나뒹구는 해골 조각과 부서진 철모와 군화 잔해들. 그 주위에 가득 핀, 핏기 가신 듯한 연달래꽃들. 그리고 그 꽃은 먹으면 죽는다는, 수없이 들어온 금기 의식. 또 학교에서도 종종 들려오는, 아이들이 산이나 들에서 처음 보는 불발 포탄을 갖고 놀다가 폭발하여 죽었다는 소식들. 그것들이 모두 한 장면으로 오버랩되어 내 유년시절의 벗어날 수 없는 선명한 기억으로 남게 되었다. 때마침 송홧가루가 노랗게 날리는 망연한 외로움까지 겹친 장면이 되었다.

훗날 내가 청년이 된 어느 날 우연히 박목월의 시 「윤사월」을 접하게 되었을 때, 유년 시절의 그 연달래꽃 가득 핀 골짜기의 무서움과 외로움과 적막함과 슬픔과 서러움이 희미해진 것이 아니라 오히려 한층 더 선명하게 내 가슴에 살아 있다는 것을 새삼 느끼게 되었다.

윤사월

송화가루 날리는
외딴 봉우리

윤사월 해 길다
꾀꼬리 울면

산지기 외딴집 눈 먼 처녀사

문설주에 귀 대고 엿듣고 있다

  지금도 철쭉꽃 핀, 송홧가루 날리는 산길을 걸을 때면 그때의 그 장면이 생생히 되살아난다.

  진달래는 멀리서 바라보는 풍경만으로도 가슴 설레게 과분하며, 산철쭉은 늦은 봄 호젓한 산길을 걸으며 옛 추억과 동행하는 것으로 나에게는 카타르시스의 시간이 된다. 잠재됐던 무서움과 외로움과 적막함과 슬픔과 서러움이 다시 소환돼, 천천히 되새김질하듯 함께하는 시간을 거치고 나면 마음은 어느새 개운해지고 생기가 돌곤 한다.

고무신 예찬

고무신은 맨발로 신어야 제맛이다. 맨발로 신고서 거창한 일보다는 하찮은, 그러나 여유롭고 즐거운 일을 하는 데 어울린다. 무르익은 봄날이나 구름 높은 여름날 호미 한 자루 들고 텃밭이나 매다가 꽃밭도 가꾸다가, 바람 숭숭 드나드는 헐렁한 옷 한 벌 걸치고서 매미 소리 벗 삼아 휘적휘적 게으른 산책이나 하다가, 나무 그늘에서 낮잠 한숨 자는 데 딱 어울린다.

고무신은 부담 없기로 둘도 없는 나의 친구다. 비싸지 않아서 좋고, 스스로 내 발에 맞춰주니 좋다. 비싼 구두는 내 발을 자기 규격에 맞춰줘야 발이 자기 속으로 들어가는 것을 허락한다. 아주 완강하다. 때로는 구둣주걱까지 동원해야 할 정도다. 또 운동화는 어떤가. 뒤축을 한 번 눌러 신으면 손으로 다시 일으켜 세워줘야 원형으로 회복된다. 또 끈을 조였다 풀었다 해가며 내 발에 맞춰야 한다. 그러나 고무신은 어떤가. 마음껏 뒤축을 눌러 신을 수도 있고, 또 바르게 신으려면 그대로 신기만 하면 뒤축이 저절로 벌떡 일어서서 그대로 내 발에 맞춰준다. 그러면서 구두처럼 뻣뻣하지도 않고, 부드러우나 벌떡 일어나는 적절한 힘도 있다. 그러니 '내 규격에 발을 맞추라'며 완강한 비싼 신발을 시샘하지도 않고, 얇거나 두텁거나 못생기거나 예쁘거나 어떤 발도 가리지 않고 자기 힘 다 빼고 맞춰주는 너그러움이 있다. 특히 맨발로 고무신을 신으면 발에 착 감기는 그 착용감은 다른 어떤 신발과도 비할 바가 아니다. 이런 고무신만큼 나는 언제 한 번이라도 남한테 편한 존재였던가, 곰곰 생각해 보지 않을 수 없다.

고무신은 자연에 가깝다. 그중에서도 잡초를, 잔디를 닮았다. 물에 빠져도 괜찮고 흙속에 들어가도 부담 없다. 맨발로 신고 다니다 흙이나 물이 들어가면 발끝에 걸치고 툴툴 털거나 아예 개울에 들어가 첨벙이거나 아니면 그냥 흙이나 물까지 함께 신어도 좋다. 발과 한 몸이나 다름없다. 쉬 닳거나 해지지도 않는다. 연약한 것 같으나 질기다. 잡초의 생명력이다. 아무 데나 끌고 다녀도 부담이 없다. 그러나 뒤축이 없어 발뒤꿈치에 힘을 받지 못하는 슬리퍼와는 차원이 완전히 다르다.

자태의 아름다움 또한 잘 보면 썩 괜찮다. 여자 코고무신의 선은 한옥 처마의 곡선과 한복 저고리의 곡선을 닮아 날아갈 듯이 아름답다. 남자 고무신은 점잖고 무던하고 소탈한 멋이 있다.

나의 고무신 사랑은 여름이 다 지나갈 즈음 내 발등에 햇볕에 그을린 구릿빛 자국이 짙게 남아 고무신의 윤곽을 선명하게 그려 놓는 것으로 증명된다. 그 자국은 양말을 신기 시작하는 늦가을을 지나 겨울까지도 어렴풋이 남아 맨발의 고무신 계절을 그리워한다.

나는 흰 고무신을 좋아한다. 1960~70년대 이전에 어린 시절을 보낸 사람이라면 누구나 흰색, 검정색, 자주색 고무신에 나름대로 추억들이 있겠으나, 나는 그중에서도 흰 고무신의 순백색의 순결함과 순박함이 좋다. 또 험하게 신으면 더러움을 가감 없이 그대로 드러내고 마는 솔직함을 나는 더없이 좋아한다.

한때 한복 잘 차려입은 어른들의 외출화로 각광을 받았던 흰 고무신. 그래서 우리의 오랜 전통 신발인 것 같은 느낌이 드나, 사실은 그리 오래된 것이 아니다. 고무신은 100여 년 정도의 역사를 갖고 있으나 애환도 있었다고 한다.

고무신은 일제 강점기였던 1916년경부터 보급이 시작됐다고 알려져 있다. 고무신은 이전의 보편적인 신발이던 짚신이나 갖신(가죽신)보다 방수가 잘 되어 실용적이며 잘 해어지지 않아 급속도로 보급되었다. 초반에는 농한기에 짚신을 만들어 팔던 농민들의 반대에 부닥쳐, 불매운동 등이 일어났으나 수요가 폭발적으로 늘고 공장이 설립되면서 이내 주류 신발로 자리 잡았다. 또 중일 전쟁 발발로 물자가 귀해지자 1938년 일제의 총독부가 고무신 제조를 금지하기도 했으나 고무신의 인기를 막을 수는 없었다. 고무신의 인기는 기어코 '고무신 선거'라는 웃지 못할 시대 풍조까지 낳았다.

고무신은 물자가 귀하던 시절, 닳고 해지고 나면 재생을 위해 수거되는데 엿장수들이 도시나 어촌이나 산간 벽촌을 가리지 않고 손수레를 끌고 다니며 그 중책을 맡았다.

그러나 1960년대에 들어와 구두와 운동화 등이 보급되면서 고무신은 그 전성기를 마감하고 주류의 자리에서 물러나게 되었다.

고무신은 어느덧 쉬 살 수 없는 골동품이 돼버렸다. 시골 장에서나 살 수 있게 되었다. 그러니 도시에서는 신는 사람조차 보기 힘들게 된 것이다.

나의 경우 대체로 1km 이상의 외출 때가 아니면 거의 고무신을 애용하는 편이다. 물론 혹한이 몰려오거나 눈이 온천지를 덮어도 고무신은 힘을 못 쓴다. 상황이나 용도에 따라 구두, 조깅화, 레저화, 등산화, 작업화, 장화로 대신하게 된다.

고무신 전용 시대에 비하면 신발 종류는 기능별로 넘치고 넘친다. 누구나 원하든 원하지 않든 신발장을 가득 채우고도 넘치는 그런 세상에 우리는 살고 있다.

그러나 나의 흰 고무신은 겨울이 되어도 신발장으로 들어가지 않고 굳건히 현관 바닥을 지킨다. 잠깐 현관 밖을 나가거나, 작업하러 장화를 갈아 신을 창고에 갈 때까지는 고무신을 신기 때문이다. 따라서 나의 고무신은 신발장으로 들어가는 시절이 도무지 없는 전천후 사계절 나의 애용품이다.

그러다 해지거나 찢어져 끝내 사명을 다하면, 또다시 미니 화분이 되어서라도 나의 주위를 결코 벗어나는 일이 없다.

구름

나는 구름과 친하다. 아니, 친하다기보다는 내가 일방적으로 좋아한다.

맑은 날이 좋다며 기다리다가도, 막상 구름 한 점 없이 파랗기만 한 하늘을 보게 될라치면 문득 밋밋하고 멋쩍어진다.

꽃구름 비늘구름 새털구름 양떼구름 조개구름 뭉게구름을 좋아하지만, 비구름 눈구름 먹장구름 심지어는 뜬구름까지도 좋다.

구름의 속성은 덧없음에 있다. 언제 스러질지라도 집착 없이 유유히 떠 있는 그 모습을 나는 사랑한다. 생각해 보면 우리의 생은 덧없는 것이 아니던가. 국어사전에 보면 '덧없다'라는 말은 '보람이나 가치가 없이 헛되고 부질없다, 너무 빠르게 흘러 허무하다, 갈피를 잡을 수 없거나 근거가 없다'라고 되어 있다.

그러나 '덧없음'이 부정적인 것은 생에서 너무 많은 것을 이루려고 집착하는 데서 생긴 것이 아닐까. 집착을 버리고 욕심을 비우면, 덧없는 것이 뭐가 어떤가. 우리 인간도 어느 날 문득 이 세상에 나왔다가, 언제가 될지 스스로는 알 수 없는 그 어느 날 이 세상에서 가뭇없이 사라지는 게 아닌가.

구름을 바라보고 있으면 그렇게 아름다울 수가 없다. 꽃구름 비늘구름 새털구름 양떼구름 조개구름 뭉게구름이 있음으로써 하늘은 더 푸르고 아름다울 수 있고 산은 더 싱싱하고 의연할 수 있는 것이다. 비구름 눈구름 먹장구름은 그것이 비와 눈과 소나기를 알림으로써 기분을 일신시켜 준다.

뜬구름은 하늘에 있는 게 아니라, 우리들의 마음속에서 피어나서 자라고 사라지곤 한다. 우리 인생에서 뜬구름 한 번도 잡아보지 않으면 얼마나 삭막하고 재미가 없겠는가.

어쨌거나 나는 구름을 사랑한다. 변화무쌍하여 사랑하며, 마음껏 날개를 펼치다가도 집착 없이 하얀 웃음으로 스러져서 좋고, 낭만과 장난기까지 있어서 더욱 좋다. 상상과 꿈의 나래를 마음껏 펼치는 스스럼없음의 매력에 반한다.

두더지

두더지는 인간에게 불가근불가원不可近不可遠의 존재다. 집 근처나 농장 등에 주로 서식하고 출몰하기에 멀리하려야 멀리할 수 없고, 그렇다고 가축이나 애완동물로 기를 수 있는 것도 아니니 가까이할 수는 더더욱 없는 노릇이기 때문이다.

산촌으로 이사 오기 전 농장에 가끔 내왕할 때는 어쩌다 한 번씩 땅을 뒤집고 있는 두더지 녀석들을 보았었는데, 집을 짓고 이사 온 후로는 몇 해가 지나도록 마주쳐본 적이 없다. 그전에는 자기 영역으로서 안심하고 다녔는데, 이제는 잦은 발소리를 의식하여 조심, 또 경계하는 것이 아닌가 싶다. 얼굴을 마주친 적은 없지만, 녀석들은 수시로 지표 가까이 굴을 파서 흔적을 남긴다. 그래서 그 존재감만은 확실하고 지속적이다. 지렁이나 곤충의 유충 같은 연체동물을 잡아먹기 위해 땅 표면 바로 밑을 헤집고 다니기 때문에 존재나 활동성이 낱낱이 드러나지 않을 수 없는 것이다.

그러나 몇 년 동안 땅 위로 모습을 드러내거나 굴 파는 현장을 들킨 적이 결코 없으니, 나는 약이 오른다. 힘들여 가지런하게 가꿔놓은 정원이나 밭에 줄을 긋듯이 흙을 들쑤셔 두더지 언덕이라 불리는 흙무더기를 늘어놓으니 말이다. 흙을 파헤치고 때로는 땅속에 있던 돌멩이까지 땅 위로 올려놓아 치부를 드러내게 한다. 가지런한 질서를 무너뜨려 망처놓는 말썽꾸러기 주범이다.

하도 마주칠 수가 없어서 가끔은 녀석의 모습이 궁금하다 못해 그립기까지 하다. 다소 길쭉한 주둥이와 날카로운 갈퀴가 달린 삽 같은 앞발과 검은색 벨벳 천과 흡사한 털을 가진 오동통하고 매끈한 몸통. 익숙하지 않을 뿐이지, 잘 보면 반 뼘 남짓한 크기로 오동통하고 보드랍고 매끈하여 귀엽기까지 한 생명체이다.

그러나 어째서 땅속만 뒤지고 다니는 운명을 타고났을까? 땅 위에서 생활하면 온갖 들짐승 날짐승의 표적이 되어 생존을 보장받기 어려웠을 것이다. 하여 지렁이 같은 땅속 먹이를 먹으며 딱히 필요가 없는 시력마저 포기하는 삶을 택했으리라. 그런데 바로 녀석의 이 땅속 생활이 인간에게는 딜레마다. 볼 수도 잡을 수도 없는데 자고 나면 농장 이곳저곳에 지나간 흔적을 남기니 여간 신경을 자극하는 것이 아니다. 녀석이 지나간 길을 따라 들고 일어난 흙을 발로 밟아 고르고 나면 하루이틀이 멀다 하고 다른 자리에 또다시 흔적을 남긴다. 이 일을 반복하다 보면 두더지 잡기 게임을 떠올리지 않을 수 없게 된다.

두더지 잡기 게임 기계는 1970년대부터 길거리에 나타나기 시작한 것으로 알려져 있다. 게임용 망치를 이용하여 무작위로 튀어 오르는 두더지 모양의 인형을 때려잡는 그 기계가 아직도 사라지지 않는 걸 보면 그 게임이 인간의 원초적 스트레스 해소에 효과가 있는 건 확실해 보인다. 한때 북한의 대남땅굴 도발의 불안이 이 게임의 인기에 영향을 미치기도 했다. 그러나 이 게임이 따지고 보면, 땅속으로 숨어 잘 잡히지 않는다는 것 외에는 실제 두더지의 생태와는 별 상관이 없어 보인다. 실제 두더지는 땅 위로 "날 잡아 봐라!"하며 얼굴을 내미는 일이 없기 때문이다.

약을 올리는, 부아가 치밀게 하는, 증오심이 자라고 평정심을 잃게 되는, 정원과 텃밭의 완벽한 질서를 무너뜨려 망쳐놓는, 이 두더지의 퇴치 작전에 나도 돌입하지 않을 수 없게 되었다.

땅속에서 살기 때문에 시력이 거의 퇴화하거나 어떤 것은 완전 장님이 된 것들도 있다는 두더지가 땅 위로 모습을 드러내거나 흙을 들썩거리며 굴을 파는 걸 보기만 하면 재빨리 뛰어가 녀석을 밟거나 걷어찰 수도 있을 텐데, 말한 대로 몇 년째 모습을 본 일이 없으니 어쩌랴. 두더지가 좋아하는 냄새를 피워 잘 먹게끔 만들었다는, 새끼손가락 반 마디만 한 거칠거칠한 과립 약을 두더지 굴을 조금 헤치고 흘려 넣었다. 두더지는 사람 냄새를 기피한다기에 철저히 장갑을 끼고서. 그러기를 여러 번, 여러 계절 반복해도 박멸되지 않았다. 그다음에는 덫을 놓았다. 그러나 그것도 요소요소를 바꿔가며 오랫동안 심혈을 기울였지만 허사였다. 또다시 다른 약을 선택해서 새로운 굴 흔적만 보이면 집요하게 약을 부어 넣었지만, 두더지의 흔적은 그치지를 않았다.

너무나 지친 끝에 어느 날 곰곰이 생각해보았다. 내가 당한 구체적인 피해가 무엇이더라? 보기 싫고 신경이 쓰이는 것뿐, 실제 심각한 피해가 있기나 했었는가? 여기에 생각이 미치자 내가 왜 이 녀석들과 그렇게 죽네 사네, 싸움을 벌였던가 싶어 피식 헛웃음이 나왔다. 그러고는 이 두더지 박멸 작전에서 손을 떼기로 했다.

녀석들이 내게 준 피해라야 흔해 빠진 지렁이를 먹었을 것이고, 그 외에 내가 모르는 곤충 유충들을 땅속에서 잡아먹었을 테고, 그 과정에서 땅을 헤집고 다니느라 흔적을 남긴 것뿐이다. 땅을 파헤친 것도 따지고 보면 식물의 뿌리가 들떠 말라 죽는 일이 있을 수는 있어도 마냥 해롭지만은 않은 것이다. 흙을 갈아엎어 통기성을 높이는 순기능이 없는 것도 아니기 때문이다. 흙을 파헤친 것은 오래되기 전에 밟아주면 될 일일 뿐이다.

나중에야 안 일이지만, 땅 위에 나타나는 두더지 언덕의 흔적은 그때그때 먹이 활동을 한 흔적일 뿐, 정작 녀석들의 집은 땅속 3m 정도에 있다고 하며, 여러 갈래의 굴에 다른 동물의 침입 기미가 의심되면 곧바로 그쪽을 막아버린다고 하니, 나는 녀석들을 너무 만만하게 상대한 것에 지나지 않은 것이었다.

유럽에서는 중세 이후로 두더지잡이라는 직업이 있어 지금도 명맥을 이어온다고 한다. 그런데 뒤집어 생각해보면 그 직종이 아직도 존재한다는 것은 두더지가 아직도 멸종되지 않았다는 사실을 입증하는 것이 아닌가?

만약 내 집이나 농장이 전부 콘크리트나 아스콘으로라도 덮여 파헤칠 땅이 없거나, 아니면 흙이 있더라도 메마르고 황폐해서 지렁이나 곤충의 유충 같은, 녀석들의 먹잇감이 살 수 없다면 녀석들은 아마 어디로든 이사를 가고 말았을 것이다. 녀석들이 내가 가꾸고 밟고 다니는 땅 밑에서 건강하게 살고 있다는 사실이 내게는 흥감한 일이 아닐 수 없는 것이다. '살아있는 땅'임을 증명하는 것이기에 그렇다.

나는 오늘도 산책길에 여기저기 녀석들이 일궈놓은 흙들을 밟아주면서 녀석들의 열심히 사는 일과를 칭찬해주곤 한다. 오늘도 열심히 살았구나. 잘했어.

나를 농락한 딱새

밤낮으로 추위와 더위가 서로 밀고 당기기를 하다가 어느덧 추위가 밀려나 완전히 자취를 감출 때쯤이 되면, 점점 밝고 경쾌해져 가던 새들의 노랫소리가 흥에 겨운 나머지 끝내 수다스럽게 느껴질 만큼 절정에 달한다. 사랑하기 딱 좋은 시절이 된 것이다. 참새, 딱새, 박새, 어치, 종달새, 뻐꾸기, 소쩍새, 딱따구리 등등이 각기 다른 목소리로 그들의 세상을 노래한다.

그럴 즈음의 어느 아침나절이었다. 창고의 선반에서 호미를 꺼내다가 바로 위 낫을 넣어두는 칸에서 뜻밖에도 조그만 새 둥지를 발견했다. 며칠 전 연장들 사이로 얼듯 낙엽과 마른 풀줄기 등이 조금 있어 웬 쓰레기가 딸려와 있나 여겼었는데, 그것이 어느 새의 집 짓기 작업 중의 흔적인 것을 무심코 지나쳤음이 확인된 순간이다. 그러고 보니 내가 바깥일을 하다가 창고에 들르면 몰래 들어와 있던 딱새가 호르륵 날아 황급히 도망가는 것을 가끔 본 일이 있었다.

창고 한쪽 벽면에 창을 사이에 두고 양쪽으로 붙박아 놓은 나무 선반은, 깊이 30㎝에 세로 30㎝ 가로 60㎝ 내외의 칸이 40개쯤 연속된 것인데, 새 둥지는 그중 내 눈높이보다 약간 높은, 낫을 대여섯 개쯤 넣어두는 칸의 안쪽 구석에 낫을 교묘히 피해서 자리 잡고 있었다.

낮에 바깥일 하는 동안에는 창고 문을 일일이 닫지 않고 다녔는데 그 동안 몰래 드나들면서 감쪽같이 둥지를 완성해놓은 것이었다. 그런데 다음날도 조심해서 드나들기만 했지, 둥지가 안쪽 구석에 교묘히 숨어있어 그 안에 알까지 낳아놓은 것을 미처 보지 못했는데, 마침 놀러 온 여덟 살 박이 손녀가 호기심을 못 견딘 나머지 의자를 놓고 올라가서 핸드폰 플래시를 비추면서 들여다보던 중에 새끼손톱만 한 알 하나를 발견했다.

그 둥지의 임자인 딱새와의 긴장 관계는 그렇게 시작됐다.

딱새는 참새와 체구가 비슷하지만, 몸매는 참새보다 날씬하고 꼬리가 상대적으로 좀 더 긴데, 그 꼬리를 끊임없이 위아래로 까불듯이 흔든다. 색깔은 참새보다 화려한 편이어서 회백색, 흑갈색에 흰 반점과 황토색 반점이 있고 배는 주로 황토색이다. 참새에 비해 몸 색깔이 화려하고도 대담한데다 몸짓까지 특이해서인지 시골에서는 무당새로 불리기도 한다.

가끔 거실 창문 앞 베란다에 와 앉아 안에 우리가 있는 줄 모르고 까불대거나, 잔디밭에서 벌레나 풀씨를 골라 먹거나, 10m 앞 소나무에 앉아 있던 모습을 심심찮게 보아왔다. 울음소리는 참새에 비해 유쾌한 편이다. 나그네 딱새도 있고 텃새 딱새도 있다는데, 우리 집에 있는 것은 아마도 텃새가 아닐까 싶다.

아무튼 이 딱새 녀석은 나를 감쪽같이 속인 채 내가 수시로 드나드는 창고에 둥지를 틀었고, 나를 따돌리고 알을 낳기 시작해서 나를 긴장하게 했다. 우선 창고 문을 닫아버릴 수가 없게 했다. 낮에는 개방해두면 되었지만, 문제는 밤이었다. 낳아놓은 알이 눈에 밟혀 할 수 없이 며칠 후부터 출입문 반대쪽과 왼쪽의 두 창문을 방충망까지 한 뼘가량 24시간 열어놓을 수밖에 없었다. 그러자 그다음 날부터 매일 알을 하나씩 더 낳았다.

새끼손톱만 한 알이지만 네 개가 되자 앙증맞은 둥지 바닥이 꽉 찼고, 곧바로 알을 품기 시작했다.

창고를 드나들 때마다 나는 녀석과 끊임없는 신경전을 벌였다. 거의 마주치지 않거나, 어쩌다 마주치면 곧장 도망가던 녀석이 알을 품고부터는 웬만해서는 도망가지 않고 알을 지킨다. 창고 문을 열고 들어갈 때는 발소리를 죽이며 몰래 곁눈으로 녀석을 훔쳐보게 되는데, 녀석은 아무런 움직임 없이 동작을 딱 멈추고 있다. 내가 모르는 척 녀석을 들여다볼라치면, 일체 움직임이 정지된 녀석의 새까만 눈동자와 딱 마주치게 된다. 그 순간의 느낌은 전율이 일 만큼 오묘하다. 녀석은 내가 반 팔 너비 이내로 접근하면 그때는 최악의 위급 상황으로 느끼는지 순식간에 도망친다.

그런데 비가 몹시 쏟아지는 날, 무심코 창문을 닫아놓고 저녁에는 늘 하던 대로 출입문도 잠가놓았다.

다음 날 아침, 어미 새가 창문 아래 상자 위에 두 발을 뻗은 채 죽어 있었다. 먹이도 물도 못 먹은 채 품던 알을 두고서 완전히 갇히게 되었으니 얼마나 놀랐을까. 탈출하려고 창문으로 돌진하다가 부딪혀 죽었나 생각하니 가슴이 아렸다.

창문을 다시 열어놓고 낭패스러운 마음으로 녀석을 어떻게 살려보는 방법이 없을까 생각하며 사체를 거두려는 그 순간, 녀석은 갑자기 포르륵 날아올라 창문 밖으로 사라졌다. 녀석의 기만술에 완전히 농락당한 어이없는 일이었다. 녀석은 나를 감쪽같이 속여 안심시킴으로써 저를 가두려고 닫았다고 느낀 창문을 무심코 열게 하려던 것이 틀림없다.

그 후로는 비가 오든 천둥이 치든 태풍이 불든 다시 창문을 1/3만큼은 상시 열어두지 않을 수 없게 됐다.

14일 만에 포란抱卵은 끝나고 무정란 한 개를 제외한 세 마리가 알을 깨고 나와 둥지 바닥을 채웠다.

암수 두 마리가 번갈아 드나들며 새끼를 키웠다. 창고 출입문 맞은편 창문 밖 7m 거리에 있는 소나무 가지에 와 앉아 동정을 철저히 살핀 다음 창틈으로 부지런히 드나들었다. 얼마나 경계에 철저했던지, 새끼들의 노란 입에 먹이를 넣어주는 장면을 한 번도 목격할 수가 없었다. 정말 감쪽같은 딱새의 행동이 아닐 수 없었다. 부화한 알의 껍데기도, 새끼들의 배설물 한 부스러기도 볼 수가 없었다. 적에게 발견될 만한 증거나 표적을 완벽하게 없애버리는 본능이 완벽했다. 그것이 나에게는 철저한 기만술로 다가왔다.

딱새의 기만술은 어린 새끼들도 마찬가지였다. 몸집이 제법 커져 둥지 밖으로 엉덩이가 드러났는데도, 인기척만 느껴지면 새까만 눈만 뜨고서 절대로 움직이지 않는다. 아침나절 두 마리밖에 보이지 않아 손으로 들춰보니, 나머지 한 마리도 밑에 있는 것을 확인했다. 그런데 몸을 들치는데도 마치 죽은 것처럼 피하거나 아무 반응도 보이지 않는다. 어떻게 그렇게까지 철저할 수가 있을까?

그러고서 겨우 두세 시간이 지난 오후에 둥지가 비었다. 속아도 너무 감쪽같이 속은 기분이 들어 황당하고 심지어는 분한 마음마저 일어나는 것을 억누를 수가 없었다.

새끼들이 몰래 둥지를 떠나고 빈 둥지만 남게 된 것은 알에서 깨어난 지 13일 만이었다.

두세 시간 전까지 날 것을 꿈에도 짐작하지 못했던 새끼들이 둥지에서 7m 거리의 창문, 바닥에서 1.5m 높이의 창턱, 그리고 한 뼘 정도의 좁은 창문 틈새를 단숨에 날아 나갔으리라고는 상상조차 할 수가 없었다. 고개를 갸우뚱거리고 있었는데, 딱새 부모들은 계속해서 소나무 근처에서 오가는 것이 보였다. 영문을 알 수가 없었다.

그런데 그 연유가 다음 날 밝혀졌다. 새끼들이 차례로 한 마리씩 창고 안 구석구석에 숨어 있다 발견됐다. 그렇다면 부모 딱새들이 창고 안 구석구석에 숨어 있는 새끼들을 계속 돌봤다는 얘기다. 얼마나 철저하게 숨어 있었던지 한 마리씩 찾아내는 게 여간 어려운 일이 아니었다. 힘들게 붙잡아서 바깥 잔디밭에 내려놓았는데 움직이지를 않았다. 다시 집어서 숲이 보이는 곳에 내려놓자마자 호르륵 날아서 10m 밖 목련나무 가지 속으로 단숨에 숨어버리는 것이 아닌가. 넓은 잔디밭에서 날아봐야 금방 잡힐 가능성을 알아차리고서, 내가 다시 잡아도 피하지도 못하는 척 손에 집혔다가 나무숲이 보이는 곳에 내려놓자마자 포르륵 날아 숲속으로 숨어버리는 기만술에 나는 망연자실하지 않을 수 없었다. 또다시 기만술에 완벽하게 농락당하고 만 셈이다. 세 마리가 모두 비슷하였다.

포란 기간 14일, 생육기간 13일로 딱새 부부의 부화와 육아는 끝이 났다.

딱새의 기만술에 완전히 농락당한 바보 같은 나의 한 달은 그렇게 어이없이 지나가고, 곧 여름이 다가왔다.

녀석이 다른 큰 새들처럼 튼튼한 가지를 엮어 비바람에도 견디는 집을 짓는 기술이 태생적으로 없다 하더라도, 나의 창고 안에 들어와 문도 못 닫게, 드나들지도 마음 놓고 못 하게 하는 건 썩 반길만한 일은 못 된다. 특히 새는 날아야 하고 그러기 위해 몸무게를 줄이려 장이 아주 짧게 진화해서 수시로, 심지어 날면서도 아무 데나 똥을 싸는 것은 알겠지만, 창고 안 곳곳에 똥을 싸놓는 건 감내하고 양보하기 어려운 일이다.

정 그렇다면 어디 안전한 나뭇가지에 나무로 된 집이라도 달아줘야겠다. 오래전 컨테이너 농막의 네 귀퉁이 구멍에, 최근에도 해마다 뒷동산 산소의 석등 안에, 나뭇가지 사이에 몰래 새끼 쳐 나간 빈 둥지가 남아 있곤 했었는데, 올해는 어쩐 일인지 모르겠다. 나와 가깝게 지내고 싶었는지, 아니면 비바람이나 다른 천적에게 창고 안이 더 안전하다고 여겼는지 모를 일이다.

가만 생각해보니 어떤 연유이건 딱새 부부가 나를 기만·농락하고 골탕 먹인 건 아무리 어이없더라도 '허허' 헛웃음으로 남을 추억일 수밖에 없다. 아무래도 헛웃음 다음에는 빙그레 미소가 떠오르지 않을 수 없을 듯하다.

나를 따돌리고 번식에 성공한 딱새 부부에게 박수를 보낸다.

오늘도 딱새를 비롯한 여러 새들이 바삐 날고, 수다스럽게 노래하면서 집 주위를 오간다. 나를 골리고 날아간 딱새 부부와 그 새끼들도 그중에 섞여 있으리라.

인생 대차대조표

　기업이나 개인의 재정 상태를 한눈에 볼 수 있게 도식화한 표를 우리는 대차대조표貸借對照表라 한다. 왼쪽의 차변借邊에는 자산을 표시하고, 오른쪽 대변貸邊에는 부채와 자본(손익 잉여금을 포함한)을 표시한다. 차변과 대변의 각각 합계는 반드시 일치해야만 된다. 즉 자산은 부채와 자본의 총합으로 이루어진 결과라는 것이다. 현재의 자산이 순수한 자기자본만으로 이루어진 것인지, 아니면 부족분을 부채로 채운 것인지, 그리고 자기자본에는 얼마의 손실이나 이익 잉여분이 포함되어 있는지가 정확히 분석되어 있는 것이다.

　한편, 회계에는 대차대조표와 손익계산서를 중심으로 각 계정별 명세를 포함한 복식부기複式簿記가 있는가 하면, 간단히 현금 또는 예금의 수입 지출과 잔액만을 기록하는, 우리가 일상에서 흔히 쓰는 단식부기單式簿記라는 것도 있다. 이 단식부기는 쉽고 간편한 장점이 있는가 하면, 수입 중에 갚을 돈 즉 부채가 포함돼 있는지, 지출 중에 받을 돈 즉 채권이 포함돼 있는지 등의 분석이 기록되지 않으므로 해서 이것들을 별도로 철저히 기록해 두지 않으면 나중에는 시재 잔액을 잘 맞춰도 채권 채무의 근거가 남지 않아서 낭패를 볼 수도 있는 단점이 있다.

　오랜 세월 허겁지겁 달려오기만 하다가 멈춰 서서 한숨 돌리고 생각해 보면, 그동안 차변만 들여다보며 대변은 도외시하고 살아온 것을 새삼 깨닫게 되는 경우가 많다. 지금껏 쌓아온 재산·직위·명예·행복·체면·건강 등등 자산이라 할 수 있는 것들이, 과연 무엇을 바탕으로 하여 형성되었는지를 살펴볼 겨를도 없이 살아온 것이다. 그 자산이 과연 나만의 힘만으로 이루어진 것이던가? 남의 신세를 진 부채를 잊어버린 것은 아닌가? 이것을 생각하지 않을 수 없는 일이다.

살다 보면 알게 모르게 남에게 신세를 지거나 은혜를 입는 경우가 있고, 또한 반대의 경우도 있게 마련이다. 이것을 부채나 채권이라 생각하고 늘 곧바로 칼같이 갚고 받아내기란 쉽지 않을 뿐만 아니라 꼭 바람직하다고만 할 수도 없다. 하지만 자기가 진 부채를 갚는 것을 고의로 도외시하거나 교묘히 회피하는 것은 결코 제대로 된 인생이랄 수가 없다. 또한 남에게 베푼 은혜가 곧바로 되돌아오지 않는다며 극렬한 배신감에 사로잡혀 자신의 인생을 스스로 분노의 늪에 빠뜨리는 것도 어리석기 짝이 없는 일이다.

크게 봐서 여러 사람에게 얽힌 신세나 은혜의 주고받음의 총합에 있어서는, 균형을 어느 정도 이루는 것이 중요하다고 할 수 있다. 어떤 이에게 입은 은혜를 미처 갚지 못한 경우, 또는 영영 갚을 수 없게 된 경우, 다른 이에게라도 그만한 은혜를 베풀면 어느 정도 마음의 빚에서 벗어날 수도 있는 것이다.

바쁘게, 또는 무심하게 살다 보면 자산 형성의 근원을 무시하고 현금출납부만 대충 맞추고 살아가는 경우가 허다하다. 말하자면 제대로 된 복식부기가 아니라 단식부기 인생으로 살아가는 셈이다. 단식부기란 현재의 시재만 계산하는 현금출납장 작성을 말하는 것이다. 단식부기 인생은 주고받고 챙기되, 덜 주거나 안 주고 많이 챙기면 늘 시재는 넉넉해진다.

그러나 과연 그 시재 안에 갚아야 할 부채는 없는지, 복식부기적 생각을 하지 않고 사는 것은 너무 허망한 삶이라 아니 할 수 없다.

손수건의 추억

언제부턴가 어디를 가든 휴지가 넘쳐나 손수건을 가지고 다닐 일이 전혀 없게 된 세상이 되었다. 그래서 당연히 사람들은 손수건을 휴대하지 않는다. 세월은 더 흘러 지금은 물티슈가 또다시 대세를 이루고 있다.

그래도 나는 손수건을 가지고 다녔는데, 사실은 가지고만 다녔지, 언제 썼는지 기억이 없다. 그러다가 슬그머니 주머니에서 사라진 지 벌써 여러 해가 지났다. 그런데 그 손수건이 아직 완전히 폐기되지는 않고 서랍장 속에 그대로 잠자고 있다. 추억으로만은 아직 간직하고 있는 셈이다.

손수건이 아직 사람들의 일상생활 속에 살아있던 시절의 손수건에 대한 추억은 낭만과 연계되는 경우가 많다. 연인들이 손수건을 선물로 주기도 했고, 어떤 계기에 자신의 손수건을 건넴으로써 인연을 맺기도 하는 낭만이 있었다.

손수건은 그 유래를 따라가 보면 변천 과정이 하나의 역사이고, 또 재미도 있다.

우리나라에 '행커치프handkerchief'라고 하는 이 손수건이 언제부터 유행했는지는 그 연대가 확실하지 않으나, 원래 handkerchief는 유럽에서 기인된 것이라고 한다.

부인용 모자가 아직 고안되지 않았던 먼 옛날, 유럽에서는 부녀자들이 비단이나 마포麻布, 혹은 기타의 천을 장방형으로 잘라서 머리에다 보기 좋게 두르고 다녔다. 이것이 소위 커치프kerchief(=cover-chief)라는 것으로서 handkerchief라는 어휘 자체도 여기서 생겼다고 나와 있다. 그 후 부인용 모자가 고안되어 모자들을 착용하게 되자 머리에 두르던 천을 목에 감게 되었는데, 그래서 이름은 '네크neck'라는 말을 붙여서 네커치프neckkerchief라고 부르게 되었다는 것이다. 얼마가 지난 후 다시 넥타이necktie가 고안되어 이를 착용하게 되자 neckkerchief가 또한 필요 없게 되고 말았다.

그래서 그 천은 손에 들고 다니며 얼굴이나 손을 닦는 데 쓰이게 되고 이름도 handkerchief로 바뀌었다고 한다. 치프chief라는 말은 '두목', '추장', '꼭대기' 등 상부를 뜻하는 것인데, 머리에 두르던 천이 차차 밑으로 내려가 손에 들고 다니게 되었지만 chief라는 말은 여전히 남아 붙어 handkerchief라고 하게 된 것이라 한다.

유명한 나폴레옹 1세의 왕비 조세핀 여왕은 handkerchief를 퍽 애용하였다고 하며, 앞니가 빠져서 웃을 때는 꼭 handkerchief로 입을 살짝 가렸다는 얘기는 너무나 유명하다.

지금은 거의 용도를 잃어버린 그 손수건이 다시 남성 슈트의 패션감을 살리기 위해 위 포켓에 착용하는 장신구로 변신하여 간혹 명맥을 유지하고 있다.

어린 시절 시골에서 "행가치"라는 말을 간혹 들은 적이 있다. 손수건을 두고 한 말인데, 그냥 손수건이라 하지 않고 굳이 '행가치'라고 한 것은, 형편은 처졌으되 마음은 첨단에 있고 싶은, 웃지 못할 난센스가 아니었던가 여겨져 쓴웃음이 절로 나온다. 그 '행가치'가 행거치프의 잘못된 변음인 것을 나중에야 알게 되었다.

우리가 항상 포켓 안에 넣고 다녔던 간단한 손수건의 유래도 따지고 보면 이렇게 구구절절한 역사와 곡절이 있었다는 것은 정말 재미있는 일이다.

우리가 그 유래를 알았건 몰랐건, 수십 년 동안 필수품으로 여기며 손수건을 휴대하며 살아왔던 세대에게 손수건은, 한 시절 가난한 연인들의 마음속에 자리 잡은 잊지 못할 추억으로 남아 있을 것이다.

애틋한 마음으로 처음에 손수건을 선물한 가난한 연인에게 그다음 아주 큰 결심으로 넥타이를 선물했던, 눈물 나게 그리운 옛 시절이 있을 수도 있고, 밤의 한강 백사장에서 데이트하면서 나란히 앉을 그녀의 바닥 자리에 자신의 손수건을 펼쳐주었던, 그래서 그녀의 마음에 감동이 싹텄던 추억의 장면도 있을 것이다.

손수건을 선물하게 되는 단계가 손을 잡기 전후일 가능성이 크고, 손만 잡아도 마음을 열었다는 단계이며, 마음을 열고 나면 함부로 헤어지기 어려운 그런 시절의 이야기다. 지금의 젊은 세대에게는 도저히 상상할 수도 없는 먼 역사 속의 이야기가 아니고 무엇인가.

또한 아침 출근하는 남편에게 깨끗한 손수건으로 무한한 애정과 신뢰를 건넸던 아내의 애틋함을 요즘 어느 세상에서 다시 찾으랴.

손수건은 또한 석별의 상징물이기도 했다. 사랑하는 사람을 멀리 떠나보내는 배나 기차가 출발하는 그 순간에 연인의 손끝에서 손수건은 그

애절함의 극치를 보였다.

이제는 없어진 손수건처럼 마음속의 추억으로만 남은 그 시절은 지금 생각해 보면 한없이 촌스러운 듯하나, 그러나 무엇과도 바꿀 수 없는 순수하고 아름다운 역사임에는 틀림이 없다.

간혹 지금도 손수건을 휴대하고 사용하는 이를 만나는 경우, 인간문화재를 만난 듯 놀라운 감회가 일어난다. 이름의 변천 과정에서도 유난히 곡절이 많았던 만큼 오랜 역사를 가진 손수건이 정녕 인류의 생활에서 인류의 역사 속으로 완전히 사라지고 마는 것인가?

앵두나무와 살구나무

　요즘 세상에 앵두는 과일로 치지도 않아 파는 데가 없어 사 먹을 수도 없다. 세상이 풍요로워지고 너나없이 입맛이 국제화돼서 앵두쯤은 완전히 잊힌 과일이 되고 말았다.

　그런 앵두나무의 묘목을 사다 뒷동산에 심었다. 네 해가 된 지금 생각해도 그때 굳이 왜 사다 심었는지 확실하지 않다. 어릴 때 시골집 뒷마당 한쪽 장독대 옆에 있던 앵두나무가 가끔 떠오르곤 했는데, 그 추억이 선택을 좌우했던가? 추위가 물러가고 햇볕이 완연히 따스해진 한적한 봄날, 가족들이 여유롭고 행복했던 그 기억 속에 정겹게 꽃핀 그 앵두나무는 늘 있었다.

　어쨌거나 앵두나무는 예스럽고 촌스러운 건 확실한 것 같다. 그래서 나는 정감이 가고 좋아하게 된다. 수형은 관목 수준을 간신히 벗어나긴 하나 교목 대열에 끼기는 힘들며 떨기나무로서 줄기와 잔가지가 많이 뻗어나 다소곳하다. 꽃은 화려하지는 않지만, 밝고 앙증맞아 귀엽다. 열매는 작고, 요즘 여느 과일처럼 무척 달거나 엄청 시원하거나 엄청 맛있지도 않다. 그러나 약간 달고 약간 새콤하고, 작아서 씨를 뱉으면 크게 먹을 게 없어서 과식할 염려가 없고 배탈 날 염려도 없다.

　세 해 동안 꽃만 피고 제대로 열매를 보여주지 않다가 네 해째서야 드디어 열매 맛을 보여줬다. 그 앵두 맛 속에 지금은 없어진 옛 고향 집의 모습이 살아 있다.

살구도 인기가 없기는 앵두와 오십보백보다. 초여름이 되면 큰 슈퍼마켓에서 잠시 살구를 본 일이 있는 것 같기는 한데, 누구도 사가는 걸 본 일은 없다.

어릴 적, 초여름이 되면 마당 가에 있는 살구나무에서 떨어지는 살구를 주워 먹던 즐거움이 지금도 눈에 선하다. 그리고선 딱딱한 피각을 일일이 깨고 씨앗을 모아 한약재상에 들고 가 몇 푼도 되지 않은 돈을 받아 본 적도 있다. 그것이 행인杏仁이라는 이름의 한약재였던 거다. 진해, 거담, 통변 등에 쓰였다 한다.

이듬해 봄이면 뜻하지 않게 마당 가에 저절로 싹이 터서 자라는 살구나무 새싹의 앙증맞고 아름다운 색깔을, 그 생명의 경이로움을 잊을 수가 없다.

우리 뒷동산의 살구는 묘목을 심고 나서 4년째부터 열리기 시작했는데, 아내에게서마저도 외면당하고 나 혼자서 그 맛을, 추억을 즐기고 있다. 옛날의 그 살구 맛이라면 한 눈이 저절로 감기는 지독한 새콤함이 핵심이다. 거기에 비하면 지금의 우리 살구는 알도 굵고 부드럽고 은은한 단맛으로 식감도 괜찮은데, 어째서 외면당하는지 알다가도 모를 일이다. 생각해 보면 역시 국제적인, 그리고 끝없이 개량되어 크고 달고 자극적인 맛의 다른 과일들에 길든 입맛에 그 원인이 있음이 틀림없다.

그러나 꽃으로 말하자면 살구꽃은 화사하기 그지없다. 사월의 뒷동산은 살구와 앵두꽃이 있어 그 화사함을 더하고 내 마음은 행복해진다.

누구든 사월의 여행길에서 집집이 살구꽃이 환하게 핀 낯선 동네를 만나면 알 수 없는 친근감에 젖게 되던 경험이 있을 것이다. 그러나 지금은 어딜 가더라도 살구꽃이 만발한 그런 동네 풍경을 만나기는 힘들다. 인기가 없어진 살구나무를 이젠 아무도 심지 않고, 늙은 나무는 베어내거나 고사한 채 사라져가니 당연히 그럴 수밖에 없으리라.

나도 우리 농원 앞동산 비탈에 서 있던 늙은 살구나무를 이태 전에 베어낸 일이 있다. 나이가 50살은 넘었을 그 나무는 가지가 말라 죽고 열매는 두서너 해에 한 번씩 겨우 몇 개씩 열리는데 개살구라 먹을 수조차 없었다. 꽃 또한 빈약하기 짝이 없었다. 그 쓸모없는 나무가 반백년이나 그 자리에 살아 있었다는 게 신기할 정도였다. 그러나 그 나무에게도 빛나는 젊은 시절은 있었으리라. 화사한 꽃과 싱싱한 잎으로 누구든 가리지 않고 꽃그늘을 주고 희망과 안식과 위로를 선사했을 게 틀림없다. 밑둥걸의 지름이 50㎝가 넘는 그 나무는, 잔가지는 다 땔감으로 쓰고 굵은 줄기는 여러 개로 잘라서 나무 의자로 쓰고 있다.

누구나 외면하는 앵두와 살구의 묘목을 사다 심은 것은, 가만 생각해보면, 아무래도 내 어린 날의 추억이 남아 있던 집과 마을 전부가 수몰되어 사라진, 그래서 추억마저 수몰되어 도대체 다시 가볼 길이 영영 없어진 그 허망함 때문이 아닌가 여겨진다.

온라인 매장에서 앵두와 살구를 검색하면, 정작 과일은 없고 각각의 묘목만 줄을 잇는다. 적지 않은 이들이 역시도 나처럼 내다 팔 수도 없는 과일의 묘목을 심고 기른다는 얘기다. 그렇다면, 과일은 아니고서도 꽃만으로도 즐기기에 충분하다는 것인가, 아니면 소박하지만 소중한 추억을 되찾고 싶어서인가?

이 나무들과 나의 인연은 얼마나 이어질까?

우리 집 장닭

'장닭'이라고 키보드를 치면 모니터에 여지없이 붉은 밑줄이 따라붙는다. 장닭은 '수탉'의 사투리라 맞춤법에 어긋난다는 거다. 물론 다른 동물 대부분을 암캐-수캐, 암고양이-수고양이, 암말-수말 등으로 부르니 암탉-수탉으로 표준말을 정하는 사정을 이해는 할 만하다.

그러나 우리 집의 장닭을 수탉이라고 부르는 것은 절대로 걸맞지 않다는 것이 나의 확고한 주장이다. 다 큰 수소를 황소라고 하는 표준말도 있지 않은가? 서울 사람들이 장닭이란 말을 쓰지 않아 표준말이 되지 않았다 하더라도 나는 장닭이라 해야겠다.

장닭의 '장'의 어원이 무엇인지 정확히 알지는 못하나, 혹시 어른-우두머리 장長 자에서 유래한 것은 아닐까, 유추해 본다. 우두머리, 리더라는 뜻으로 나는 믿고 싶다.

사람에 빗대어 말할 때 수탉이라는 말은 바람둥이를 일컬을 때 어울리는 말이다. 일부일처제 사회에서 부인을 두고, 또는 애인을 두고 다른 여자에게 수작을 걸어 차지하는, 그것이 빈번할 때 쓰는 말이 바람둥이, 또는 난봉꾼이다. '수탉 같은 사내'가 바로 이런 사람이다. 그러나 이 말은 인간사회에 빗댄 것일 뿐, 닭 세계에서는 맞지 않는 말이다. 닭은 원래 암수의 이상적인 비율이 10:1이라고 하니 말이다. 생태적으로 그렇다니, 인간이 만든 반본능적인 일부일처 원칙처럼 '일자일웅─雌─雄' 원칙을 지키라고 들이밀 수는 없는 노릇이다.

내가 닭장을 마련한 건 이태 전 봄이 막 무르익을 즈음이었다. 3×2m, 1.8평의 넓이와 박공지붕 형태로 된 쇠 프레임에 사방 옆면을 철망으로 둘러 완성한 것이었다. 고양이, 개, 족제비 등이 흙바닥을 파고 침입하는 것을 막기 위해 사방의 프레임 아래 바닥으로 20㎝ 폭의 아크릴판을 땅 속에 심어 방비하였다.

그런 다음, 친구가 부화기에서 까서 선물한 23마리의 청계 병아리를 4월 중순에 입양하여 열흘간 종이 상자 안에 백열등을 켜 보온을 유지한 후에 닭장으로 옮겼다. 열흘 사이에 1마리는 병사하였다. 한 달이 지나자, 제법 껑충하게 커서 병아리의 귀여운 티가 없어지고 벼슬이 돋아나기 시작하였다. 곧 암수가 확실해질 터였다.

그런데 50일만인 6월 초 뜻밖의 일이 벌어졌다. 한나절 외출에서 돌아와 보니 닭장 밖 여기저기에 닭의 사체가 널브러져 있었다. CCTV를 확인해보니 동네의 김 씨 집 검은 개가 가로 철망의 이음새를 발과 이빨로 뜯어 젖히고 닭장 안으로 쳐들어갔던 것이다. 닭들은 닭장 안에서 물려 죽고, 일부는 뜯어진 틈으로 엉겁결에 날아나갔는데, 검은 개는 비호처럼 날뛰며 따라가서 물어 죽였고, 일부는 부상한 채 필사적으로 도망치는 것을 끝까지 추격하여 확인 살상까지 한 것이었다. 전부 수습해보니, 15마리 폐사, 6마리 생존, 1마리 실종으로 확인됐다. 죽은 것들의 사체를 반경 300m에서 수습했으니 찾아 모으기도 쉬운 일이 아니었다. 살아남은 6마리는 좀작살나무숲 속, 담장 너머 풀숲 등 사방으로 흩어져 숨을 죽이고 숨어 있었다. 이것들을 다시 잡아넣느라 한바탕 곤혹을 치르고 나서도 끝내 한 마리는 찾지 못했다.

이튿날 개 주인 김 씨 내외가 닭값이라며 봉투를 들고 찾아왔다. 동네에 이미 파다한 닭 소동의 소문을 듣고 자기 집 개로 확인된 사실까지 알려진 터였으니, 곧바로 시인하지 않을 수 없었으리라. 그런데 내 추측대로 실종된 1마리는 검은 개가 주인에게 칭찬받으려고 물고 갖다 바친 것이었다.

김 씨는 뒷산 산책길에서 개 목줄을 푼 채로 데리고 갔는데, 이 개가 주인을 벗어나 우리 집에 와서 난장판을 벌인 것이다. 목줄을 매고 단속하지 않은 주인의 불찰이지, 잠자던 본능이 솟구친 개가 무슨 불찰이랴. 닭값을 물겠다고 찾아온 이웃에게, 닭값 대신 앞으로 개 단속의 다짐을 받는 것으로 수난을 끝냈다.

그 일을 계기로 닭장을 추가로 단속하였다. 철망 이음새를 다시 더 여물게 꿰매고, 그 겉에 더 두터운 PVC망을 또 한 번 덧씌웠다. 살아남은 6마리는 이웃들에게 나누어줬다.

친구가 다시 부화기에서 21일을 거쳐 부화한 병아리 22마리를 준 것이 7월 중순이었다. 지금 이 이야기의 주인공인 장닭은 이 중의 한 마리이다.

이 병아리들은 한 달 남짓 지나면서부터 병아리 티를 벗기 시작하더니, 이어서 날갯짓을 시도하고, 벼슬이 돋아나고, 암수가 어렴풋이 구별되기 시작하는 등 하루가 다르게 변모해갔다. 이때 횃대를 설치해줬더니 종이 상자에 오물오물 달라붙어 서로 체온을 나누며 잠을 자던 것들이 횃대에 올라서 잠을 자기 시작했다.

석 달째가 되어 첫 장닭 울음소리가 시작됐다. 그동안 4마리가 병약하여 죽고 18마리가 남았는데, 기대와 달리 암탉은 8마리뿐이고 수탉이 10마리였다. 암수 비율로 볼 때 9마리의 수탉은 곤란한 존재가 되는 셈이었다.

그동안 서열을 가리느라, 또는 아직 한창 성장 과정이라 그런지 천방지축으로 암수 가리지 않고 서로 자주 싸웠다. 그러나 피를 볼 만큼 싸우지는 않으니 그나마 다행이라고나 할까.

여기서부터 중요한 문제가 대두되었다. 수컷 10마리 중 1마리를 어떻게 점지해 남기느냐는 문제였다. 야생이 아닌 가축이니만큼, 잔인하지만 어쩔 수 없는 선택이었다. 유심히 지켜보면서 도태시킬 놈들을 먼저 정하는 방법을 나는 택했다. 가장 먼저 도태시킨 녀석들은 덩치도 별로이고, 기도 제대로 못 펴고 싸움도 슬슬 피하는 4마리였다. 이것들을 병아리를 부화시켜준 친구에게 주었다. 다음으로는 목청과 풍채와 행동을 보았다. 두 가지 기준에서 떨어지는 녀석을 순서대로, 입양한 지 넉 달이 될 때까지 차례로 5마리를 마저 정리해서 최종 멤버를 완성했다.

이렇게 엄격한 기준으로 선발된 우리 집 장닭은 준수하고 늠름하고 우두머리다웠다. 해를 넘기고 계절도 바뀌고 날이 갈수록 우리 닭장-우리 장닭의 왕국-은 장닭의 통치 아래 굳건했다.

우리 장닭은, 목청은 물론 소리의 화음이 우리 동네에서 제일 우렁차고 청아하고 아름답다. 새벽을 알림은 물론, 내 모습이 근처에서 보일 때, 또는 날씨가 너무 좋을 때, 졸음이 무겁게 쏟아지는 뜨거운 하오의 무료함을 쫓을 때도, 또 매서운 추위가 몰려올 때는 그것을 쫓아 보내기라도 하듯이 목청을 마음껏 뽐낸다. 그것을 울음, 즉 우는소리라 하기는 적절하지 않지만, 그렇다고 노래라고 하기에는 언어습관 상 어색하다. 어떨 때는 나팔 소리처럼 들리고, 어떨 때는 호령처럼 들리고, 어떨 때는 구령처럼 들리기도 하고, 어떨 때는 일장 연설처럼 들리기도 한다. 그러나 이 모든 표현 어느 것도 적합하지는 않은, 평화롭고 안온하고 활기차고 삶의 안도 같은 것을 선물하는 그런 소리인 것은 틀림없다.

한번은 모이를 주러 들어갔다가 제대로 문을 닫지 않고 움직이는데, 원래 경계가 심한 동물이라 저들끼리 놀라 날아오르는 바람에 세 마리가 닭장 바깥으로 나가버린 일이 있었다. 이걸 잡으려 하니, 한창 날개에 힘이 오른 놈들은 오히려 나뭇가지 위로, 울타리를 넘어 밖으로, 닭장 지붕 위로 내달았다. 어쩌지 못하고 잠시 지켜보고 있으려니 장닭이 닭장 안에서 꾸르륵꾹꾹 꾸르륵꾹꾹, 마치 꾸중하듯이 달래듯이 타이르듯이 은근하고 엄숙한 목소리로 바깥에 있는 암컷들을 계속 불러들이는 것이었다. 조금 숨을 고른 후에 신기하게도 이것들은 하나둘 닭장 가까이 모여들기 시작했다. 내가 슬쩍 문을 안쪽으로 열어두고 조금 떨어져 있으려니, 거짓말같이 닭장 안으로 속속 들어가는 것이 아닌가. 그런데 그다음이 더욱 신기했다. 장닭이 그 가출했던 암컷들을 한 마리씩 쪼듯이, 그러나 쪼지는 않고 겁만 주는, 그런 모습을 보이니 암컷들은 꾸중을 들은 아이처럼 고개를 숙이고 슬쩍 피하는 모양으로 고분고분하였다.

암탉들은 수시로 먹이를 두고, 또는 괜히 싸웠다. 먹이 때문인지, 서열 싸움인지, 혹은 장닭에 대한 씨앗 싸움인지는 알 수가 없다. 그러나 크게 맞싸우는 일은 거의 없고 대개 일방적으로 다른 녀석을 쪼면서 밀어내고 핍박하는 것이었다. 웬만하면 장닭도 그냥 넘어가는데 만약 조금

심하다 싶을 때는, 이 장닭은 핍박하는 암탉 곁에 가서 쫄 듯이 겁을 주고 꾸지람을 하는 것이었다. 그러나 행패가 아주 심한 녀석에게는 실제로 머리나 벼슬을 쪼는 체벌도 가한다. 이 기강 잡기에 대드는 암컷은 한 마리도, 한 번도 본 일이 없다. 장닭의 권위는 절대적이었다.

장닭은 기강만 잡는 것이 아니었다. 먹이가 있으면 암컷들을 꾸룩꾸룩꾸룩꾸룩, 인정 어린 목소리로 불러 모은다. 그러고서 자기는 이 암컷들이 웬만큼 먹을 때까지 자리를 비켜 곁을 지키며 기다리고 있다가 나중에 암컷들이 다 먹은 다음에야 입을 대는 것이다. 장닭은 힘으로 밀어붙여 먹이를 먼저 가로챌 수도 있을 텐데, 그것보다는 우두머리로서의 아량과 식구들을 거둬 먹이고 보살피는 미덕을 실현하고 있었다.

장닭은 위험이 닥치면, 예컨대 닭장 주위에 고양이나 매, 개 등이 얼쩡거리면 꾸룩! 하고 짧고 굵은 경계의 목소리를 냄과 동시에 암컷들을 한쪽으로 감싸듯이 막아선다. 초등학생인 손녀는 우리 집에 오면 병아리 시절부터 닭장 안에 들어가서 귀엽다고 붙잡아서 만지고는 했는데, 그날도 여느 때처럼 닭장 안에 들어가서 붙잡으려고 하다 순식간에 장닭이 손녀의 정강이를 쪼아버리는 일이 벌어졌다. 위험으로부터 암탉들을 보호하는 우두머리로서의 단호한 행동이었다. 손녀는 그 이후로 닭장 밖에서만 관찰하게 되었다.

두 번째 가을이 깊어갈 때쯤 내게는 큰 고민거리가 생겼다. 이 장닭이 워낙 풍채도 좋고 통솔력도 좋을 뿐만 아니라 정력까지도 절륜해서, 시도 때도 없이 암탉들의 등 위로 올라타 짝짓기를 했는데, 장닭이 그 우악한 발로 밟는 등짝 부위의 털과 부리로 물고 자세를 고정시키는 목덜미의 털이 나날이 빠지기 시작하여 이때쯤에는 암탉의 등과 목에 맨살이 다 드러나서 얼른 보면 시장 닭 가게의 좌판 위에 놓인 알몸의 닭이 연상될 정도였다. 그런데 이것이 가을이 깊어 날이 서늘해지는데도 점점 심해지니, 올겨울에 필시 얼어 죽을 것만 같아 불쌍하고 불안하기 짝이 없었다. 간혹 장닭이 다가오면 암컷이 슬쩍 피할 때가 있긴 하나 그렇더라도 결국 장닭은 뜻을 이루었지만, 대부분 다소곳이 받아들이는 것이 일상이었다. 간혹 끝까지 요리조리 피하는 암컷에게도 이 장닭은 공격하여 상처를 입히는 일은 절대로 없었다. 그대로 너그러이 놓아주고 마는 것이니, 우리 장닭은 흉포한 폭행범은 아니라고 하겠다. 그러나 걱정을 안고 바라볼지언정 다른 인공적인 조치는 하지 않기로 굳게 마음을 다잡았다. 가축이긴 하지만 어차피 털을 가진 짐승이며 체온이 섭씨 39도라니 얼어 죽고 말지는 않겠지, 한번 두고 보자, 하는 마음이 들었다. 다른 집의 경우를 널리 알아보았으나, 어떤 이는 피부병으로 알고 가축병원에서 준 피부약을 그대로 뿌려서 결국 죽고 만 경우가 있다 하고, 누구는 우리 닭만큼은 아니나 어느 정도 털이 빠졌지만 결국은 이겨냈다고 하여 결정적인 대책이 서지 않았기 때문이다. 곧 뜨거운 튀김 기름통으로 들어갈 닭처럼 온통 생살만 드러난 상태여도 장닭은 아랑곳없이 우악한 발가락, 그리고 거의 1.5배나 되는 체중을 실어 암탉을 짓누르는 짝짓기를 멈추지 않았다. 10:1의 비율을 8:1로 밖에 맞춰주지 못한 것이 짠하게 마음에 걸렸으나, 다시 어떻게 할 수는 없는 노릇이었다.

진짜로 추위가 닥치자, 점점 줄어들던 산란이 어느 날부터 딸깍 그치고 말았다. 무슨 영문인지 전혀 종잡을 수가 없었다. 첫해 16주부터 시작된 산란은 첫해 겨울도 잘 넘겼는데, 어떤 날은 최고 아홉 개까지도 낳은 일이 있는데(청계의 산란은 평균 2~3일에 하나씩으로 알려져 있다), 두 번째 겨울에 이런 일이 벌어진 것이다. 그러나 그들의 자연적인 적응을 지켜보며 느긋하게 기다리기로 하였다. 산란을 딱 끊고 얼마 지나니 털이 차츰 돋아나기 시작했다. 그런데 이상한 일은 사람이 보는 앞이든 아니든 상관하지 않던 짝짓기를 도대체 볼 수가 없어진 것이다. 이것들이 구수회의를 하지 않고서야 어찌 이렇게 달라진단 말인가. 털은 하루가 다르게 돋아나 두 달 만에 새로운 털로 모두 재단장하여 완전히 성숙한 성계로서의 풍만한 모습이 되었다. 산란도 다시 시작하였다. 그런데 짝짓기 모습을 보지 못한 이후로 아직도 짝짓기는 다시 볼 수가 없다. 혹시 그동안 염치가 생겼거나, 구수회의에서 털이 다 난 이후에도 사람이 보지 않는 때만 짝짓기를 하기로 굳게 약정하고 장닭이 이를 확고히 지키는지도 모를 일이었다. 우리 장닭의 품성으로 보건대 이건 믿고 싶은 추측이다.

우리 집 장닭은 작년까지의, 철없이 혈기만 마구 넘치던 사춘기를 지나 이제는 풍모도 우람하고 행동도 점잖고 우두머리로서의 통솔력도 완숙해져, 자기의 왕국을 평화롭게 다스리며 군림하는 중이다. 걸음걸이만 봐도 위엄이 넘친다. 천금의 무게로 한 발 한 발 내디딜 때 눈빛은 형형하게 빛난다. 그 밑에서 암탉들은 재재바른 몸짓으로 행복한 나날을 보낸다.

닭을 닭장 밖으로 방사하고 싶지만 그렇게 하지 못하는 것은, 이곳저곳 으슥한 데를 찾아 알을 낳는 습성 때문에 달걀 찾기가 어려워서이기도 하지만, 그보다 밤낮없이 호시탐탐 닭을 노리는 짐승들이 끊이지 않기 때문이다. 족제비, 고양이, 솔개, 매, 개, 담비, 그 외에도 내가 못 본

밤 짐승들이 얼마나 더 있는지는 모른다. 닭장은 닭들에게 감옥일 수도 있지만, 그보다는 안전한 보호시설이다. 그러니 우리 장닭이 식구들에게 밖으로 나가면 위험하다는 신호를 보내고, 즉각 불러들이지 않나.

우리 장닭과 그의 암탉들과 나의 인연이 언제까지 이어질지는 알 수 없는 일이지만, 그들은 내가 모이를 주고 간식거리를 주고 물을 대주는 것 이상으로 내게 달걀과 함께 기쁨과 평화와 위안과 교훈을 주고 있다. 그 중심에 우리의 장닭이 우뚝 서 있다. 최근 몇 해 동안 내가 한 일 중에 제법 잘한 일로 치자면, 망설이지 않고 나는 우리 장닭을 간택簡擇한 것을 꼽는다.

뒷간을 위한 명상

길지 않은 인생이지만 이만큼이라도 살아보니, 무슨 일이든 절실하게 꿈꿀 때가 가장 행복하더라는 경험칙을 내 나름으로 얻게 됐다. 그 행복의 농도는 막상 그 일이 이루어졌을 때보다도 오히려 더하더라는 것이다. 뒷간을 위한 나의 꿈 역시 그렇다.

인간은 끊임없이 숨 쉬고 먹고 마시며 살아간다. 의식하지 않아서 그렇지, 따져보면 인간은 자연에서 매일 몇십억 개의 원자를 흡수하고 동시에 그만큼의 원자를 내뿜으며 살아간다는 것이다. 그래서 태어날 때 부모에게서 물려받은 몸은 20년만 지나면 모두 자연에서 공급받은 원자들로 재구성된다고 하니, 인간의 존재가 자연의 하나라고 하는 당연한 이 이치를 우리는 무심하게 의식하지 못하고 살아갈 뿐이다.

따라서 숨 쉬는 것이 무의식적인 것처럼, 먹고 마시는 것이 자연스러운 것처럼, 배설하는 것 또한 너무나 자연스러운 것이다. 다만 사람들이 먹는 것과 싸는 것을 다른 차원으로 취급하기 때문에 문제가 복잡해지는 경향이 있을 뿐이다.

인류사회가 너무 빨리 변화하고 특히 도시화가 급속도로 이루어졌기 때문에 인간의 배설물 처리 문제 또한 너무나 빨리 변천하여 동시대의, 또는 한 가족의 구성원이라도 세대나 나이에 따라 뒷간에 대한 정서도 다 다르게 되었다. 배설물이 자연으로 돌아가 순환되는 것을 나무나 당연한 이치로 여겨온 시대에서, 배설물은 일종의 혐오스러운 쓰레기로서 빨리, 멀리 치워 없애는 것에 골몰하게 되는 시대로 이행하게 된 것이 현재의 모습이다.

우리는 하루에도 대여섯 번 넘게 뒷간을 드나든다. 이 뒷간은 우리가 사람이라는 생명체를 유지하는 한, 가지 않을 수 없는 꼭 필요하고 소중한 곳이다. 뒷간은 배설의 욕구를 해결하는 시원스러운 공간이며, 그 과정에서 여유와 사색을 즐길 수도 있다.

뒷간은 이름도 다양하다. 측간廁間은 뒷마당의 한쪽에 자리한 집이라는 뜻인데, 칙간 또는 정낭이라고도 불렸다. 통시라고 부르기도 했다. 또 재를 모아 두는 데를 겸하던 데서 '잿간'으로 불리기도 하고, '급한 데' '작은 집'으로 에둘러 불리기도 했다. 변소便所는 '대소변 보는 곳'이니 너무 직설적이고, 그 용어가 시작된 일제강점기의 강압적인 질서만큼이나 경직돼 있다. 해우소解憂所는 주로 절에서 쓰는 용어로 근심을 푸는 곳이라는 뜻인데, 근심이나 숙원을 이윽고 풀 만큼 쫓기며 살고 있지 않으니 나로서는 좀 과분한 이름이다. 화장실化粧室은 WC, 즉 water closet다. 중세의 유럽에서 가발에 파우더를 뿌리고 손을 씻던 분장실과 수세식 변기와 욕실이 물을 매개로 합쳐진 데서 생긴 이름인데, 산업사회·소비사회의 광고 문안만큼이나 너무 작위적이고 과장된 느낌이 있다. 그러나 현대의 대세인 수세식 뒷간의 이름으로 정착되어 모두가 두루 쓰고 있다.

이런 맥락에서 측간이나 잿간이나 변소나 해우소나 화장실에 비하면 차라리 뒷간은 훨씬 정감이 있고 은근하여 나는 이를 선호한다. 뒤를 보는 곳이 뒷간이고, 뒤를 본다는 표현 또한 은근하지 않은가.

내가 산촌에서 집을 짓기 전 임시 농막을 두고 오가던 20년 동안, 나의 뒷간 변천사는 인간의 배설 행위에 대한 대응 측면에서, 지금 생각해도 웃음이 절로 나온다.

처음에는 삽 한 자루를 들고 멀지 않은 나무들 사이에서 흙을 한 삽 떠내고 일을 보고는 도로 묻었다. 그러다가는 알 수 없는 부끄러움 때문에 우산으로 앞을 가리는 것이 추가되었다. 나는 이것으로 도시의 작위作爲에서 자연으로 돌아온 무작위의 해방감을 만끽하였다.

그런데 아내와 아들딸들이 가끔 동행하면 삽 한 자루 던져주는 것으로는 저항에 부닥치곤 했다. 그래서 진화하기를, 나무들 사이에 양철통을 묻은 다음, 나무 뚜껑을 덮고 부춧돌 두 개를 놓아 뒷간이라 불렀다. 그 세트를 두 개로 늘린 것은, 똥오줌이 부숙되는 동안 번갈아 사용하기 위해서였다.

조금 더 지나서는 나무 막대기와 포대를 이용하여 둥글게 가리개를 세움으로써 원시적인 조형미를 추가하여 한층 멋을 냈다. 숲 사이에서 볼일을 보는 그 정취는 도시에서 일탈한 상징처럼 여겨졌다. 지붕은 없었지만, 나무들 사이로 하늘을 마음껏 쳐다보며, 비가 오는 날이면 우산을 하나 들면 그 또한 서정적이었다. 그러나 이 멋 또한 불편함을 제어할 수는 없었다. 여름철이 되면 하루가 다르게 풀이 무성하게 자라 엉덩이를 찌를 지경에 이르고는 하므로 올 때마다 풀을 뽑는 것도 일이었다. 또 가족들은 여전히 뱀이라도 나올까 두려워하고 있었다.

이번에는 이동식 뒷간을 사다 놓았다. 나름대로 조형미를 갖춘 녹청

색 제품이었는데, 하지만 사방이 막힌 공간이어서 자연을 차단당한 느낌을 지울 수 없었다. 하여 문짝과 옆 벽에 눈높이와 아래·위 세 군데를 오려내어 바깥을 내다볼 수 있는 작은 창과 환기창을 달았다. 그리고는 톱밥을 구해와서 변기통에 조금씩 뿌리니 똥오줌 냄새는커녕 은은한 나무 향을 늘 즐길 수 있었다. 그러나 여름철에는 모처럼 포식하겠다고 덤비는 굶주린 모기의 침이 부드러운 속살에 박히지 않으려면 뒷간에 들어갈 때마다 미리 에어 스프레이 모기약을 흠뻑 뿌을 수밖에 없었다.

똥오줌이 완전히 부숙되어 새까만 액체로 변한 거름을 한 번씩 퍼서 아끼는 나무에다 뿌리는 작업은 자연주의 농법으로 다가가는 과업인 양 거룩하게 느껴지는 일이었다. 그 귀중한 거름을 줄 때면, 모두가 소중한 나무지만 그중에서도 특히 마음이 조금이라도 더 쏠리는 나무에 거름 바가지가 한 번이라도 더 가곤 했다.

그러나 내 뒷간은 원시적 진화를 거기서 멈추고, 종국에는 집 안으로 들어오고 말았다. 농원에 집을 지으면서 가족과 오는 이들의 편의적 대세를 거스르지 못하여 결국 집 안에 수세식 화장실을 설치하고 말았던 거다. 하지만 자연과 친한 뒷간, 더 진화한 뒷간을 갖는 꿈은 내게 아직도 간절하다.

수세식 양변기는 영국 런던에서 처음 시작된 것으로 알려져 있다. 산업화가 시작되면서 사람들이 도시로 모여들자 건물은 복층으로 지어졌고 2층 이상에서 살던 사람들은 별수 없이 요강을 썼는데, 하수구나 길거리에 똥오줌을 내다 버리던 사람들이 계단을 일일이 오르내리기가 귀찮은 나머지 창밖으로 쏟아버리기 시작했다고 한다. 그러면서 거리는 똥오줌으로 뒤범벅이 되고, 여성들은 외출할 때 옷자락에 오물이 묻지 않도록 굽 높은 구두를 신었는데 이것이 하이힐의 원조가 되었다. 또 공중변소가 없어 여인네들이 아무 데서나 볼일을 볼 수 있게 만든 것이 바로 아래가 펑퍼짐한 드레스다. 이탈리아의 망토와 높은 모자도 창밖으로 투척되는 분뇨로부터 옷과 머리를 보호하기 위해 고안된 것이라 한다.

어쨌거나 이렇게 심각한 문제 때문에 고안된 것이 수세식 변기였다. 인간의 배설물을 처리하는 방식에서 중대한 변곡점이 된 것이다. 인간의 분뇨를 생태순환으로 재활용하는 방식을 폐기하고, 인간의 근처에서 무작정 멀리 치워버리는 방식을 택한 것이다. 그러나 이 방식은 수 없는 개선이 이뤄졌음에도, 재활용이 아닌 폐기처분 방식에 있어서는 불변이니, 근본적인 문제는 그대로인 것이다. 생태순환 재래식 방식에서는 인간의 똥오줌이 땅으로 돌아가 훌륭한 거름이 되어 다시 식량이 되고 나무가 되어 우리 인간에게 되돌아오는데, 폐기 처분한 분뇨는 과연 어디로 가는가? 초기에는 집 근처 도랑으로 흘러갔고, 수 세기가 지난 지금은 정화조를 거쳐 위생 차로 이동하여 분뇨처리장으로 집하한 다음 다시 두세 번의 물리적 화학적 생물학적 처리를 거친 다음에도 끝내는 산속에 묻거나, 배로 싣고 나가 바다에 쏟아버려야만 끝이 난다. 그 과정에서 얼마나 막대한 비용과 에너지를 소모하고 공해물질을 배출하는가.

우리나라에서는 조선시대에 주로 한양 도성 내에서의 분뇨 처리가 문제로 대두되었다고 한다. 도성 내에서는 임금이 권농 행사로 소규모 농사 시범을 보이는 것 외에는 농업 행위가 금지되어 있었기 때문에 분뇨를 도성 내에서는 거름으로 쓸 수가 없었다. 업자들이 돈을 내고 도성 내의 분뇨를 퍼다가 도성 밖 농민에게 판매했던 기록이 남아 있다고 한다. 유럽에 비하면 훨씬 합리적인 시스템이었다고 볼 수 있다.

우리나라에는 1970~80년대 이후에 수세식 양변기가 일반화되기 시작해서 지금은 완전한 대세가 되었다.

내가 살아온 시대만 더듬어보더라도, 우리 사회의 뒷간 변천사를 고스란히 읽을 수 있다고 본다.

아홉 살 때까지 살던 농촌의 집에는 본채를 돌아간 뒤꼍에다 땅속에 항아리를 묻고 그 위에 부출을 놓은 수거식 뒷간(변소, 통시, 또는 측간이라 불렀다.)이 있었고, 사랑채 뒤 담 밖에는 잿간이 있었는데, 여기에는 한쪽에 재를 쌓아두고 그 옆에 부 돌을 놓고 반대쪽에는 오줌 단지가 있는 재래식 뒷간이 있었다. 여기서는 거름을 곧바로 밭으로 내기가 편했다.

이어 지방 도시로 나간 다음에는 완전히 다른 뒷간 세상과 맞닥뜨렸다. 우리가 살던 시장 안에는 공중변소가 있었는데, 대여섯 칸이나 잇따라 붙어 있는 뒷간을 처음 보니 놀라웠고, 게다가 똥오줌이 떨어지는 아래 칸이 엄청나게 큰 데에 또 놀랐다. 나중에 알고 보니 그것은 사람들이 많이 모여 살고 유동 인구가 많은 데서 공짜로 그 좋은 거름을 얻어가는 꽤 괜찮은 사업이었던 거다. 시골에 살 때 흔히 듣던 말로, 남의 집에 갔다가도 똥오줌은 기필코 자기 집에 와서 누었다는 것 아닌가. 그만큼 귀한 거름이 아니고 무엇이랴. 1950년대까지만 해도 서울에서는 뒷거름을 사고파는 것이 큰 사업이었다는 기록이 있을 만큼 무엇과도 비교할 수 없는 양질의 거름이었던 거다. 1960년대 이후에 화학비료가 보급되기 시작하면서 양상은 점차 바뀌지만 말이다.

그때 우리 집 근처에는 또 하나의 공짜 변소가 있었는데, 시장을 살짝 비켜 있는 중국인의 농장에 있는 뒷간이었다. 이십여 걸음의 사이를 두고, 두 칸씩 붙여 지은 두 채의 뒷간이었다. 그 농장 주인은 각종 채소를 키워 지척의 시장에 도매로 내다 파는 농장을 상당히 큰 규모로 운영했는데, 두 채의 뒷간에서 퍼낸 똥오줌을 50미터쯤 떨어진 곳에 꽤 큰 구덩이를 파고 부숙시키는 두엄웅덩이도 만들어놓고 썼다. 우리는 식구마다 그 두 군데 뒷간을 드나들며 똥오줌을 매일 보태주면서 살았다. 이른 아침에는 동네 사람들이 줄을 서서 발을 동동 구르는 풍경이 거의 매일 연출되었다.

10대가 거의 끝날 때까지의 지방 도시 생활에서는 뒷간이 없는 집에서 사는 생활이 계속되어 요강과 공중변소에 우리 식구의 뒤를 의존하며 살았다.

10대 막바지에 서울로 온 이후로는 셋집이든 내 집이든 뒷간이 있는 집에서 살게 되었다. 업무용 빌딩과 상업용 건물, 그리고 신축 주택 같은 데는 수세식 화장실이 있었지만, 변두리의 서민 주거지에는 여전히 수거용 뒷간이 대다수였다. 담장에 붙여 작은 별채로 지은 뒷간은 담 밖에서 수거해가도록 설치되었고, "똥 퍼!"라고 크게 외치고 다니며 비용을 받고 수거해가는 시스템이었다. 이후 살기가 나아지면서 웬만한 개인 주택에서도 수세식이 서서히 채택되기 시작했다. 그러나 꽤 오랫동안, 유동 인구가 많은 곳에는 돈을 내고 줄을 서서 용변을 보는 공중변소가 있었다. 또 산비탈 같은 서민 밀집 지역에는 공중변소 앞에서 아침마다 발을 동동 구르는 모습이 지속되었다.

뒷간이 집 안으로 들어온 수세식 화장실 시대가 되면서 그 이전까지 뒷간과 함께 우리 생활의 필수품이던 요강도 역사의 유물이 되었다. 내 결혼 때만 해도 신부의 혼수품 중에 요강은 필수 품목이었다. 남자는 그 앞에서 무릎을 꿇는데 여자는 그것을 깔아뭉개는, 그것이 과연 무엇일까? 하는 수수께끼가 있었다. 정답은 물론 요강이다. 1950~60년대 이전만 해도 매일 사용하는 것이니 쉽게 맞혔겠지만, 요즘은 맞히기 힘든 우스개가 되었다.

요강과 함께 어릴 때의 추억이 된 것이 뒷간 신 얘기다. 뒷간 신은 젊고 신경질적인 각시신으로 쉰댓 자나 되는 긴 머리카락을 매일 한 올 한 올 세고 있는데, 기척 없이 사람이 들이닥치면 여태껏 세던 머리카락 수를 잊어버려서 앙심을 품고 해코지를 한다는 것이었다. 그래서 뒷간 앞에서는 인기척을 내라는 얘기였다. 실은 노크할 문이 없는 뒷간이 많았으니, 인기척은 노크보다 더 확실한 서로의 안전장치였다.

개인적으로 뒷간의 역사를 오롯이 체험한 것은 우리 문명이 얼마나 숨 가쁘게 변천해왔는가를 여실히 보여주는 것이라 할 수 있다. 그런데 그 숨 가쁜 변천이 반드시 바람직한가는 또 다른 문제다. 우선 주위를 깨끗이 한답시고 엄청난 물을 쏟아부어서 당장 눈앞에서 사라지게 하는 데만 급급하여 이후 수많은 문제를 일으키는 수세식을, 나는 여전히 옳은 방향이라고는 생각하지 않는다. 똥오줌은 최고의 자원이지 치워 없애버려야만 하는 오물이 아니지 않은가. 똥을 쓰레기로 보는가 거름으로 보는가. 바로 여기에서 뒷간을 바라보는 관점의 차이가 존재한다.

요즘은 농촌에서도 퇴비와 화학비료를 사다가 섞어서 쓴다. 그런데 그 퇴비는 대체로 소나 돼지의 거름에 톱밥 등을 넣어 발효시킨 것이 주를 이룬다. 나는 닭장에서 조금씩 나오는 거름을 써보았는데 위의 퇴비와는 비교가 안 될 정도로 효과가 좋았다. 그것은 다른 동물보다 닭의 영양분 흡수율이 떨어지기에 그 똥거름의 영양분이 좋다는 것을 알게 되었다. 과학자들에 의하면, 닭은 영양분 흡수율이 60%라고 한다. 그런데 믿기지 않지만, 사람의 영양분 섭취율은 30%에 불과하다는 것이다. 동네 개똥도 아침마다 주워 모으던 시절에는 사람의 똥오줌이 얼마나 귀한 거름이었을지는 짐작하고도 남는 일이다. 화학비료가 없던 시절, 이 귀한 거름의 절대적인 가치는 불문가지다.

그래서 나는 근사한 재래식 뒷간을 하나 갖는 것이 꿈이다.

나는 꿈꾼다. 우리 집에는 손님이 끊이지 않아서 그 손님들을 유난히 푸짐하게 배불리 대접하여 마침내 그 뒷간까지 붐비는, 우리 집이 그런 집이 되게 하고 싶다. 좀 더 보태자면 돌아가서 우리 뒷간을 칭찬하는 그런 뒷간 문화를 가지게 되는 게 내 바람이다. 똥값 달라는 군소리 듣지 않고 마구마구 양질의 거름을 모으려는 궁리다. 그 뒷간으로 해서 늘 넉넉한 거름을 만들어, 그 거름으로 싱싱하고 풍성한 정원과 과원果園과 채전菜田을 가꿔서 색깔 짙은 꽃이 만발하고 꿀 향이 넘치는 과일과 신선한 채소가 풍성한 그런 농원을 갖고 싶다.

나의 근사한 뒷간 계획은 이렇다.

1. 사계절의 자연을 마음껏 조망할 수 있는 공간이 되게끔 창을 충분히 내되, 바깥에서는 안이 보이지 않게 반사유리를 쓴다. 먼 산과 하늘을 즐기는 것은 물론, 뒷간 주위에도 꽃과 나무로 아름다움을

연출하여 조망의 극대화를 꾀한다.

2. 양질의 거름을 효율적으로 생산하기 위해 이층으로 뒷간을 짓는다. 뒷동산 비탈에 위층은 용변실 2칸(여유있게) 아래층은 분뇨 저장실과 부숙실로 지으면, 경사면을 이용하니 위에서는 뒷간 용변실로 바로 들어가고 경사면 아래에서는 아래쪽 지면에서 부숙된 거름을 편하게 꺼내쓸 수 있다.

3. 추위와 더위를 직접 맞닥뜨리지 않게 벽과 지붕에 충분한 단열 기능이 있어야 한다. 또한 친밀감이 들도록 박공지붕과 벽체의 색상도 아름답게 꾸민다.

4. 냄새도 나지 않고 오히려 자연의 은은한 향을 느낄 수 있게 짓는다. 똥오줌이 쉽게 부숙되도록 아래층에 환기창을 충분히 내고, 보일러실에서 나오는 나무 재와 흔한 낙엽과 깎은 풀, 그리고 닭장에서 나오는 뒷거름을 수시로 넣는다. 저장소의 바닥은 똥오줌이 부숙실 쪽으로 저절로 흘러가도록 적당한 경사를 두고, 부숙실 입구 아랫부분을 조금 틔워둔다.

5. 변기는 좌식 변기(물을 쓰지 않으므로 나무 의자 또는 PVC 의자)로 하여 주변 조망과 사색을 느긋하게 즐길 수 있게 한다. 선반과 수납장도 설치하여 책이나 편의용품을 정갈하게 정리해 둔다.

재래식 뒷간은 이제 시골에서도 보기 드문 역사의 유물이 되었다. 수세식 화장실 사용이 일상화하면서 그 반대개념으로 '푸세식' 변소로 부르기도 하는, 간혹 그런 뒷간이 있는 시골에 가면 며칠씩이나 배설을 못하고 변비 증세를 보인다는 이들이 있다. 특히 여성 중에 이런 이들을 많이 본다.

이런 이들까지도 우리 집 뒷간에 혹하게 되는 상상을 하면서, 이 근사한 뒷간을 꿈꾸고 있는 동안 나는 더없이 즐겁다.

모과

세상에서 제일 못생긴 존재의 대명사로 그 이름을 유지해온 것이 모과다. 그 비유의 대상에는 남녀노소를 가리지 않는다.

흔히 여자의 미모에 대한 실망감을 호박꽃으로 표현한다. 하지만 요염하거나 작고 귀여운 데가 없다 뿐이지, 호박꽃은 당당하고 호탕한 여자에 비유할 만하다. 아름다움이 어디 요염하고 귀여운 것에만 국한된다는 법이라도 있으랴. 누명을 쓴 호박꽃은 이에 아랑곳하지 않고 넉넉하면서도 당당한 꽃으로 누명을 비웃으며, 유익하고 큼지막한 열매를 생산하여 그 누명을 날려버리는 배짱이 있다.

모과는 열매에 관한 한 달리 할 말이 없을 수밖에 없다. 생김새는 울퉁불퉁, 크기도 들쭉날쭉하다. 모과(木瓜)는 글자 그대로 나무에 달린 참외, 즉 목과가 변한 말이라고 한다. 그러고 보면 색깔이나 모양이 참외와 좀 비슷한 것 같기는 하나, 아무리 그래도 참외보다 못생긴 것은 어쩔수 없다. '어물전 망신은 꼴뚜기가 시키고, 과일전 망신은 모과가 시킨다'라든지, '시거든 떫지나 말지'라는 속담에 모과의 세평이 축약되어 있다. 그런가 하면 '탱자는 매끈해도 거지의 손에서 놀고, 모과는 얽어도 선비의 손에서 논다'라는, 모과가 들어간 속담 중에서 유일하게 칭찬하는 속담이 있지만, 칭찬에도 불구하고 못생겼다는 말은 끝내 빠지지 않는다.

모과는 꽤 단단해서 높은 가지에서 떨어져 나뒹굴어도 좀처럼 흠집이 나지 않는다. 그러니 다른 과일처럼 애지중지 떠받듦을 받는 일도 없다.

하지만 모과를 두고 '세 번 놀라게 하는 과일'이라 표현하는 말도 있다. 꽃은 아름다운데 열매는 못생겨서 놀라고, 못생긴 열매가 향기는 좋아서 두 번 놀라고, 향기가 그렇게 좋은데 맛이 없어 못 먹으니 세 번 놀란다고 한다. 거기에 또 보태어, 나무는 목재로서 질이 좋고 열매는 한약재로 쓰임새가 많아서 네 번 놀란다고 하기도 한다.

모과나무는 수피樹皮와 꽃만으로도 높은 품격과 은근한 아름다움의 대명사가 되고도 남는다. 수피는 담황색과 적갈색의 점잖은 색으로 얼룩무늬가 있으며, 거기에 연륜이 더해지면 껍질이 벗겨지며 미끈한 새 피부가 드러나도록 늙은 피부를 스스로 탈피시키니 어찌 고귀하다고 아니 할 수 있으랴.

늦봄에 느긋하게 피는 꽃은 은은한 분홍색으로 향기마저 은근하다. 다른 여느 꽃처럼 만발하여 자신을 뽐내지 않고 여러 잎 사이로 얼굴을 살짝 내미는 모습이 너무나 수줍고 청순하여 부끄러움을 몹시 타는 듯하다. 요란하고 화려한 느낌과는 정반대의 아름다움을 지니고 있어 보는 이의 마음을 안온히 가라앉히니 아름다움 중에서도 윗줄에 속한다 할 만하다.

잘 익은 모과의 향은 은은함에 매력의 포인트가 있다. 담황색으로 완전히 익기 전에 따서 서서히 익을 때까지 오래 두고 향을 즐길 수 있다. 자동차나 방안에 두고서 문을 열 때마다 은은하게 퍼지는 향은 강렬한 인공 향에 길들어버린 현대인에게는 어떨지 모르나, 은근한 아름다움이

뭔지를 깨닫게 되는 척도가 될 법도 하다.

또한 가을 단풍도 곱다. 담황색으로 시작하여 주황색으로 완성된다.

모과나무는 이런 여러 은근한 아름다움 때문에 분재盆栽의 소재로도 많이 쓰인다. 그러나 모과나무의 본성은 열매가 그렇듯 그냥 그렇게 못 난 대로, 그렇고 그런 자리에 서 있을 때가 가장 아름답다.

대체로 식물의 열매는 멀리까지 씨를 번식시키려는 전략으로 색깔과 모양과 향과 맛으로 자신을 먹어줄 동물들을 유혹한다. 그런데 모과는 이런 의도가 전혀 없다. 시고 떫어 생으로는 도저히 먹기 힘들다. 열매가 떨어진 근처에서 그대로 썩으면서 자손을 번식시키는 전략 아닌 전략을 쓰니, 그것마저도 은근하면서 점잖고 의젓하다고 할 수 있다.

이런 여러 특성을 좋게 여겨 정원수로 심는 경우가 제법 있으니, 그런 모과나무를 정원수로 즐기는 이는 필시 화려하고 야단스러운 다른 꽃이나 나무와는 다른 품위를 즐기고 알아보는 덕성이 있는 이일 것임이 틀림없다.

내가 모과나무를 심은 지는 재작년에 25년이 되었다. 심을 때 1m도 안 되는 작은 묘목이었다. 심기만 했지, 정성들여 돌보지 않고 방치해온 세월이 딱 25년인 셈이다. 그러니 꽃도 피는 둥 마는 둥 열매도 열리는 둥 마는 둥 했다. 그러면서 키만 커서 정말 볼품이 없었다.

하여, 낙엽이 지고 난 재작년 초겨울에 대대적인 강전정을 단행했다. 이제 함께 갈지 헤어질지를 결정해야 할 때가 된 것으로 생각했기 때문에, 마지막으로 결론을 내자는 심산이었다.

그런데 다음 해에 엄청난 변화가 일어났다. 그 긴 세월 동안 자신에 그토록 무심했던 주인에게 보였던 심드렁한 반응을 내던지고, 강전정으로 새로운 관심을 와락 깨치기라도 한 듯 놀라운 반응을 보인 것이다.

여느 해는 보통 4~5개 정도의 모과가 서리가 온 다음에 제대로 굵지도 않고 떨어져 나뒹구는 것을 나중에야 발견할 정도였다. 그마저도 해거리를 하곤 했다. 그런데 갑자기 잎사귀 사이로 부끄러운 듯 여기저기 꽃이 피더니 가을에는 60개가 넘는 모과가 쏟아지니, 어안이 벙벙할 수밖에.

서리가 올 때까지 두고두고 모과를 주워 담았다. 그때마다 나는 모과의 의젓한 줄기를 잡고 쓰다듬으며 그와의 오래된 정을 새삼스럽게 상기했다.

수확한 모과를 한동안 무심한 채 소원해졌던 여러 사람과 나누었다. 반응이 여러 갈래였다. "이게 모과야?", "이걸 뭣에 쓰지?", "무슨 맛으로 먹어?", "이 귀한 걸 다 주다니!", "옛 추억이 소환됐네!". 대체로 모과가 우리네 곁을 너무 오래 떠나있었음을 방증하는 반응들이었다.

그런데 며칠 후, 재래시장에 갔다가 한쪽 구석에 쪼그려 앉은 할머니의 좌판에서 모과를 보니 반가운 마음을 감출 수가 없었다. 그래도 완전히 잊히지는 않았구나.

모과는 나무의 은근한 매력 외에 열매로써 우리에게 주는 이로움이 매우 다양하다. 시고 떫어 생으로는 먹지 못하지만, 모과 청이나 모과차, 절임으로 만들어 먹는다. 과육을 꿀에 재워서 정과로 만들어 먹기도 하고, 술로 담가 먹기도 한다. 감기 예방과 기침에 약재로 쓰며, 신경통, 습비통, 각기, 수종, 해수, 빈혈, 토사곽란에 치료 효과가 높다고 한다.

모과를 다 나누어 정리하고 나서 우리 집에는 방마다 두어 개씩 두고 은근한 향과 담황색 모양을 즐긴다. 못생겼지만 뜻밖에도 뛰어난 정물화 소재로서의 조형미가 돋보인다. 특히 서재에서 모과 향과 함께 보내는 시간은 각별하다. 모과의 향은 썩어가는 과정이라고 한다. 나의 무관심 속에 심드렁해 있던 모과나무가 25년 만에 내게 보인 반색을 생각하며, 또 한편 그 열매가 생을 다하는 날까지 썩어가면서 발산하는 향을 음미하며 내 생의 교훈으로 삼는다.

나는 모과를 닮고 싶다. 화려함보다는 은은한 아름다움, 못생겼지만 무던한 너그러움, 드러나지 않으나 세상에 이로운 그런 존재가 되고 싶은 마음이 굴뚝 같으나, 언감생심으로 끝날지도 모른다는 조바심이 이는 것 또한 사실이다.

올가을에도 서리가 내리고 담황색 모과가 떨어질 때를 기다린다.

결백보다 더 힘든 것

자금 업무를 맡고 있었던 직장생활 중 힘들었던 일은 탐욕을 없애고 내 것 아닌 재물에의 유혹을 날려 보내는, 나 자신을 향한 채찍과 끊임없는 수양이었다. 그러나 그보다 훨씬 더 힘든 것은 결백을 스스로 간단없이 증명해 보이는 일이었다. 세상이 나의 결백을 말없이 그대로 인정해줄 만큼 너그럽지 않을 뿐만 아니라, 오히려 늘 의심의 눈초리를 번득이기 때문이었다.

나의 초짜 은행원 시절에는 요즘 같은 돈 세는 기계가 없던 시대였다. 처음 상경한 빈한한 촌뜨기가 맨손으로 온종일 돈을 세는 일상을 반복하면서, 육체적 고단함과 함께 내 것이 아닌 돈은 일개 종잇조각쯤으로 여기게끔 스스로 단련하고 자기최면을 거는 계기로 삼지 않을 수 없었다. 그것만이 적수공권赤手空拳의 촌뜨기가 서울에서 유혹에 빠져 빗나가지 않고 뿌리내리며 살아남을 수 있는 유일한 생존방식임을 일찍 터득하게 된 셈이다.

반세기가 넘는 타향 생활을 하면서, 내가 발 딛고 살아가는 이 세상이야말로 수많은 유혹이 지뢰처럼 곳곳에 도사리고 있는 위험지역임을 늘 실감했다. 그때마다 나는 더욱더 정정당당하게 쟁취해야 할 나의 성공과 재물을 목마르게 다잡곤 했다.

그러나 이제는 그 다잡음마저 내려놓고 나니, 덩달아 유혹에서도 스스로 해방된 편안한 세계에 들어와 있는 느낌이다.

100여 호가 사는 우리 마을은 지하수가 풍부한 산촌으로 알려져 있다. 내가 집을 지을 때도 성공보수 조건으로 우물을 팠는데, 지하 100m에서 문제없이 물이 콸콸 솟아올랐다. 우리 마을은 대체로 자가 우물을 파거나 마을 공동우물을 수도로 연결하여 식수 등으로 쓰고 있다.

그런데 근년 들어 마을에 심상찮은 갈등이 불거졌다. 여러 곳에 현수막이 나붙기 시작했다. 마을 안에 들어서는 생수 공장을 결사반대한다는 내용이었다. 생수 공장이 들어설 토지를 매입·확보한 사업자 측이 이미 시추공을 뚫고 있는데, 이대로 진행되어 시설이 완공되면, 쉬지 않고 물을 마구 퍼내게 되고, 그러면 되돌릴 수 없이 마을 수자원이 고갈되고 말 것이 뻔하다는 우려 때문이다.

이장을 비롯한 일부에서는 시추 후 다음 몇 단계의 허가 절차가 더 남아 있어 수자원 고갈이 예상되지 않을 때만 최종 사업허가가 나므로 우려할 필요가 없다는 주장을 내세웠다. 그러나 반대편에서는 뒷돈을 받았으니 사업자들을 두둔한다는 뜬소문이 나돌았다.

급기야 마을 주민들은 '생수 공장 반대 운동파'와 '적법한 절차대로 진행되는 생수 공장 옹호파'로 갈라졌다. 뜻이 먹혀들지 않자 반대파는 주민 의견수렴 절차를 왜곡하여 행정기관에 제출한 이장을 탄핵하는 운동을 벌였고, 이장은 여론 악화에 따른 면사무소의 권유에 따라 자진사퇴 형식으로 탄핵당했다.

얼마 후 치러진 이장 보궐선거에서 다시 반대파와 옹호파가 맞붙었다. 옹호파에서는 물론 새로운 후보를 내세웠고 반대파는 반대 운동의 주역

이 나섰는데, 양파는 선거 전과 똑같은 이슈를 더욱더 격렬하게 내세워 부딪쳤다. 양쪽 다 자기편의 승리를 장담했는데, 결과는 반대파의 힘겨운 승리로 끝났다.

선거가 끝난 뒤 최초의 마을 회의에서 전 이장은 '뒷돈을 받아먹었다는 모함과 흑색선전'으로 자기가 누명을 쓰고 억울하게 탄핵당했으며, 그러므로 모함을 한 새 이장을 지목하여 '사과하지 않으면 명예훼손으로 고발'하겠다고 펄펄 뛰었다. 새 이장은 자기 입으로 그렇게 모함한 적이 결코 없다고 잘랐다. 곧 실제로 고발로까지 이어졌으나, 증거불충분으로 기각되었다. 그러나 누명을 썼다는, 탄핵당한 전 이장의 목소리는 그치지 않고 마을을 돌아다녔다.

물러난 이장의 누명과 억울함에 대한 하소연은 그것이 아무리 절절해 봤자 이미 때늦은 일이 되고 만 것이다. 평소에 결백을 스스로 간단없이 증명하는 그런 일상이 없었기에 일어난 일이 아니고 무엇이랴. 사업자가 처음 일을 시작하기 전에, 마을 사람들에게 충분히 전후 사정과 마을에 미칠 영향에 대하여 선입견이나 편견 없이 설명하고 의견을 자세히 물어 주민 다수의 판단에 따라 일을 처리했더라면 의심에서 벗어났을 것이고, 설혹 뒷돈을 받았다는 뜬소문이 돌더라도 아무도 믿지 않았을 것이다. 그렇지 않았기 때문에, 또 뒷돈을 받지 않았다는 사실을 사후에 증명해 보일 수는 없는 노릇이기에, 뜬소문일지언정 믿게 되는 게 세상인심이 아니던가.

혼자 살거나 개인의 일이라면 모르되 조금이라도 공공의 영역에 물린 일이라면, 일견 불필요하거나 헛된 일인 것 같을지라도 미리미리 결백을 스스로 간단없이 증명하는 이런 노력은 뼈를 깎듯 철저해야 하며, 필요 불가결한 것이다.

산촌의 겨울

산촌의 겨울 풍경은 거기서 무엇 하나 더 뺄 수 없을 만큼 간결하다.

빈 가지만 남은 겨울나무들은 말갛게 파란 하늘의 배경에 가장 솔직한 모습으로 서 있다. 소나무도 최소한의 잎만 남긴 채 외로이 겨울을 난다. 지난 계절의 부풀었던 몸피를 다 털어낸 나목의 조형미에는 잎새가 무성하던 여름과는 전혀 다른 품격과 고결함이 있다. 욕망과 허영과 겉치레를 모두 놓아버린 나목이야말로 그 나무 본래의 매력과 못생김이 여지없이 드러난다.

지난 계절 잎으로 가려졌던 나무의 맨 줄기와 가지에는 그동안의 온갖 흔적이 다 남아 있다. 벌집, 벌레들의 겨울 고치, 매미나 뱀 등이 벗어놓은 허물 등이 그것이다. 그러므로 겨울은 무엇 하나 숨길 수 없이 솔직해야만 하는 계절이다.

텅 빈 밭으로는 거침없이 바람이 내달리고, 새파란 하늘이 모든 산과 들판의 간결한 풍경을 완성하며, 살을 에는 모진 추위가 정신이 번쩍 나게 한다.

산촌의 겨울은 오는 것이 아니라 맞아들여야 하는 계절이다. 봄의 희망과 설렘, 여름의 왕성함과 무절제, 가을의 처연함을 모두 정리하고 나서도 만만찮은 준비가 필요하기 때문이다.

우선 세 계절 동안의 우여곡절과 성과를 남기고 생을 마감한 텃밭의 고추, 들깨, 참깨, 옥수수의 마른 대를 잘라내고 고구마, 감자, 땅콩 등의 남은 덩굴도 걷어낸 다음 남아 있던 멀칭 비닐마저 깨끗이 걷어내야 한다. 꽃밭에서는 샐비어, 과꽃, 금화규, 꽃범의꼬리, 코스모스, 루드베키아, 벌개미취, 해바라기, 데이지 등등의 마른 잔해들을 화려했던 영광과 함께 깨끗이 베어내야만 한다.

그러고는 바람의 방향 따라 이리저리 흩날리는 낙엽을 치우고, 나무의 웃자란 가지들을 잘라내고, 옥외 수전을 잠그고 비닐로 싸고, 굴뚝 청소, 땔감 쟁이기, 김장, 방한복 준비 등등, 채비를 단단히 해야 한다.

그러고 나면 텅 빈 밭, 밭의 본 살이 훤히 드러나고, 나목들, 군더더기가 정리된 산만 남는다. 그래서 겨울은 간결함으로 완성된다.

눈은 겨울 산촌의 간결한 풍경을 더욱 단순하게 바꾼다. 소리 없이 밤새, 또는 한 이틀쯤 눈이 내리면 누구든 모든 시름을 잊고, 유년의 요람 속 같은 포근하고 따스한 몽환의 세계로 침잠하게 된다.

눈이 그치고 하늘이 개면 하늘빛은 시리듯 파랗게 되고 쩽한 햇살은 더할 수 없이 눈부시게 된다. 아니 모든 세상이 푸른 하늘빛과 새하얀 눈빛 두 가지로만 남아 눈부시고 황홀하다. 이런 단순함의 극한에 이르러 우리는 어떻게 순수해지지 않을 수가 있겠는가.

겨울의 추위는 우리를 사색과 성찰의 시간으로 인도한다. 겨울은 침묵을 익히는 계절이다. 눈과 얼음은 우리의 만용을 잠재운다.

제법 춥다고 하면 예사로 섭씨 영하 20도까지 내려가는 것이 산촌의 겨울이다. 볼을 에는 추위, 살얼음같이 쨍한 밤공기와 칼바람은 금방 닦은 거울처럼 명징하다. 그런 날의 밤이 되면 거기에다 달까지 얄밉게도 밝다. 그런 밤에 매무새를 단단히 채비하고 산책길에 나서면, 그 공기 맛은 어디에 비할 바가 없다. 바람까지 부는 밤이면 달빛 아래 나부끼는 억새를 바라보는 귀와 눈은 환상을 경험한다.

겨울 산촌에는 어스름이 일찍 내려온다. 겨울 저녁은 난방으로 시작된다. 어스름이 내리기 전 난방 준비를 마쳐야만 안온한 저녁이 시작되는데, 이 작업이 내겐 경건한 의식처럼 느껴진다. 겨울 준비로 넉넉히 쟁여놓은 장작을 때는 것은 저녁 무렵의 즐거운 일과다. 잘 마른 장작을 보일러 아궁이에 그득히 채워 넣고 실내에 들어와 하루의 저녁을 맞이하면 어느새 따스해지는 공간의 행복 속에서 해방감으로 뒹굴어도 좋다. 이런 행복은 긴긴밤이 있어 좋고, 바깥의 추위가 맹렬할수록 더욱 여유롭다.

밤이라도 좋고 낮이라도 좋은, 이런 겨울의 게으름과 여유는 겨울이 어느새 지나가서 빼앗길까 봐 조바심이 날 정도로 아깝다. 이런 게으름 속에서는 삶의, 지나온 세월의 가장 솔직한 성찰이 이루어지기에 더욱 소중하다.

시야에 들어오는 모든 산은 흰 눈을 그득 품어 더욱 듬직하고, 태양은 너무나 찬란하고 나는 외롭고도 행복하다.

산촌의 겨울에는 정적이 머문다. 그러나 그 정적 속에도 넘치는 생명의 에너지는 숨어 있다.

눈 속에서도 흙을 파헤친 두더지의 흔적이 있고, 가끔 자신의 존재가 잊힐세라 목청을 한껏 돋우는 장닭과 부지런히 알을 낳아놓는 암탉들이 있다. 또 가끔은 족제비도 다녀간 흔적을 남긴다. 뒷산에서 내려와 눈 쌓인 닭장 주위를 서너 바퀴 돌다가 철망 울타리의 출입문 아래 틈으로 되돌아간 발자국을 눈 위에 고스란히 남긴 것이다. 이틀 전에 말리려고 목련 가지에 걸어둔 코다리 10마리를 가지 위에서부터 반쯤씩 뜯어 먹은 범인도 틀림없이 이 족제비일 것이다. 필시 나뭇가지에 꼬리를 감고 입이 닿는 데까지 뜯어 먹었을 것이다. 파리가 없는 겨울이라 늘 사용하던 걸이용 건조망을 쓰지 않은 나의 방심에서 비롯된 결과였다. 닭장은 족제비나 도둑고양이, 개 등의 침입을 막기 위해 삼중 사중으로 안전장치를 한 덕을 봤다. 족제비는 눈 위의 발자국으로 봐서 한 쌍일 텐데, 닭장에서 허탕 치고 약이 올랐는지, 강풍에 날릴까 봐 예비로 묶어둔 닭장의 비닐 끈을 잘근잘근 물어뜯어 놓고 갔다. 심술 난 족제비의 일그러진 얼굴이 떠올라 웃음이 나온다. 그 외에도 울타리는 넘어오지 못하고 밖으로 배회한 멧돼지와 고라니, 울타리 아래 틈으로 드나든 토끼, 고양이 등의 발자국이 눈 위에 찍혀 고스란히 흔적을 남긴다.

겨울의 정적 속에서도 생명의 의지를 불태우는 것은 동물뿐만이 아니다. 눈 속 꽁꽁 언 땅에 납작 엎드려 있다가 눈이 조금 녹으면 곧바로 모습을 드러내는 냉이와 달맞이꽃의 검푸른 뿌리잎. 이것이 생의 경이로운 불씨요 의지가 아니고 무엇인가.

식물은 가을이 깊어 햇빛이 줄어들고 광합성을 하기가 버거워지면, 가지와 잎자루 사이에 '떨켜'라는 것을 만들어 물과 양분이 잎으로 가는 길을 스스로 막는다고 한다. 그래서 잎은 단풍으로 물들다 떨어지고 만다. 차가운 겨울을 건너기 위해 몸집을 줄이고 또 줄이는 것이다. 나무는 놓아주고 잎은 떠나는, 이별을 스스로 감행한다.

풀은 어떤가. 한해살이풀은 씨앗을 남기고 전체가 다 생을 마감하지만, 두해살이풀이나 여러해살이풀은 잎과 줄기는 말라버려도 뿌리만은 살아남아 다음 해를 기약해야 한다. 꽁꽁 언 땅속에서 뿌리가 살아남기 위해 늦가을 잎과 줄기가 다 메말라갈 즈음에 새로 돋아나는 것이 뿌리잎이다. 줄기가 아닌 뿌리에서 돋아난 잎은 이중삼중 둥근 모양으로 땅에 바짝 엎드려 이불처럼 뿌리를 덮어준다고 한다. 마치 장미꽃의 펼친 모양을 닮았다고 해서 '로제트형(rosette type)'이라 부르기도 한다. 우리가 흔히 겨울에 냉이를 캐 먹으면서 냉이는 겨울에도 자라는 나물이라고 하는 것은, 뿌리잎을 봄의 줄기잎으로 착각한 것이다.

침묵 속에서도 나목은 꽃눈을 내밀고, 그 꽃눈 위로 눈이 내려 쌓이고, 꽃눈을 스치며 바람이 불고, 그리고 하늘은 짙푸르고, 햇살은 눈부시다. 겨울은 봄을 향해 지금도 은인자중, 그러나 생명의 의지는 눈 속에서도, 얼음 속에서도 뜨겁게 타오른다.

나는 재미없는 촌사람

지금 생각해봐도 나의 서울 생활은 어색하기만 한 반세기였다. 고기가 물을 만난 듯, 잠시라도 서울을 떠나서는 살 수 없을 듯한 절실한 호감이 거의 없었으니, 나는 어쩔 수 없는 촌사람임이 틀림없다.

광화문 네거리 카페에 앉아도, 국도극장 옆 빵집에 앉아도, 예쁜 서울 여자를 만나도 나는 늘 꿰다놓은 보릿자루 같았다. 결혼하고 아이를 낳고 아이들 손을 잡고 어린이대공원을 가도 나는 늘 어색하기만 했다. 나를 지배한 것은 열심히, 골똘히, 알뜰히, 당당하게 살아야 한다는 경제적, 사회적 당위성과 그에 따른 언제나 빠듯한 일상적 생활 습관뿐이었다.

대신, 내가 있고 싶은 가장 편한 자리, 내 마음속에 자리 잡은 오아시스는 고향의 자연이었다. 뒷산은 아늑하고, 집 앞의 논밭과 먼 산과 하늘과 구름이 늘 친구처럼 내다보이는 한가로운 시골집과 동네, 그러나 내가 서울로 온 삼 년 만에, 새로 조성된 저수지에 수몰되고 만 고향의 자연이었다.

서울과의 어색한 동거를 반세기 만에 끝내고, 이제는 원래는 낯설었던 어느 산촌에 들어와 여기 산과 하늘과 구름과 나무와 풀들과 열심히 낯을 익히고 있다. 촌사람이 촌에 들어오니 물고기가 물을 만난 셈이다.

노는 것에 나는 젬병이다. 쉽게 말하자면, 잡기에는 제로라는 뜻이다.

어릴 때 민화투를 조금 배우고 나니 600이 나오고 600을 조금 배울 만하면 고스톱이 나와 한때 빠져들기도 했지만, 이것도 해가 다르게 진화하더니 끝내 서양 화투판이 되고 말아 아예 배우기를 포기하고 말았다.

노래도 재능이 없으니, 따라서 춤하고도 거리가 멀다.

운동은 영 소질이 없고 체력도 바닥이라 겁부터 나고 멀어질 수밖에 없었다. 그러다 보니 등산은 조금 했다. 이것도 클라이밍 같은 모험 등산이 아니고 터벅터벅 걸어서 국내 산 또는 뒷산을 오르는 수준이다.

골프도 차일피일 못 배우고 나니, 이젠 오기가 생겨, 까짓것 골프 못친다고 인생을 못 사는 건가 하고 버틴다. 그러다 보니 어느새, 배웠더라도 손을 놓을 만한 나이가 되었다.

바둑과 낚시는 시간이 아까워 배우기도 전에 지레 거리를 두었다.

읽고 싶거나 읽어야 할 책이 늘 기다리고 있고, 어쩌다 읽을 책이 끊기기라도 하면, 불안 초조감에 휩싸이곤 했다. 그러다 보니 이사할 때마다 책이 식구들에게는 천덕꾸러기 애물단지가 됐다. 많이 버리기도 했지만 남아 있는 책이 여전하다. 글을 쓰고 싶은데, 써지지 않는 상태의 답답함과 애매함이 책을 완전히 버리지 못하는 데 일조한 것인지도 모른다.

한때 건강이 나빠져, 책과 글쓰기의 열병을 좀 잠재울 수 있을까 하고 술과 심하게 친해 본 적도 있었다. 하지만 술에 대해서도 도통했다고는 할 수 없으니, 역시 노는 데는 젬병이 아니고 무엇이랴.

그렇지만 늘 한결같은 바람과 그리고 아직도 식지 않은 열정이 있으니, 그것은 다름 아닌 자연과 함께하는 삶이다.

곰곰이 생각해보면, 도시 생활이 늘 어색하고 심드렁했던 요인 중 하나가 극심한 경쟁과 뒤처짐에 대한 불안, 그리고 이겨야만 한다는 조바심이었지 않나 싶다.

자연과의 삶에는 비록 몸이 힘들 때가 있다 하더라도 쓸데없는 경쟁이 없고, 지지 않고 기어코 이겨야만 한다는 황폐한 조바심이 없다. 내가 바라보면 자연도 늘 나를 마주 바라봐주고 나의 관심과 사랑에 반응해준다. 또한 내게 늘 아름다움을 덤으로 마구마구 준다.

비 오는 날이나 하루 일을 마치고 난 밤에, 책 읽기와 글쓰기에 내가 조금 빠진다 한들 자연은 결코 시샘하는 법이 없다. 그 한결같음에 나는 감사한다.

멸치의 푸른 향수

잡히자마자 가마솥으로 들어가
푹푹 삶기고
다시 바닷바람 짠 햇볕에 말려져

언제나 도매금,
동료들과 떼로 팔려 가서

된장국 채숫국 국수 국물 속에 들어가
푹푹 원 없이 우려져 몸속 진 다 빼주고
마지막 밥상 위에서
귀찮은 쓰레기로 이제는
퉤퉤 버림받았다.

맵고 고달프고 서러운 한세상 차라리
새하얀 소금으로나 듬뿍 단장하고서
오래오래 살점 곰삭고 뼈마저 다 녹아서
반 숟갈 젓갈 국물로나 남을 걸 그랬나

혹은

팔뚝 핏줄 불거진 어느 어부의 억센

손에 집혀 고추장 뒤집어쓰고

비 오는 날 쐬주 안주로 그의 입속으로나

들어가는 것도 차라리 좋았겠다

푸른 바다의 자유

영원히 지워질 수 없는

그 영혼의 향수

죽어서도 남으리.

그대 떠난 뒤

하늘이 그렇게나 먼 줄
그대 떠난 뒤 처음 알았습니다

가난도 때론 아름다운 행복이라는 걸
그때는 진정 몰랐습니다

장미도 아닌
찔레꽃 향기가 그렇게 그윽한 줄
이제야 알았습니다

옥빛 바다로 떠나가는 작은 배가
이제는 하염없는 슬픔이 됩니다.

구름

덧없이 살려오

언제 스러져도
하얀 웃음으로

존재하는 동안
그저
집착 없이

유유히
가벼운 영혼이고저

자벌레의 세상

날마다
나뭇잎을 재고 나무를 재던
두 치 자벌레가
오늘은 내 집의 대들보를 잰다

정신없이 돌아치는 인간 세상 비웃으며
천천히
한가로이 이 세상을 잰다

지난 족적, 눈앞 갈 길 쉼 없이 재고 또 잰다
앞뒤도 안 보고 돌아쳐서, 인간사 한세상
뭘 얼마나 남겼나 보자…

진지한 그 몸짓으로 대들보를 재고
내 인생도 점검하면
대체 내 인생은 몇 자나 되겠느냐.

어스름의 시간

빛도 어둠도 아닌
이 모호성은
달관의 영역인가

묵화 같은 무채색으로
땅거미가 지는
이 무장해제의 시간은
욕망에서 영겁으로 들어가는 공간이리

아득한 산등성이의 공제선과
먼 포구의 흐릿한 불빛
나는 그 속으로의 여행이,
목표를 놓아버린 하염없는 발걸음이 좋다.
그리운 이는 그리운 대로 그리워하자

빛의 오만도, 어눌한 어둠도
다 부질없는
어스름 녘.

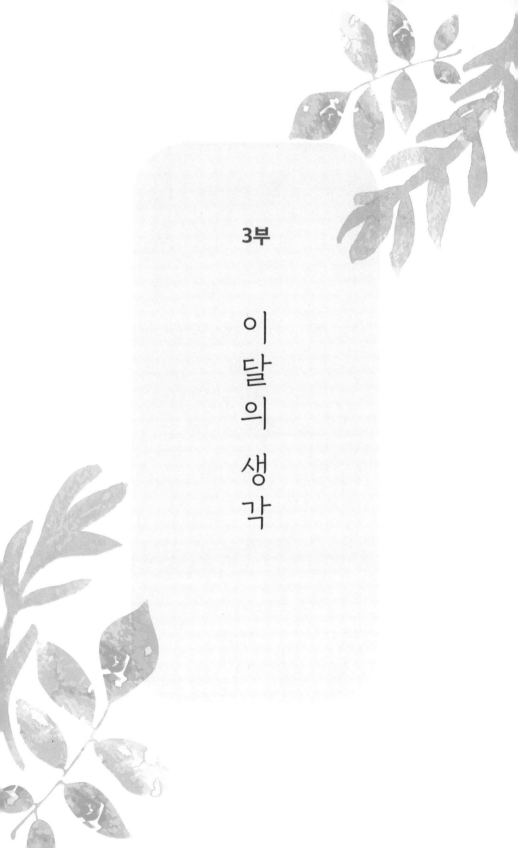

3부

이 달 의 생 각

새날 새 아침에는 익숙함의 굴레를 벗자

다시 한 해가 밝았다.

'세상에서 제일 무서운 것이 익숙해지는 것'이라는 어느 작가의 고백(이원웅, 십이월의 편지)은 늘 무심결에 익숙함의 늪에 빠져들기에 십상인 우리네 인생에 대한 차가운 경구다. 익숙함에서 비롯되는 작은 편함에 안주함으로써, 우리는 설렘과 긴장의 초심을 망각하고 스스로 자기 생을 반토막 내거나 허비하고 만다.

새로운 한 해의 새날 새 아침에는 찬 새벽 별을 바라보는 마음으로 익숙함의 굴레를 벗어던지자. 첫사랑의, 첫 출근의, 결혼 첫날의, 첫 출산의, 첫 사업의 그 설렘과 환희가 무심결에 권태로운 생의 나락으로 추락하지 않도록 익숙함의 굴레를 벗고 새 눈, 새 마음으로 세상을 보고 이웃을 보자. 그 초심을 상기하자.

그리하여 오늘의 내 생을 다시 설렘으로 두근거리게 하자.

우리 인생의 바닥짐

모든 탈것은 속도를 목표로 하고 있다. 그러나 역설적이게도 그 속도에는 반드시 제동장치가 필요하다. 배도 마찬가지로 어떻게든 항해 속도를 높이고 짐을 많이 싣는 것이 목표일 터이다. 그러자면 튼튼하면서도 가벼운 선체가 과제일 텐데, 그러나 그 배에 사람을 태우거나 화물을 싣기 전에 자갈이나 모래를 밑바닥에 미리 싣는다면 어떨까? 그러나 실제로 그렇다. 이것을 밑짐, 또는 바닥짐이라 한다. 아무리 빨라도 풍랑에 뒤집힌다면 무슨 소용이 있겠는가? 조금 느리더라도 풍랑을 견디게 중심을 잡는 것이 바닥짐이다.

우리 인생에도 바닥짐 같은 것이 있다. 평생을 두고 넘어서려 애써야 하는 약점, 또 평생을 두고 벗기 힘든 짐이나 한, 또는 평생을 두고 꼭 이루고 싶은 꿈 같은 것들이 그것이다. 태어나면서부터 아무 어려움 없이 수월하기만 한 인생이라면 얼마나 좋겠냐 싶겠지만, 그러나 그 인생은 교만 또는 방심으로 인해, 세상 풍파에 어느 날 단번에 침몰하지 말라는 법이 없다. 그리고 보면, 한두 가지쯤의 약점이나 짐은 교만을 낮추는 품성의 무게추이며 우리 인생을 들뜨지 않게 붙잡는 고마운 바닥짐이 아닐 수 없다.

바닥짐은 그러나 무게 조절이 쉬워야만 쓸모가 있다. 1993년, 변산반도 서쪽의 위도에서 출발한 '서해페리호'가 침몰하여 292명이 익사하는 끔찍한 사고가 있었다. 악천후에도 불구하고 정원을 훨씬 초과하는 승객을 실었으면서도 무려 사람 100명의 무게에 해당하는 7t이 넘는 모래를 밑창에 싣고 있었던 게 배를 더 빨리 침몰시킨 원인이었다. 승객이 적을 때 유용하던 밑짐을 승객이 많은데도 조절하지 않은 것이다. 요즈음은 자갈이나 모래 대신 입출 조절이 쉬운 물로 대신한 지 꽤 되었다고 한다. 우리 인생에도 바닥짐의 무게 조절이 필요하다. 남들이 보기에는 충분히 이겨낼 수 있는 상황인데도 그 무게에 쉽게 주저앉아 버리거나 극단적인 행동으로 치달아 침몰해버리는 경우가 있다. 훈련으로 자신의 바닥짐 무게 조절을 못 할 것도 없다.

우리 생의 바닥짐, 고맙게 여기고 보듬고 살아야 할 재산이 아닐까.

진정한 나그네는 길에서 뛰지 않는다

화려했던 꽃 잔치는 끝나고, 이제는 그 달떴던 시간 다음의 진정한 생명의 의미가 무엇인지를 신록은 우리에게 성찰하게 한다. 신록은 화려한 꽃이나 짙푸른 녹음과는 분명 다른 의미로 우리에게 다가온다. 오월의 바다도 우리에게는 새롭다. 얼어붙던 추위, 그리고 미친 바람을 잠재우고 참선하듯 평온한 모습으로 우리에게 다가온다.

우리의 삶의 여정, 가족과의 관계, 타인들과의 관계, 자신에 대한 깨달음…, 이런 것들을 성찰하는데 신록 속으로 또는 바다 곁으로의 여행, 특히 번잡하지 않은 걷기만 한 여행도 없을 것이다.

"걷는 것은 자신을 세계로 열어놓는 것이다. 발로, 다리로, 몸으로 걸으면서 인간은 자신의 실존에 대한 행복한 감정을 갖는다. 걷는다는 것은 곧 자기의 몸으로 사는 것이다."라고 다비드 르 브르통은 『걷기 예찬』의 첫머리에서 말했다. 또 헨리 데이빗 소로우는 "자신도 느끼지 못하는 사이에 얼마나 쉽게 어떤 정해진 길을 밟게 되고 스스로를 위해 다져진 길을 만들게 되는지 그저 놀라울 따름이다. 내가 숲속에 살기 시작한 지 일주일이 채 안 돼 내 오두막 문간에서 호수까지 내 발자국으로 인해 길이 났다."라고 『구도자에게 보낸 편지』에서 고백했다. "눈 덮인 들판을 걸어갈 때 모름지기 그 발걸음을 어지러이 하지 말라. 오늘 내가 걸어간 발자취가 마침내 뒷사람의 이정표가 될 것이다."라고 경계한 것은 서산

대사이다.

우리가 걸어온 길, 걸어가고 있는 길이 올바른 길인지를 마음을 비우고 성찰해볼 일이다. 나와 외부와의 관계를 어떻게 유지할 것인가도 되새겨볼 일이다.

우리 인생은 나그네와 같다. 진정한 나그네는 결코 길에서 뛰지 않는 법이다. 목적지에 안달하지도 않는다. 걷고 또 걸을 뿐이다. 목적지는 가고 나면 더 이상 목적지가 아니기 때문이다. 단지 거쳐 가는 경유지요, 다시 보면 나그네의 길의 연장에 불과하기 때문이다. 나그네는 그래서 묵묵히 걷고 또 걷는다.

이제 우리도 오월 속으로 들어가, 한 번쯤 성찰의 시간을 가져보면 어떨까.

쉼표가 있는 인생

삶에는 쉼표가 필요하다.

문장에 마침표가 있기 전에 쉼표가 필요하듯 삶에도 그러하다. 쉼표가 없이 너무 길거나 급하기만 한 문장은 읽기에 숨차고 팍팍하다. 또 말할 때도 호흡 조절은 필요하다. 빨리 많이 말하기보다 적절한 쉼표가 들어감으로써 훨씬 자연스럽고 진실하고 감동적인 말이 된다. 이러하듯, 쉼표가 없이 줄곧 내닫기만 하는 인생은 지쳐서 또는 돌부리에 걸려서 쓰러지기가 십상이다.

앞만 보고 줄곧 내닫다가 어느 날 문득 제대로 바라보지 못하고 지나쳐온 아까운 풍경들, 아름다움의 진수일 수도 있는 그 순간들을 잃어버린, 회한의 인생담을 우리는 심심찮게 듣고 본다.

아무리 절박한 인생이라도 가끔은 쉼표를 찍고 주위를 정감 어린 눈으로 바라볼 일이다. 그리고 자신의 길을, 그 길옆의 아름다움에 가슴을 열어볼 일이다.

휴식의 진정한 맛은 힘든 노동 다음에 온다. 햇볕이 따가울수록 그늘은 더욱더 시원하다. 늘 한가한 것은 '쉼'이 아니다. 치열한 삶 다음에 오는 쉼표야말로 진정한 삶의 활력소가 될 수 있다.

폭염 아래서 오로지 모래땅만 바라보며 걷고 또 걷는 낙타의 하염없는 여정도 반드시 오아시스와 휴식이 기다리고 있다는 믿음 때문에 아름다울 수가 있다.

쉼표가 있는 인생은 아름답다.

평범한 삶의 소중함

대다수 사람들의 인생은 평범하다.

그런데 그 사람들 대부분은 정작 자기가 살고 있는 평범한 삶의 소중함을 모른 채 살아간다. 그래서 간혹 가진 것 모두 걸고 독하게 맹세하고 승부를 걸거나 기적을 구하기도 한다. 또는 떠들썩한 이름을 얻어야만 행복한 줄로 알고 그 이름을 얻기 위해 불나비처럼 불길 속으로 날아들기도 한다. 대부분 허명일 수도, 혹은 지울 수 없는 더러운 이름이 될 수도 있는 그 이름을 얻기 위해서 말이다. 역설적이게도 평범한 삶의 소중함은 그 평범한 삶이 깨지고 나서야 깨닫게 된다. 자신의 일을 꾸준하게, 평범하지만 책임감 있게 하루하루를 살아가다 보면 일상에서의 재미도 느낄 수 있고, 종국에는 어떤 경지에 이를 수도 있을 것이다.

일상에서 사람들은 늘 갈등한다.

혼자여서 외롭고 여럿이라 번거롭다고 느낀다. 그러나 평범한 일상에서 소중한 기쁨을 얻으려면, 혼자라서 자유롭고 여럿이라 충만해지는, 그러한 마음가짐이 필요하다. 외로움과 그리움도 결국은 번거로움과 미움과 뿌리가 같으며, 또한 변덕 그 자체가 인간이니 너무 갈등할 필요는 없다.

'필부필부匹夫匹婦'란 말이 있다. 그저 그렇고 그런 평범한 남녀를 이르는 말이다.

여기서 '필匹'자는 '짝' '배우자'의 의미로 쓰이지만, 가죽이나 옷감을 셀 때, 또는 마소를 세는 단위로도 쓰이니 그야말로 평범함의 대명사라 해도 과언이 아니겠다. 우리 삶의 일상에서 평범함의 소중함을 깨닫고 소박한 행복을 누릴 수 있다면, 필부필부면 어떻고 장삼이사張三李四면 어떠하며 갑남을녀甲男乙女면 또 어떻겠는가.

삶의 목표는 성공이 아닌 행복에다 두는 게 옳을 일이다.

기진맥진 성공하고도 행복하지 않다면, 그 성공이 도대체 무슨 의미가 있겠는가?

귀는 왜 다물 수 없나

귀는 왜 눈처럼 감을 수도, 입처럼 다물 수도 없이 늘 열려만 있을까?

이목구비 중에서 코도 물론 닫을 수 없기는 마찬가지이긴 하지만, 그러나 그것은 생명의 기본인 호흡 때문에 그렇다 치고, 귀는 도대체 왜 닫을 수 없어야만 하는가. 일상에서 소음이나 쓰레기 수준의 끝없는 말을 속수무책으로 맞닥뜨릴 때면 닫을 수 없는 귀가 원망스러울 때가 있다.

공자는 자신이 나이 40에 불혹不惑, 50에 지천명知天命, 60에 이순耳順의 경지에 다다랐다고 말했다. 이순이란 귀가 순해져 사사로운 감정에 얽매이지 않고 모든 말을 객관적으로 듣고 이해할 수 있다는 뜻으로 대체로 해석한다. '불혹'이 바람 앞에 굳건히 버티는 바위 같다면, '이순'은 바람을 거스르지 않고 함께 나부끼는 풀처럼 부드러운 이미지로 다가온다.

사회생활에서 대다수의 사람들은 말을 근사하게 잘하고 싶어 한다. 그러나 제아무리 말이 근사한 사람이라도, 남의 말을 경청하는 사람의 평판보다는 못하다는 역설 또한 성립되는 것이 사실이다. 마주 앉아 대화하는데 쉼 없이 혼자서만 떠든다면 상대방의 듣는 귀는 얼마나 괴롭겠는가?

사람은 말이 멈춰도 의식을 잃어도 눈을 못 떠도 식물인간이 되어도, 가장 마지막까지 살아 있는 것이 청각이라고 한다. 이 사실을 떠올리면, 내 입으로 생각 없이 내뱉는 말이 닫으래야 닫을 수 없는 상대의 귀로 쓰레기나 소음이 되어 속수무책 들어갈 걸 생각할 때 새삼 소름이 돋고, 옷깃을 여미지 않을 수 없게 된다.

그런 귀가 하나도 아니고 둘씩이나 열려 있는 건 또 왜일까? 싫은 소리를 한쪽으로 듣고 반대쪽으로 흘리라고? 아니다. 달콤하나 독이 든 소리인지, 쓰지만 좋은 소리인지 균형을 잘 잡기 위함이라고 해석하는 것이 옳을 일이다. 균형으로 말하자면, 귀속에 있는 달팽이관에 이상이 생기면 우리 몸은 당장 균형을 잃고 비틀거리며 쓰러지게 돼 있다.

나이 60이 넘어 70이 돼도 이순의 경지는커녕 불혹에도 못 미침은 우리가 공자가 아니니 당연한 일일 수도 있으나, 하지만 이순의 경지가 부러운 것은 사실이고 또 그러한 경지에 다다르도록 늘 경계하고 노력할 수밖에 없다.

다물 수 없는 다른 이의 귀를 위하여 우리는 입을 열 때와 다물 때를 잘 가려야 하지 않을까? 대화에 있어서, 40% 이내로 말하고 60%는 상대방의 말을 경청하는 데 배분한다면 누구나 괴로움에서 벗어나 즐거운 대화를 나눌 수 있지 않을까?

가을엔 얼마간 아날로그적이어도 좋다

우리는 디지털이 대세인 세상에 살고 있다. 또한 세상에는 디지털 기반의 온갖 소통 도구들이 넘쳐난다. 문자메시지, 이메일, 인터넷카페, 블로그, 카카오톡, 페이스북, 트위터, 유튜브 등의 SNS(Social Network Service) 도구들이 즐비하다. 참 편리한 세상이다. 그러나 또 한편으로는 사람과의 진정한 소통 없이 미디어나 디지털기기에 눈과 코와 귀를 박고 자기 안에 칩거하는 사람들이 다수로 늘어가는 세상이기도 하다.

더욱 안타까운 것은 이 편리한 SNS 도구들로 정신없이 남의 말, 남의 글, 남의 생각을 퍼 나르는 데 몰두하는 사람들을 보는 일이다. 정보 소통의 속도와 편리함을 넘어 무절제한 온갖 흉내와 비방과 인격살인에까지 이르는 경우가 허다하다. 비록 소박하고 서툴더라도 자기 자신의 생각을 건네는 진솔함이 더없이 소중한 세상이 되고 말았다. 각별한 사이에는 손 편지를 주고받는 이들이 아직도 가끔은 있다고 한다.

디지털 문명의 편리함과 속도 너머에는 여전히 인간의 아날로그적인 감성이 변함없이 자리하고 있다. 그 감성의 갈증은 디지털의 속도와 편리함만으로는 채울 수가 없다. 편리한 스마트폰을 들고 육성으로 서로 공감하는 대신, 문자로 일방적 메시지를 보내고 마는 것이 뭐가 대수인가? 우리는 가끔, 디지털기기의 문자메시지 10통 20통보다, 투박하지만 정겨운 한 통의 육성통화가 훨씬 소중함을 몸으로 느낄 때가 있다.

아날로그의 소중함을 이 가을에는 다시 한번 곱씹어 보자. 고개를 들어 가끔은 푸른 하늘을 쳐다보자. 구름과 바람과 숲도 바라보자. 그리고 그리운, 고마운, 소중한 얼굴을 그려 보자. 그 소중한 사람들과 정성스러운 손 편지, 얼굴 마주 보며 나누는 담소, 육성을 나누는 정겨운 음성 통화를 나눠보자. 디지털의 속도에 매몰돼 가는 자신을 일깨워 아날로그적 감성을 살려보면, 그리고 소중한 관계를 더욱 소중하게 이어가면 어떨까.

가을에는 얼마쯤 아날로그적이어도 좋지 않을까?

용도폐기 시대를 건너는 법

우리는 지금 용도폐기의 홍수 시대를 살고 있다.

온갖 시행착오와 고난과 희생으로 한 인간의 성장과 교육에 바쳐진 시간이 30년이 넘는다면, 그 능력과 성과를 써먹고 버리는 데는 고작 10~20년, 운이 좋아야 채 30년도 걸리지 않는, 무제한 용도폐기의 세상에 우리 모두가 휩쓸려 간다. 그뿐인가. 살벌한 사회를 버티느라 일자리에 코 박고 버티는 동안, 어느새 가장의 용도가 폐기되고 마는 fatherless society, 부성 부재父性不在 시대가 남자들을 덮친 지도 오래다. 인간의 수명은 늘어나고 사회에서의 용도폐기 나이는 거꾸로 줄어드는 참담한 시대, 이런 늪을 우리는 과연 어떻게 건너야 하는가.

세상 사람들이 제아무리 잘나고 못났다고 해도 나이 50에는 지식이 거의 평준화되고, 60에는 미모가, 70에는 정력, 80에는 재산, 90에는 생과 사의 평준화가 저절로 이뤄질 수밖에 없다고 한다. 평준화된다는 것은 그런 것들의 우열이 더 이상 무의미해진다는 의미일 것이다. 그러니 지식·미모·힘·돈의 우열도 결국은 다 소용없어지고 종국에는 인생의 깊이와 인품의 넓이로 얼마나 감사하며 즐겁게 사느냐의 문제로 귀착된다는 얘기다.

열심히 살아온 끝에 사회적 역할이 다했다면, 이제는 힘들게 살아온 자신을 위로하고 자아를 충족시키는 데 정성을 들여야 할 일이다. 여태껏 타인의 행복을 위해 자신을 희생해온 삶을 살아왔다면, 그 여정에 지친, 새경도 제대로 주지 않고 부려 먹기만 한 자신에게 이제는 자아를 충족시키는 선물을 할 때도 되지 않았는가.

'이젠 뭘 할 시간이 없다.'라고 말하는 사람들이 있다. 천만의 말씀이다. 나이가 한계일 수는 없다. '이 나이에' 하고 자신의 한계를 정하는 순간, 우리의 나머지 인생은 단지 죽음을 기다리는 대기시간이 되고 만다. 나이 드는 것을 두려워할 것이 아니라 삶의 열정이 식는 것을 진정 두려워해야 할 일이다. 자기 앞에 놓인 인생의 남은 시간을 의미 있게 잘 보내고 싶다면, 막연한 바람이나 환상과 지식·미모·힘·돈에 대한 미련은 떨쳐버리고, 시간을 편안하게 보내겠다는 생각 대신, 시간을 마음껏 쓰겠다고 생각해야 할 것이다.

로마의 정치가이자 철학자인 카토는 80살이 돼서야 그리스어를 배우기 시작했다고 한다. 인생의 남은 시간은 젊었을 때 못하고 제쳐두었던 일들을 꺼내 정진할 수 있는 황금 같은 시간이 아니고 무엇인가. 개발하지 않고 버려두기엔 어리석을 정도로 너무나 탁월한 자산이다.

이제는 삶의 목표를 성공이 아닌 행복으로 정하자. 삶에서 중요한 것은 우리가 가지고 있는 소유물이 아니라 우리 자신이 누구인가 하는 것이다. 태어나서 죽을 때까지 삶의 궤적을 따라가다 보면 온통 재미없기만 한 나이가 어디 있으랴. 인생은 어느 시기건 그에 알맞은, 그때만 느 낄 수 있는 즐거움이 있게 마련이다. 그것을 충분히 느끼며 산다면 성공 한 인생이 아니고 무엇이겠는가.

분당 율동에는 상당한 크기의 분당저수지가 있다. 원래 농업용 저수지 였는데, 1980년대 말 신도시가 개발되면서 농업용 용도는 폐기되었지만, 저수지는 '호수'로 바뀌어 신도시 주민들의 휴식 공간으로 용도가 변경됐 다. 호수는 주위에 번지 점프장, 책 테마파크, 어린이 놀이터, 자연공원, 산책로 등을 거느리며 새로운 기능으로 사람들의 사랑을 듬뿍 받고 있다.

대명무사조大明無私照, 햇살과 산들바람은 결코 어느 한쪽 편만을 들지 않는다. 지금 나의 모습은 지금까지의 나로 비롯된 것이거늘, 자기 자신 의 부족함이 있었을지언정 그 누구의 탓이랴. 다른 누구를, 또는 세상 을 원망할 필요는 없다. 억울하다며 징징댈 필요가 어디 있겠는가.

용도폐기의 늪을 스스로의 용도 전환으로 활기차게 건너자.

청보리밭의 추억

짙푸른 보리밭의 향수를 기억하는가. 5월은 청보리의 계절이다.

가을에 흙 속에 몸을 묻고 긴 겨울을 눈과 추위와 얼음과 가뭄 속에서도 끝내 생명의 의지를 놓지 않고 싹을 틔우고 자랐기에, 이 계절에 이윽고 그처럼 짙푸른 들판을 이루지 않는가. 또한 우리는 좀 살만하다고 들떠서도 안 되고 웃자라서도 안 된다는 교훈을, 늦겨울과 이른 봄 언저리에 식구들이 모두 모여 긴 이랑의 보리밭을 밟는 노동을 통해 얻는다. 이 계절에 장미와 철쭉과 그보다 더 아름다운 온갖 꽃들이 만발해도, 그 꽃들의 화려함과 요염함보다 드넓은 보리밭이 우리에게 더 장관인 것은, 이러한 삶의 역정을 통해 인간만이 공감할 수 있는 향수와 정서가 있기 때문이다.

우리네 삶도 지난 삶의 모든 우여곡절과 고난과 의지가 거름이 되어, 오늘 드넓고 짙푸른 청보리밭처럼 일렁이는 희망으로 그득할 수 있다.

삶의 무게

우리네 삶에는 누구에게나 자기가 짊어질 수 있는 만큼의 무게가 있게 마련이다. 의욕과 혈기만 앞서서 자기가 전혀 들 수 없는 무게를 들 수 있다고 무작정 덤비거나 호기를 부려서도 안 될뿐더러, 자기가 응당 들어야 할 무게를 비겁하게 자꾸 줄여가기만 해서도 안 된다. 하물며 자신이 들어야 할 무게를 남에게 모두 떠넘긴 채 모른 척 돌아서 있는 것은 말해서 무엇하랴. 역도 선수들의 훈련이나 경기 모습을 보면 그 감당해야 할 무게의 선택이나 도전의 치열성과 엄정함을 충분히 알 수 있다.

그런데 말은 쉬우나, 실제로 자신이 들 수 있는 최상 치의 무게를 가늠하는 일이야말로 우리 삶의 어려운 과제라 하지 않을 수 없다. 더구나 자신이 감당할 삶의 무게를 처음부터 선택하는 게 아니라, 대부분은 짊어져야 할 짐이 먼저 닥치고 그것을 들어 넘기면서 그 무게가 힘에 부치는지 아닌지를 가늠해갈 수밖에 없는 것이 일반적인 삶의 실제 모습이기도 하다.

많은 사람은 자신이 남보다 버거운 짐을 지고 살아가는 팔자라고 억울해한다. 가령, 소띠로 태어나서 평생 무거운 짐이 떠나지 않는 팔자라는, 소띠인 나의 동갑내기들의 한결같은 운명론적 한탄도 그중의 한 예다. 힘든 짐을 지고 나면 그 짐을 채 내려놓기도 전에 또 다른 짐이 기다리곤 해왔다는 것이다.

큰 수술을 여덟 번이나 받은 여인이 있었다. 자궁암을 비롯해 위암, 대장암 등이 전이될 때마다 위험한 큰 수술을 되풀이해서 받았지만, 걱정보다 비교적 건강해 의사들조차 놀랐는데, 그것은 그녀에게 항상 누워서 지내는 정신지체 아들이 있기 때문이었다. 스무 살이 되어도 지능은 서너 살짜리밖에 안 돼 대소변까지 받아내야 하지만 그녀에겐 참으로 소중한 아들이었다. 그런 아들 때문에 남편과 이혼까지 하게 되었으나 그녀는 아들을 어떻게 키울 것인가 하는 데에만 온 정신을 쏟았다. 그녀가 밖에서 일을 하고 집으로 돌아오면, 하루 종일 혼자 누워 있던 아들은 이불 속에서 그녀를 보고는 함박꽃 같이 웃으며 좋아 어쩔 줄 몰라 했다. 그녀는 그런 아들을 대할 때마다 하루의 피로도 잊고 어떻게 해서든지 이 아들을 위해 살아야 한다는 결심을 하곤 했다. 수술한 몸이 너무 아파 차라리 죽었으면 하고 자살도 몇 번 결심했으나 '이 아이를 혼자 남겨두고 죽을 수는 없다. 내가 살지 않으면 저 아이 혼자는 도저히 살아갈 수 없다.'는 생각에 자신의 고통조차 생각할 여유가 없었다. 이것이 그녀가 여덟 번이나 암 수술을 받고도 살아 있는 까닭이었다. 이 여인의 삶의 무게는 도대체 버겁다고 해야 하나, 가볍다고 해야 하나?

이쯤에서 한번 가만히 생각해 보자. 지금껏 우리가 팔자나 운명이라고까지 한탄하며 짊어져야 했던 그 많은 짐들이 혹시 자기 인생의 근력을 키워주는 삶의 운동기구는 아니었을까. 그래서 지금 웬만한 삶의 무게를 이겨내고 있거나, 남은 생애에 더 큰 무게도 이겨낼 수 있는 게 아닐까?

그리고 또 하나, 그동안의 삶이 고난의 연속이기만 했느냐는 의문이다. 힘들게 일해도 그만한 성과가 없어 늘 탈진해서 살아온 기억을 한숨처럼 안고 살아가는 이들도 많다. 그러나 곰곰 따져보면 힘든 것보다 더 나은 성과가 있었던 적도 적잖이 있었다는 사실을 인정하지 않을 수 없을 것이다. 늘 불만으로 가득 차서 자기 앞에 다가온 기회를 붙잡지 못해 더 힘들게만 살아왔을 수도 있는 일이다.

기회란 수줍어하는 손님과 같아서, 얼른 붙잡지 않으면 문 앞까지 왔다가도 되돌아간다는 말이 있다. 또 뒷머리 채가 없어서 돌아선 다음엔 다시 낚아챌 수 없다고도 한다. 그러니 이렇게 몸이 재빠른 기회를 놓치지 않으려면 준비된 근성이 있어야 한다. 그 근성을 얻으려면 평소에 늘 얼마간은 버거운 듯한 짐을 지고 체력을 키우는 길밖에 없다. 그러면서 낙망하지 않고 희망의 눈을 반짝이며 살아가야 한다.

인생은 단번에 모든 걸 걸고 다 이루려 하지 말아야 한다. 인생은 단번에 오는 성공이 결코 아니다. 지칠 줄 모르는 끈기가 필요하다.

그러려면 이른바 '야금야금 정신'이 필요하다. '야금야금 정신'은 신경정신과 의사이자 노교수인 이근후 씨가 『나는 죽을 때까지 재미있게 살고 싶다』에서 한 말이다. 야금야금 일하고 야금야금 공부하고 야금야금 봉사하고 야금야금 생각하고…. 그렇게 조금씩 나아가고 좋아지는 걸 즐기면 지루하지 않고 지치지 않을 수 있어, 삶의 훼방꾼을 이길 수 있다. 단박에 완성하고 짧은 시간에 결과를 맺는다면 얼마나 좋을까. 그러나 인생의 모든 일은 시간을 훌쩍 뛰어넘어 일어날 수는 없는 것이 세상 이치다. 배움과 일과 능력과 재능과 삶들과의 관계까지 야금야금 시간이 쌓이고 경험이 더해지면서 깊어지고 넓어지고 발전하게 된다. 당장 잘하겠다는 것보다 지금 할 수 있는 만큼만 꼭 하겠다고 결심하는 게 중요하다. 인생의 즐거움과 재미는 완성에 있지 않고, 그 과정 중에 조금씩 흩뿌려져 있다는 것이다. 이렇게 야금야금 살다 보면 삶의 무게도 까짓것, 별 게 아닌 게 되지 않을까?

우리는 살아가면서 알게 모르게 가족과 친구, 소중한 이웃들에게서 어떤 형태로든 사랑의 빚을 지며 살고 있다. 그러니까 사랑을 받고 행복한 것은 언젠가 갚아야 할 기분 좋은 빚인 셈이다. 살아갈 앞날을 위해서 우리에게 중요한 것은, 적금통장보다 '적심積心 통장'이다. 오늘 나는 얼마나 많은 땀을 흘렸나? 땀 통장. 오늘 얼마나 많은 사람을 이해하고 살았나? 이해의 통장. 사랑의 통장, 웃음의 통장, 용서의 통장, 봉사의, 기쁨의, 감사의, 인내의 통장…. 우리의 마음을 담아 쌓아두는 적심 통장은 돈 없이도 얼마든지 만들 수 있다. 우리는 누구에게 행복의 씨앗이 될 것인가?

삶의 무게는 짐을 자주 들어 근력을 키울수록 가벼워진다.

억새

엄청난 태풍이 지나갔다
건물이고 나무고 논밭이고 다 사달이 났다.
그 태풍 와중에 제일 피해가 없는 게 뭐냐면, 바로 억새란다
태풍만큼 엎드리고, 지나가자 곧 일어섰다.

봄 가뭄이고 여름 뙤약볕이고
장마 홍수까지 다 견디며
함부로 건드리면 네 살이 베일거야, 칼날까지 품고서
짙푸르게 날 세우고 살아온 지난날.

겨울 삭풍에
새하얀 머리채 바람에 흩날리며 버티더니
어느덧 겨울 더욱 깊어지자
그 흰머리마저 다 사위어지고
이제 묵은 줄기로만 남아 버석거린다.
그래도 버텨야 한다, 흔들리며 흔들리며
새봄 새순 나와 자랄 때까지
억센 바람 막아주려고.

외로움

빈 들판의 차가운 빗발처럼
외로움이 나를 적시네.

여태껏 그것은 아픔이었네,
가슴이 얼어붙는 추위였네.

하지만 이제 외로움도 정이 들었네.
석양의 빈 들판을 걷는 나에겐
그림자처럼, 외로움은
둘도 없는 나의 벗이 되었네.

단풍

이제 곧 낙엽 되리니
그러면
짙푸르던 지난 영광 다 접고
장엄하게 떨어져 내리리.

그러나
그 순간까지
온몸 더욱 불태우리.

나의 느티나무에게

너를 심을 때
너는 내 무릎 아래였는데
이제
너는 젊고
나는 너에게 기대고 싶구나.

지난날 나의 분망함과 시행착오
부질없었던 집착
이제 늠름하고 훤칠한 너에게
기대어
내려놓고 싶구나.

넉넉한 너의 그늘 아래
이제는 줄어든 내 오지랖과
힘 빠진 목의
늘어진 주름살 늘어놓고
쉬게 하고 싶구나.

훗날

너의 그늘에 드는 그 누가 있거든

잘려 나갈 두 번의 위기를

그때마다 뿌리째 옮기고 가지를 쳐내며

함께 극복해온

너와 나의 인연을 일러주어도 좋겠다.

이 세상에 한 사나이 있어

기운 다 소진하고

빈손으로 돌아간 하잘것없는 역사지만

그래도 소중한 인연이었노라,

훗날

맑은 햇빛과 지나가는 바람과

내려오는 눈송이와 빗줄기에게라도,

너의 풍성한 품에 깃드는 어느 새에게라도

속삭여주면 좋겠다.

그 먼 훗날이 오기 전까지는

언제나

푸르른 잎새로 포용을,

은근한 단풍으로 절제의 멋을,

그리고 그 넉넉한 그늘과 든든한 옆구리를

내게 변함없이 내어다오.

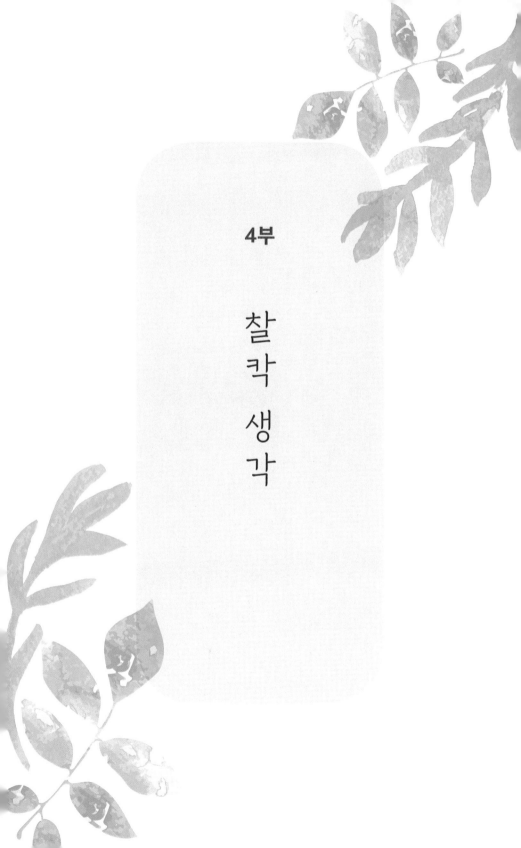

4부

찰칵 생각

우리는 어떤 모습으로 남을까?

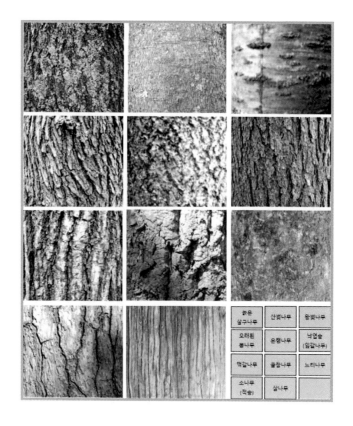

저마다 독특한 나무줄기들의 얼굴이다. 모진 비바람을 견뎌내고, 주위 나무들과의 처절한 생존 투쟁을 거치면서 자신의 유전인자를 굳건히 지켜온 삶의 궤적이 고스란히 각인돼 있다. 그런데, 오늘의 우리는 과연 어떤 모습일까? 또, 먼 훗날 우리는 과연 어떤 모습으로 남게 될까?

청매

청매靑梅.

푸른 냉기가 도는 그 모습에서 새침하고 고독한 여인의 고혹적인 아름다움이 배어난다. 쉬이 범접하기 어려운 고결함이 있다.

매화에는 홍매화의 화려한 아름다움도 있으나, 그보다는 역시 백매의 흰 꽃이 단아함으로 더 돋보인다. 하지만 아무리 단아한들 이 청매의 냉기 어린 고혹함에 비기랴.

겨울 추위가 채 끝나지 않은 찬바람 속에서 피어나 그 모습이 더욱 고결하다.

누가 내 이름을 더럽혔나

　산길 근처에서 긴 겨울잠을 끝내고 반가운 봄볕을 즐기고 있는 꽃뱀과 마주쳤다. 허기진 배, 그래서 되레 더 맑은 영혼이 된 듯한 모습이다. 그도 나도 서로 무서울 이유도 해칠 마음도 없다.

　화사花蛇라고도 부르는 이 꽃뱀은 독이 없는 순한 종이다. 그러나 사람들은 뱀 하면 무조건 무서워하거나 징그럽게 여긴다. 어쭙잖은 선입견 탓이다.

　그런데 이런 경우는 어떤가. '남자에게 의도적으로 접근하여 몸을 맡기고 금품을 우려내는 여자'를 사람들은 '꽃뱀'이라고 아무렇지도 않게 말한다. 그 생태를 볼 때, 이 용어 차용은 잘못돼도 한참은 잘못된 것이 아닐까?

　일광욕을 즐기고 있는 순한 꽃뱀이 항변하는 것 같다.

　"누가 내 이름을 더럽혔나요!"

문턱이 다 닳았다

　사람들은 무엇을 그토록 염원하며 살아갈까? 혹은 무엇을 죽도록 염
원하며 이 문을 드나들었을까? 한 방울 한 방울의 낙숫물이 바위를 뚫
고 한 줄기 시냇물이 종국에는 바다에 이르듯, 세월과 자연의 순리를 이
기는 인생은 없을 것이다.

　이 문을 드나들며 사람들은 욕심을 더욱더 부풀렸을까, 아니면 욕망
을 내려놓고 해탈을 했을까?

　문턱이 다 닳았다.

살아있는 순간

산 같이 큰 고래도 둥둥 떠서 물결에 흘러 내려가는 경우가 있고, 한 치가 못 되는 피라미가 내리꽂히는 폭포를 거슬러 올라가기도 한다. 하나는 죽었고 하나는 살아 있기 때문이다.

모든 생명체에 있어서 살아 있음은 그 자체로 우주의 가치보다도 더 크다. 모름지기 매 순간을 온몸으로 치열하게 살아볼 일이다.

한세상

껴안고 눌리고 조이고 답답하고 부대끼고 당기고 밀어내고, 사랑과 미움과 아픔과 즐거움이 어지럽게 뒤엉킨 것, 그것이 우리의 삶이 아닐까?

즐거움보다는 괴로움이 훨씬 많은 그것이 우리의 생이라면, 괴로움 사이에 슬쩍슬쩍 섞여 있는 작은 행복도 놓치지 말고 찾아 위안으로 삼을 일이다.

한세상, 질펀하게 한번 살아봐야 하지 않을까.

언약

일망무제一望無際의 저무는 바다를 앞에 두고 한 언약. 바위보다 무거울 그 언약을 사람들은 잘 지키며, 잘 이루며 살고 있을까?

어떤 이는 언약을 이루기는커녕 언약을 한 사실마저도 잊고 살아가고 있지는 않을까? 세월이 흐른 지금 그날의 언약이 자취 없이 사라진 것이, 단지 삶의 엄청난 무게에 압살된 때문이라고 단정하지는 말자. 아직 이뤄지지 않은 그 언약을 다시 되살리고 소중히 간직함으로써 삶의 무게를 오히려 조금이라도 줄일 수도 있지 않을까?

일탈에의 유혹

　일상은 규범과 절제와 의무와 고통과 인내를 끝없이 요구한다. 또는 스스로 욕망의 포로가 되어 질곡의 삶에 갇히기도 한다.

　끝 간 데 없이 아득한 하늘의 푸르름과 매인 데 없는 흰 구름은, 문득 뿌리칠 수 없는 일탈을 유혹한다. 일상의 모든 것, 그것이 설사 더없이 아까운 것일지라도 고달픈 일상과 함께 모든 걸 일순간에 버리고 오직 자신 하나만을 달랑 들고 정처 없이 떠나라는 일탈에의 강렬한 유혹. 꽃향기 아늑한 바람이 불어온다.

조화

돌의 품격을 따지자면, 사람의 품격 이상으로 천차만별이다. 그 돌 중에서도 최하급은 역시 잡석雜石이라 할 만하다. 아무렇게나 제멋대로 생긴 전혀 쓸모없는 돌을 사람들이 잡석이라 이르기 때문이다.

그런데 여기 이 돌담은 어떤가? 크기도 전혀 고르지 않고 모양이나 색깔 또한 제멋대로인 이 잡석들을 서로 조화시켜 이처럼 소박하고 겸손하면서도 단아한 담장으로 빚어놓은 석수의 멋과 솜씨가 놀라울 따름이다.

이 세상의 수많은 사람이 이런 조화를 이룰 수는 과연 없을까?

진실만으로 남은 계절

싱그러웠던 날들, 무성한 욕망으로 짙푸르렀던 날들, 그리고 세상없이 화려했던 한 시절을 바람과 함께 다 떠나보내고, 이제 보탤 것 뺄 것 하나 없이 진실만으로 남은 이 계절.

그러나 이게 끝이랴. 찬바람도 더 이상 두렵지 않은 그 모습은 외로움이 아니라 의연함이다. 지난 어떤 날보다도 성숙할 새날에의 꿈을 품고 있으리.

修心橋

이 문을 나서면 다시 세상으로 나가는 수심교가 있다.

누구든 삶의 힘든 고비에 다다라 옷깃을 여미고 이 수심교 건너와서 열심히 번뇌 물리치며 힘써 닦은 그 마음, 세상 속에 다시 나가서도 언제까지나 변치 말기를 오늘도 기도한다.

설레는 가슴

그대 아직도 설레는 가슴을 갖고 있나요?

단지 나이가 든다고 설렘이 사라지는 것은 아닐 겁니다. 가슴 터질 듯 두근거리던 설렘이 없어진 것은 호기심과 사랑과 열정을 포기해서가 아닐까요?

낯선 것에의 도전, 사랑에의 열정, 새로움에의 희망을 키워보세요. 가슴이 두근두근, 고동칠 겁니다.

동행

끝을 알 수 없는 길 위로 낙엽이 내려앉는다. 연둣빛 새잎이 푸르름에 겨웠다가 이제는 샛노란 낙엽이 되어 내려앉는다.

이인삼각 경주 같던 지난 시간을 반추하며 오늘도 쉼 없이 걷고 있는 두 사람 너머로, 만추의 잎새가 가장 화려하듯, 이 동행의 끝에도 찬란한 시간이 기다리고 있을까?

그러나 끝을 알 수 없다고 한들 대수냐, 동행의 이 순간만이 행복하면 그만이 아닐까.